PRIMA DI DIRE SÌ, LO VOGLIO

di Clare Lydon

Prima edizione giugno 2022
Pubblicato da Custard Books
Copyright © 2022 Clare Lydon

Immagine di copertina: Rachel Lawston
Traduzione: Elena Tonazzo
Revisione: Antonella Scarfagna
Revisione finale: Francescaabb
Composizione tipografica: Adrian McLaughlin

Scopri l'autrice su: www.clarelydon.co.uk
Seguila su Twitter: @clarelydon
Seguila su Instagram: @clarefic

Tutti i diritti sono riservati. Questo libro, intero o in parte, non può essere riprodotto o usato in alcun modo senza aver prima ottenuto l'esplicito permesso scritto dell'autrice. Questa è un'opera di fantasia. Tutti i personaggi e gli eventi in questa pubblicazione sono frutto dell'immaginazione dell'autrice. Qualsiasi somiglianza con persone (vive o defunte), luoghi o eventi reali è puramente casuale.

Ringraziamenti

Ho scoperto che esistono le damigelle professioniste quando ne ho sentito intervistare una su BBC Radio 5 Live, una radio inglese. Ne sono rimasta subito affascinata e ho pensato che sarebbe stata un'ottima idea per un romanzo rosa lesbo. Spero che la mia intuizione si riveli corretta e di aver reso giustizia alla storia emersa nell'intervista.

Scrivere un libro e portarlo fino al traguardo della pubblicazione implica sempre avere tante persone al mio fianco. Questo libro non fa eccezione, ed è il primo che faccio tradurre in italiano. Spero che ti piaccia!

Innanzitutto, un ringraziamento enorme alla mia traduttrice, Elena. Il suo amore per questo progetto è stato chiaro fin dal principio. Anche se ho scritto io il testo originale, la traduzione è di per sé un'arte, e lei merita un grande plauso per il prodotto finito. Grazie anche ai miei revisori della traduzione, Antonella e Francesca. Senza di loro, letteralmente non ce l'avrei mai fatta a raggiungere le lettrici e i lettori italiani.

Molte grazie a Rachel Lawson per la splendida copertina; è magnifica anche col titolo in italiano. Un grazie in punta di pennino a Adrian McLaughlin, per la sua bravura nella composizione tipografica, e per aver insistito tanto che mi occupassi io stessa di far tradurre questo mio libro in italiano, anziché sperare semplicemente che la traduzione venisse fuori da sola. Aveva ragione, ed è per merito suo che *Prima di dire Sì, lo voglio* ora è nelle tue mani. Da ultimo ma non meno importante, grazie a mia moglie, Yvonne, per il suo illimitato sostegno.

In ultimo, ma sicuramente non meno importante, grazie a te, lettrice o lettore, per aver comprato questo libro e sostenuto quest'autrice indipendente. Scrivo perché mi piace farlo. Se ti ho fatto divertire o anche riflettere, ho svolto bene il mio lavoro.

Se vuoi contattarmi, puoi farlo nei modi elencati qui sotto.

Twitter: @ClareLydon
Facebook: www.facebook.com/clare.lydon
Instagram: @clarefic
Scopri l'autrice su: www.clarelydon.co.uk
Email: mail@clarelydon.co.uk

Grazie mille per aver letto il mio libro!

Per Tom Lydon: 1933–2022.

Riposa in pace, papà.

Capitolo 1

Jordan Cohen mosse la spalla sinistra di una frazione di centimetro. Poi di un'altra. Poi basta. Non poteva rischiare di muoversi di più. Accidenti! Non era *proprio* il momento adatto per avere un prurito tra le scapole. All'altare, di fronte a centoventi ospiti, nei panni di damigella professionista per la sua attuale cliente, Emily.

"Vuoi tu prendere Max come tuo legittimo sposo?" Il sacerdote stava proseguendo la sua tiritera.

Strinse ancor più il bouquet di damigella d'onore, in attesa che le parole uscissero dalla bocca di Emily. Il prurito le passò di mente all'improvviso. Quel momento era più importante. Guardò ai lati dell'acconciatura perfetta di Emily: gli orecchini da sposa tondi di diamante splendevano in un fascio di luce solare. Nessuno, neppure Emily, poteva mandare a monte quel momento, giusto?

Il ticchettio dell'orologio scandì una manciata di secondi.

Poi un'altra.

Qualcuno in chiesa emise un inopportuno colpo di tosse.

Per favore, Emily.

Spostò lo sguardo su Max, lo sposo. Sapeva che lui stava pensando esattamente la stessa cosa.

Una sensazione di calore le strisciò su per la schiena fino

al collo. Con la punta delle dita sfiorò il retro del braccio di Emily.

"Sì, lo voglio," bisbigliò, con voce abbastanza alta da farsi sentire da Emily, ma abbastanza bassa da non far pensare a Max che volesse sposarlo lei. Il che era ben lungi dalle sue vere intenzioni. Max ed Emily erano perfetti l'uno per l'altra. La loro non era tanto una perfetta unione d'amore, quanto una perfetta unione di orologi biologici.

Emily trasalì e voltò la testa.

Jordan corrugò la fronte e le accennò Max col mento, sperando che lei afferrasse che doveva *veramente* rispondere alla domanda. Tutto, anche quello, faceva parte dell'accordo per farla sposare. Aveva dato per scontato che Emily l'avesse capito. Si erano esercitate a camminare, a sorridere, a mettersi in posa e persino a respirare. Ma avevano sorvolato sulla scena della sposa che dice *Sì, lo voglio*. Forse era stata una svista madornale. Lo capiva solo adesso.

Emily resse il suo sguardo, poi si girò ancora verso Max e il sacerdote.

Il sacerdote fece alla sposa un sorriso incerto, inclinando la testa, come per rassicurarla.

Jordan serrò le mascelle.

Di fronte a Emily, Max mimò le parole con la bocca.

Finalmente, dopo qualche altro secondo di agonia, Emily prese un respiro profondo e socchiuse le labbra rosa lucido. "Sì, lo voglio," disse poi con voce che risuonò alta e autentica. Sembrò quasi che lo intendesse davvero.

Il sollievo inondò il viso di Max.

Un'espirazione collettiva si levò dagli invitati a nozze.

Le spalle di Jordan si distesero.

Ce l'aveva fatta. Aveva convinto Emily ad andare all'altare, aveva placato le sue paure del matrimonio e le aveva impedito di bere troppo champagne durante il trucco. Emily si era impegnata a stare con Max. Era l'obiettivo per cui Jordan era stata assunta dalla famiglia di Emily, quattro settimane prima. Certo, il compenso di finta damigella d'onore non dipendeva dal fatto che la sposa andasse o meno all'altare, ma così sarebbe stato più facile spedire la fattura finale.

"Vi dichiaro marito e moglie. Puoi baciare la sposa!" disse il sacerdote.

Jordan ripiombò nel presente. Sfoggiò un sorriso radioso per la macchina fotografica, come per dire al mondo che quel matrimonio era stata una bazzecola. Smosse i capelli biondi, lunghi fino alle spalle, si raddrizzò e diede una lisciata all'abito verdino da damigella, neanche fosse la cosa più bella che avesse mai indossato.

Non lo era affatto. Era informe e la faceva sembrare un gambo di sedano.

Non vedeva l'ora di levarselo, mettersi i jeans e andare al pub sotto casa a bere un calice di Sauvignon Blanc con gli amici.

Ma tutto ciò era ancora nel futuro. Mancavano almeno otto ore. Prima doveva sorbirsi la cena, i discorsi e il ballo di nozze. Se non altro, la fine era in vista.

Quando Max si chinò e prese tra le dita il viso di Emily, Jordan si concesse un sorriso autentico. Per quanto fosse cinica quando si parlava d'amore, quel momento la riempiva sempre di speranza. Il matrimonio era un inizio, una pagina bianca di una relazione. Persino per Emily e Max.

La coppia felice si baciò. Gli invitati manifestarono la loro approvazione con un applauso. Jordan gettò uno sguardo al testimone dello sposo, Rob, che le rivolse un sorriso abbagliante. Non l'aveva mai incontrato prima, il che era insolito. Chissà, magari faceva anche lui il testimone di nozze professionista. Max le aveva detto che Rob non vedeva l'ora di scortarla lungo la navata in chiesa, e di accompagnarla sulla pista da ballo più tardi, come voleva la tradizione. Quando però lo sguardo luminoso di Rob si fece allusivo, Jordan mantenne il suo sorriso di plastica senza scomporsi. E in cuor suo alzò gli occhi al cielo.

Adesso aveva un'altra voce da aggiungere al suo elenco di cose da fare.

Primo: fare in modo che Emily non si ubriacasse al punto di cadere a faccia in giù.

Secondo: tenersi buono il padre della sposa, per fargli svuotare le tasche. Era lui a pagarle il conto. Magari riusciva a farsi dare anche una mancia, se avesse giocato bene le sue carte.

Terzo: dire al testimone dello sposo che aveva bussato alla porta sbagliata.

* * *

Parcheggiò la malconcia Ford Capri nello spazio antistante il suo appartamento a Brighton e spense il motore. Rimase seduta in silenzio; l'unico suono che si sentiva era il baccano di quattro clienti di passaggio appena usciti dal pub del vicinato, The Rusty Bucket. Aprì la borsetta e sfiorò le banconote nuove di zecca, che il padre della sposa le aveva ficcato in mano quand'era venuta via. Da lui, era arrivata una mancia di mille sterline. Dalla sposa, un abbraccio ubriaco, che le aveva lasciato una macchia di moccio sull'abito. E dal testimone dello sposo, un sospiro di rassegnazione, quando aveva capito che, stavolta, col suo sorriso normalmente vincente non avrebbe ottenuto nulla.

Una botta sul tetto della macchina la fece sobbalzare. Si girò talmente in fretta da far scrocchiare il collo alla base. Il dolore acuto si propagò al cervello. Fece una smorfia: la sua migliore amica, nonché coinquilina, le sorrideva a trentadue denti dal finestrino del passeggero. Con la mano mimava il movimento di chi gira una manovella, come se la sua macchina non avesse i finestrini elettrici. Il che era vero.

Si sporse, col volto ancora corrugato per lo spasmo al collo. Afferrò la manovella e le diede un po' di giri. Il suono che si produsse fu lungi dal potersi definire argentino.

La bocca di Karen si sollevò ai lati. "Ciao, coinquilina che non vedo da una settimana. Domanda: perché stai seduta in macchina come un'ebete?"

"Perché sono un'ebete?"

"È un dato di fatto." L'amica si sporse all'interno, stringendo le mani intorno al finestrino mezzo abbassato della Capri.

Jordan se ne avvide e sperò che non si appoggiasse troppo. La sua macchina era un pezzo di storia vivente; in quanto tale, bisognava trattarla con cura.

"Perché ti tieni il collo così?"

"Perché ha appena fatto il solito scrocchio strano."

Karen inclinò la testa. "È perché lavori troppo, dunque accumuli troppa tensione nel corpo. Hai bisogno di rilassartiiiiiiii!" All'ultima parola agitò la testa come una matta. Karen, di spasmi al collo, non ne aveva mai avuti, pensò Jordan. "Hai fatto sposare un'altra ricca rimbambita, oggi?"

"Missione compiuta senza intoppi." Mosse il collo con

cautela. Nessun dolore. Ripensò alla crisi di nervi di Emily, poco prima della messa nuziale. A come aveva rimesso insieme i cocci, e poi rassicurato Emily che il suo matrimonio sarebbe durato.

Faceva quel lavoro da troppo tempo.

Luoghi comuni e bugie uscivano dalle sue labbra come confetti.

"Se può consolarti, sei uno schianto, con quel vestito." Lo sguardo di Karen si abbassò sul corpo di Jordan. "Un bellissimo sacco di un verde assurdo. Che colore è? Sedano chic? Adoro in particolare il fiore tra i capelli."

Jordan si strappò via il fiore dalla testa. Aveva avuto una tal fretta di tornare a casa, che si era dimenticata di toglierlo.

Karen le fece un sorriso impudente. "Cambiati e vieni giù al Bucket. Offro io. Chissà, magari stasera trovi lì ad aspettarti la donna dei tuoi sogni."

L'ultima frase le strappò un sorriso. "Come no. C'è sempre una marea di belle lesbiche al Bucket." Controllò l'orologio. Le nove. Aveva lavorato dalle sette del mattino. Non c'era da stupirsi che fosse stanca.

"Non guardare l'orologio e non inventarti delle scuse. Non ti vedo da un mese perché dovevi far sposare Emily e Max. Adesso hai finito, è ora che ti rilassi." Karen si raddrizzò e diede altre due rapidi colpi al tetto.

"Ehi!" gridò Jordan. Quante volte le aveva detto di non farlo?

Il viso di Karen tornò in vista, le mani di nuovo avvinghiate intorno al finestrino.

Jordan si sporse per darle un paio di schiaffetti sulle dita. "Abbi più rispetto per Carrie La Capri! Per favore."

L'amica fece un passo indietro, senza distogliere gli occhi dai suoi. "Se solo mi volessi bene tanto quanto ne vuoi a questa macchina!" Inclinò la testa. "Fammi un favore: fai come ti dico. Vieni a bere qualcosa con me. Devi ricordarti cosa sono la vita vera e gli amici veri. Altro che il mondo finto di svampiti in cui stai tutto il giorno, quando fai la damigella di una sposa ricca!"

Jordan prese un respiro profondo e annuì. "Okay. Dammi un quarto d'ora, e ti raggiungo al pub. Prendimi del vino. Il calice più grande che ci sia!"

Karen le fece un gran sorriso. "Ora sì che ti riconosco." Diede un'altra botta al tetto della macchina e si incamminò sulla strada verso il pub, girandosi solo un momento per farle ciao con la mano.

Jordan estrasse il cellulare dalla borsetta sul sedile del passeggero e premette il tasto laterale. Il dispositivo si illuminò. C'era una nuova email. Avrebbe dovuto lasciarla stare fino all'indomani, andare a casa a cambiarsi e scendere al pub. Ma non era da lei. Essere il capo di se stessi significava essere sempre in ballo. Aprì l'email.

Fissò la foto in cima al testo. Chiunque fosse, era la definizione di bella donna.

Scrutò l'email, in cerca del nome corrispondente al viso. Eccolo: Abby Porter, trentasei anni. Fidanzata con Marcus Montgomery. Cercò di tirarsi su dritta, ma l'ingombrante abito da damigella, schiacciato sotto la cintura di sicurezza, le impediva i movimenti. Stupido vestito del cazzo. Prima se lo toglieva, meglio era.

Accese la luce sopra il cruscotto e fissò ancora la foto.

Abby Porter aveva lunghi capelli nero lucido e occhi

nocciola dallo sguardo intenso. Gli zigomi erano notevoli, tanto quanto lo era il modo in cui teneva la testa china. Come per dire "fanculo" al mondo. Non sembrava avesse voglia di cantare e ballare al pensiero di sposarsi con Marcus. D'altra parte, la foto era uno scatto professionale; probabilmente risaliva a prima che Marcus le chiedesse di sposarlo. Forse era una foto di quelle che si usano per lavoro. Tirando a indovinare, Jordan avrebbe detto che Abby faceva qualcosa nel marketing. Probabilmente la brand manager, o la direttrice di reparto. A giudicare dalla foto, Abby Porter sapeva quello che voleva, e normalmente lo otteneva.

Abby voleva sposarsi con Marcus? Jordan non lo sapeva, né era affar suo saperlo.

Affar suo era fare in modo che il matrimonio fosse un'esperienza spensierata per la sposa. L'email diceva che Abby avrebbe gradito il suo aiuto e voleva incontrarla per parlarne; Jordan la poteva chiamare, quando avesse avuto il piacere di farlo?

Diede un'ultima occhiata allo sguardo freddo e seducente di Abby, poi rimise il telefono nella borsetta. Certo che poteva chiamarla. Ma non quella sera.

Quella sera, intendeva rilassarsi con del buon nettare d'uva e accontentare la sua migliore amica.

Avrebbe scoperto qual era la storia di Abby Porter l'indomani.

Per il momento, Abby poteva anche aspettare.

Capitolo 2

Abby Porter afferrò il ferro cinque e guardò con attenzione il *green* del campo pratica. Il monitor diceva che il suo ultimo colpo era finito ben più lontano del solito. Il che non la sorprendeva. Quel giorno aveva parecchia frustrazione da eliminare dal proprio sistema s-centrato. Ma si diceva così? Be', adesso sì.

Alta poco più di un metro e settanta, assunse la posizione di tiro, sollevò il bastone da golf dietro le spalle, e con una decisa rotazione del corpo, lo calò sulla pallina, scagliandola per aria lungo il campo. Se fosse finita anche più lontano della precedente, non si sarebbe stupita. Era di umore storto quella sera, dopo che erano stati a cena dai genitori di Marcus. Sapeva che lui la stava osservando, che la stava valutando dal divano nero in fondo alla postazione. E infatti, quando si voltò, il suo promesso sposo era lì seduto, con un piede appoggiato sul ginocchio opposto, e il sorriso di chi la sa lunga sul viso attraente.

Sì, se l'era scelto bene: Marcus era alto, moro e bello. I loro bambini sarebbero stati stupendi.

"C'è qualcosa che vuoi dirmi, Abs?"

"No." Appoggiò il bastone contro il divisorio della postazione e si lasciò cadere sul divano accanto a lui.

Marcus allungò un braccio, tirò Abby vicino e le diede un bacio sulla tempia. "Bene. Non vorrei essere una di quelle palline. Non c'è dubbio su chi sia il capo, nella vostra relazione."

Lei lo guardò, sollevando un sopracciglio. "E chi è il capo, nella *nostra* relazione?"

Marcus le rivolse un sorriso smagliante. "Sei tu, naturalmente." Le diede un bacetto sulle labbra, poi si alzò per fare qualche tiro. Le sue gambe lunghe erano avvolte da pantaloni neri da ufficio fatti su misura; la camicia celeste era infilata nei pantaloni. Probabilmente era sempre stato così, sin dai tempi della scuola. Ordinato, preciso. E così sarebbe rimasto, anche quando sarebbero andati a vivere insieme, dopo il matrimonio. Ma c'era tempo. Abby sperava di cavarsela. Lei non era altrettanto ordinata. O forse, la domanda giusta da porsi era un'altra: se la sarebbe cavata lui con lei? Mancava qualche settimana al matrimonio; solo allora l'avrebbe scoperto.

Lui si voltò, appoggiandosi al bastone da golf. "La pallina era mia madre?" Senza darle il tempo di rispondere, fece uno *swing*, ma fu un colpo a vuoto. Centrò la pallina al secondo tentativo, mandandola lontano. Si voltò ancora per guardarla, in attesa della risposta.

Scosse la testa. No, non avrebbe mai preso a mazzate la madre di Marcus. "Era solo uno sfogo. Non mi è concesso?"

"Ma certo, fai pure." Prese un'altra pallina dal secchiello alla sua destra, si chinò per posizionarla sul *tee* bianco graffiato, e si girò di nuovo a guardarla. "Lo so anch'io che è stata fin troppo precipitosa. Un po'... travolgente. Possiamo fare tutto a modo tuo. *A modo nostro*. Non dobbiamo tenerci per forza tutti i discorsi, tutta la roba che dice lei."

Abby allargò le mani e represse la rabbia. Non era colpa di Marcus. Lui era il contrario della madre. Come avesse fatto quella donna nevrotica e bigotta a mettere al mondo un figlio tanto calmo e misurato, per lei era un mistero. Non che il padre di Marcus fosse uno stinco di santo: l'ultima volta che le avevano contate, Gordon aveva almeno tre amanti.

No, Marcus era l'uomo che era, a dispetto dei suoi genitori e dell'educazione che gli avevano impartito. Ragion per cui, coinvolgere la sua famiglia nei preparativi del matrimonio era molto più che solo una seccatura.

"Non è affatto facile, sai. A sentire tua madre, c'è una sfilza di tradizioni della tua famiglia cui dobbiamo attenerci. I vostri *modi di fare le cose*: non è così che ha continuato a dire con una certa enfasi?" La quinta volta che se l'era sentito ripetere, avrebbe voluto gridare a squarciagola che aveva capito. Ma non sarebbe stato un comportamento appropriato verso la futura suocera. Anche perché era solo la quarta volta che si erano viste. Marjorie l'approvava? Probabilmente no.

Abby era abbastanza sicura che gran parte delle madri pensasse che la futura sposa del figlio non fosse degna di lui, ma le pareva che Marjorie, quel giorno, si fosse spinta ben oltre. Le settimane successive sarebbero state impegnative. Specialmente per tutte le cose-da-sposa extra che i Montgomery si aspettavano da lei, ora che stava per diventare una della loro famiglia.

Non aveva ancora deciso se rinunciare al proprio cognome, dopo essersi sposata. Andava contro ogni cellula femminista del suo corpo. Ma se avesse affrontato l'argomento quella sera, avrebbe potuto contrariare Marjorie al punto da renderla intrattabile, per cui se n'era rimasta buona. Poteva darle battaglia in un altro momento. Tra l'altro, Marjorie aveva dei problemi a capire il suo accento scozzese.

Marcus lasciò il bastone accanto al tappeto da golf, la raggiunse, si sedette di fianco a lei e le prese una mano.

Abby chiuse gli occhi. Si sentiva sempre al sicuro con Marcus. Era una delle ragioni per cui aveva acconsentito a sposarlo. Per quello, e perché aveva compiuto trentasei anni quattro settimane prima. Il tempo scorreva inesorabile: doveva ricordarselo, se voleva una famiglia; glielo dicevano tutti in continuazione. Marcus era molto meglio di ogni altro uomo con cui era stata: quando le aveva fatto la proposta di matrimonio, si era sentita come se avesse vinto alla lotteria.

Adesso era *quella*, la sua vita. Colpire palline da golf col suo futuro marito. Marcus Montgomery. Era caduta in piedi. Con lui, sarebbe stata felice.

Ordinata e precisa.

Ma felice.

Quando aprì gli occhi, lo sguardo di Marcus era fisso su di lei. Le strinse la mano e sospirò.

"Vedi, Abby, questa è l'ultima cosa che volevo. Siamo al conto alla rovescia per il nostro matrimonio. Quel giorno, la persona più importante sarai tu." Puntò l'indice contro il proprio petto. "Non io. Io sarò solo la persona più fortunata, perché ti sposo." Si sporse avanti, come per dare più enfasi alle sue parole.

"E sì, lo so che mia madre si è un po' fatta prendere la mano, ma su una cosa ha ragione. Hai bisogno di qualcuno che ti assista nel periodo prima del matrimonio. Di una persona che sia a tua completa disposizione." Fece una pausa. "L'ho pensato dopo che sei stata da lei la volta scorsa. Oggi ne sono ancora più convinto. Guardati: sei tutta rossa e stressata." Drizzò la schiena e le diede una delle sue occhiate guarda-che-faccio-sul-serio. "Ho fatto una piccola ricerca e ho trovato una soluzione. A prima vista, sembra poco ortodossa, ma forse è davvero la risposta alle nostre preghiere."

Abby vedeva la sua bocca articolare le parole e le ascoltava, ma aveva difficoltà a capirne il senso. "Cosa intendi per 'poco ortodossa'?"

"Ho trovato una donna che offre un servizio chiamato *La Damigella Professionista*. È una specie di assistente personale della sposa. Proprio quello che ci serve. Mi sono preso la libertà di contattarla."

"Tu hai fatto cosa?" Non erano ancora sposati, e Marcus faceva già le cose al posto suo? Un campanello di allarme la fece vibrare dalla testa ai piedi. Non andava affatto bene.

"Se sei preoccupata per i soldi, non devi. Pago io."

"Mi preoccupa di più lo zelo eccessivo dei Montgomery." Fremette di rabbia. "Non puoi fare sempre le cose alle mie spalle. Lo fai in continuazione, con questo matrimonio. Certe volte mi sento come una che sta a guardare, mentre fanno tutto gli altri."

Marcus scosse la testa e posò una mano sulla gamba di Abby. "È solo per semplificarti la vita. So che hai poco tempo. Ti stai impegnando per ottenere una promozione al lavoro. Hai tanto da fare. Questa donna sembra molto capace. Pensa che – se vuoi – al matrimonio può anche fare la tua damigella. Non sarebbe una cattiva proposta, visto che Delta è a pezzi, da quando Nora l'ha lasciata." Non aveva ancora finito. "Ma soprattutto," aggiunse, "il suo ruolo sarebbe starti accanto e aiutarti fino alla fine del giorno del matrimonio."

Abby si accigliò. Stentava a crederci. “La mia damigella? Sei matto?”

Marcus le fece un sorriso tiepido. “La tua assistente personale-barra-damigella. Disponibile solo per te. Reperibile ventiquattro ore su ventiquattro, sette giorni su sette.”

Abby stava ancora scuotendo la testa. “Marcus, io ce le ho già, le damigelle. Non me ne serve una finta. Delta è la mia damigella d’onore, lo sai. E proprio perché è stata appena scaricata da quell’essere inutile che era la sua ragazza, adesso ha bisogno di concentrarsi su qualcos’altro. Cioè sul farmi da damigella d’onore. Non posso levarle il ruolo. Crollerebbe del tutto.”

Toccò a lui accigliarsi. “Non ti sto dicendo di togliere il ruolo a Delta. Solo la responsabilità. Devi ammetterlo, che ti stressa. Ti fa un sacco di domande sul weekend di addio al nubilato, quando invece avrebbe dovuto organizzarlo lei. Tra Delta e mia madre, direi che questa donna potrebbe essere proprio quello che ti serve.”

In effetti, aveva ragione. Abby aveva incaricato Delta di organizzarle il weekend di addio al nubilato, ma alla fine aveva dovuto fare quasi tutto da sola. Delta le aveva promesso che si sarebbe occupata dei dettagli, poi però era stata piantata dalla ragazza. Da allora si era rintanata, neanche fosse la fine del mondo, dimenticandosi che la sua migliore amica si sarebbe sposata di lì a poche settimane, e che il weekend di addio al nubilato si avvicinava sempre più.

“Non so.” Ma il suo cervello stava elaborando l’idea.

“Io invece penso di sì. Delta saprà esserci per te? E tua cugina Taran? Pensaci. Hai bisogno di qualcuno di cui fidarti, qualcuno che faccia qualsiasi cosa ti serva. Ci si sposa una volta sola, Abs. Voglio che tu arrivi al nostro matrimonio senza stress. Se questo significa pagare una persona che ti tenga per mano per le prossime settimane, così sia."

"Sono adulta, Marcus. Posso farcela da sola." Già s'immaginava cos'avrebbe detto sua mamma, che era di Glasgow, di una damigella professionista.

Marcus le diede un'occhiata. "Questa donna può occuparsi di mia madre per le prossime settimane. Può sorbirsi lei tutte le critiche."

Fu l'argomento che la fece desistere. "Può occuparsene totalmente? E gestire l'addio al nubilato?"

Marcus annuì. "Quello e anche di più." Si tirò indietro e si schiarì la voce. "Come ti ho detto, le ho già mandato un'email, solo per vedere se è disponibile. E sì, lo è." Alzò le mani, come se Abby stesse per spararagli. "Ti chiedo solo di pensarci, okay? Lo fai per me? Almeno incontrala, vedi cosa ti dice. Le sue referenze sono eccellenti. Se non andate d'accordo, non c'è problema. Cestiniamo l'idea. Ma se invece può renderti la vita più facile, perché no?"

Si sentiva ancora contorcere le budella dalla rabbia. Come aveva osato Marcus? Ma lui era fatto così. Aveva preso quell'iniziativa perché l'amava, non perché voleva controllarla. Lui era diverso dalla madre.

E se quella donna poteva occuparsi di Marjorie, forse l'idea non era poi così folle.

"Sono arrabbiata con te lo stesso, perché l'hai fatto alle mie spalle."

"Non saresti mai stata d'accordo, se avessi agito diversamente." Le rivolse il sorriso speciale che riservava solo a lei.

Abby fece un lungo sospiro. “Dicevi che l’hai già contattata?”

Lui annuì. “Sì, le ho inviato un’email ieri. Ti telefona lei. Si chiama Jordan.”

“Jordan.” Ma che nome era?

Capitolo 3

"Ma perché lo facciamo?" Jordan riusciva a malapena a parlare. Era senza fiato, ma continuava a far andare i piedi. In seguito a pessime esperienze, sapeva che, se si fosse fermata, sarebbe stato doppiamente difficile rimettersi in moto. Karen invece proseguiva fluida al suo fianco, come fosse sui pattini a rotelle. Ovvio che l'allenamento regolare avesse i suoi vantaggi, al contrario di una prima corsa dopo almeno un mese di inattività.

"Perché un'altra ricca stronza vuole che tu finga di essere la sua migliore amica ritrovata, nonché damigella. Perché per esaudire la lista dei desideri delle tue clienti, devi essere magra. E gnocca. Nessuno vuole una damigella grassa, o sbaglio?"

Come riusciva Karen a chiacchierare come se non avessero fatto venti minuti di corsa senza sosta? "Sei ingiusta verso la ciccia," disse Jordan a fatica. Alla sua sinistra, il mare mosso pareva il più grande letto ad acqua che si fosse mai visto nella storia. In alto, il cielo era grigio striato di nuvole bianche. Sembrava la felpa grigia su cui aveva spruzzato per sbaglio la candeggina, anziché lo smacchiatore; adesso, la indossava solo per imbiancare le pareti di casa. Cioè mai.

"Sono realista. D'altronde, non vuoi neanche diventare troppo magra e gnocca, perché nessuna sposa vuole essere messa in ombra il giorno delle nozze. È difficile trovare un equilibrio, eh?"

Non le diede risposta. Soprattutto perché non aveva più fiato.

Karen le lanciò un'occhiata. "Adesso non sei tanto gnocca, con la lingua penzoloni come un cane. Ma di solito, sei uno sballo." Le fece un gran sorriso. "Puoi essere un'ispirazione per le spose di ogni dove. Ricorda le parole di Kate Moss: 'Niente ha un buon sapore quanto sentirsi magri'."

"Forse dovrei prendere il brutto vizio della cocaina, per portare a termine la mia missione."

"Tutte le tue clienti probabilmente ce l'hanno."

Una sferzante raffica di vento le investì, privando Jordan di quasi tutta l'aria. Era maggio, ma le stagioni non facevano testo sulla costa del sud. Sul lungomare, ogni giorno era un continuo alternarsi di folate di vento. Più avanti vide Walton's, il caffè che le indicava sempre che erano a metà corsa: lì si giravano e tornavano a casa. Quel giorno però, col sole che lottava per uscire allo scoperto e le nuvole dall'aspetto minaccioso, lei aveva bisogno di una pausa. Quando passarono accanto al malridotto edificio di legno bianco, sbatté le ciglia a Karen.

"Ci fermiamo a bere un caffè?" Si strinse il fianco. "Ho una fitta e stanotte non ho dormito un granché. È l'adrenalina di quest'ultimo mese. Che ne dici? Posso rallentare un attimo?"

Karen le diede un'occhiata prima di annuire. "A patto che torniamo indietro di corsa."

"Lo giuro sulla mia vita." Disse, ma con le dita incrociate.

Dentro il caffè, Karen si fiondò subito alla toilette, mentre Jordan andò a ordinare due caffè *flat white* e prese posto vicino alla finestra che dava sul mare. L'aria era permeata dal profumo di salsicce e pancetta fritta: sentì brontolare il suo stomaco, ma non poteva cedere alla voglia di cibo goloso. Karen aveva detto il vero. Lei aveva un'immagine da mantenere, una storia da interpretare. Essere una damigella professionista era come essere un'attrice che deve stare sul palcoscenico e sotto i riflettori per intere settimane. Per il resto, tutto ciò che non sapeva in fatto di damigelle era irrilevante.

Di ritorno dalla toilette, Karen le si sedette di fronte. Mora, coi capelli corti e gli occhi azzurri penetranti e luminosi, era una di quelle persone felici di stare al mondo. Sorseggiò il suo caffè prima di parlare. "Allora, com'è andato il gran finale, stavolta? Ieri sera non siamo riuscite a entrare nei dettagli. Hai racimolato storie interessanti da raccontare, mentre io mi adoperavo affinché il nostro Paese avesse ancora abbastanza mutande in circolazione?" Karen era una responsabile degli acquisti di lingerie dei grandi magazzini Marks & Spencer, un lavoro che catturava l'attenzione di chiunque ne venisse a conoscenza.

Jordan passò in rassegna mentalmente la settimana appena trascorsa. La rivide come un film. Nel complesso, era filato tutto abbastanza liscio. Aveva avuto a che fare con spose ben peggiori di Emily.

"È andato bene."

"Non ti hanno sgamato?"

Scosse la testa. Per l'ennesima volta, era sorpresa che non le fosse ancora successo. Dopotutto, chi poteva permettersi i suoi servizi era gente coi soldi, persone che tendevano a stare appiccicate tra loro. Era sicura di aver visto un po' delle solite facce, ma ormai aveva perfezionato l'arte di mimetizzarsi. Tra l'altro, nessuno faceva davvero caso a una damigella seriale, no?

“Al contrario. Sono stata invitata ad altri due matrimoni.” Fece spallucce. “La sposa ha avuto un tentennamento mentre la stavano truccando, ma sono riuscita a farla andare comunque all’altare. Solo quello è stato un piccolo miracolo.”

“Lo dicono tutti, che il matrimonio è la tomba dell’amore.”

Jordan rise. “I matrimoni sono raramente una questione d’amore.”

Karen si appoggiò allo schienale, dando un’occhiata al mare dalla finestra. “Ma adesso ce l’hai, del tempo libero, sì?” Riportò gli occhi su Jordan. “Non dicevi che una cliente si è tirata indietro?”

Jordan scosse la testa, poi bevve un sorso di caffè. “Non è detto che sia libera: ho già un’altra potenziale cliente da chiamare. Il mio riposo può attendere. Siamo nella stagione dei matrimoni. Almeno fino a settembre devo lavorare senza sosta.”

Karen mise il broncio. “Devo iniziare a prendere l’appuntamento per vederti? Mi manchi.”

“Sai che non posso fare altrimenti. E poi hai Dave.”

“Dave? Lui è solo il mio ragazzo. Tu sei la mia migliore amica.”

Jordan le fece un gran sorriso. “E sarò ancora la tua migliore amica a settembre. La tua migliore amica più magra, più gnocca, e pure più ricca, con un po’ di fortuna. Intendo sfruttare al massimo questa stagione, perché me ne rimangono poche, ora che ho trentacinque anni. La gente non vuole una damigella grassa, ma neanche una vecchia.”

“Il mondo è un posto deprimente.”

Jordan fece un largo sorriso. “Non finché sono ancora giovane e belloccia. Emily sarà anche stata un tormento, ma un tormento redditizio. Speriamo arrivino altre spose così, quest'estate."

"Gente con più soldi che buon senso?"

"È un matrimonio. C'è chi è felice di darti una barca di soldi, purché tu risolva i suoi problemi. Io sono una risolvi-problemi di professione. Chi l'avrebbe mai detto, quand'eravamo all'università?"

Karen rise. "Io no." Si sporse avanti. "Di' un po', quanto ti hanno pagato, stavolta?"

"Abbastanza per offrirti la cena più tardi."

"Eccellente."

"E tu? Come va il mondo della lingerie? Hai fatto passi da gigante la settimana scorsa? Sei riuscita a far indossare a tutto il Regno Unito reggiseni blu elettrico con slip abbinati?"

"Non ancora. Ma fa parte del mio grande piano. Si arrenderanno, vedrai. È solo una questione di tempo."

Capitolo 4

Ad Abby facevano male le braccia. Aveva appena concluso una sessione di duro allenamento in palestra. Ma era un male buono. Quel tipo di affaticamento muscolare che si sarebbe trasformato in forza, in fiducia in se stessa, cui fare appello il giorno del matrimonio e durante la luna di miele alle Maldive. Il viaggio l'aveva prenotato Marcus. Senza consultarla.

Le aveva detto che voleva farle una sorpresa, ma lei gli aveva fatto sputare il rospo a furia di lusinghe. La maggior parte delle spose sarebbe stata contentissima delle spiagge di sabbia, delle baie appartate e del lusso a cinque stelle. Ma lei pensava solo al lungo volo.

Non le piaceva volare.

Anzi, lei *odiava* volare, specialmente se il volo era a lungo raggio. Tra l'altro, non riusciva neanche a pensare alla luna di miele. Il matrimonio era fin troppo incombente.

Era un'altra ragione per cui era andata in palestra quel mattino. Voleva smaltire la tensione. Non era sua abitudine andarci; aveva fatto un abbonamento solo per prepararsi al matrimonio.

Avrebbe dovuto essere più entusiasta delle due settimane in paradiso? Lunghe e oziose mattinate a letto, il brunch sul pontile, pomeriggi passati a languire al sole? Probabilmente sì.

Si soffermò sull'immagine nella sua testa, concentrandosi per renderla più vivida mentre camminava per strada.

Macché. Niente di niente.

Il cellulare vibrò nella tasca della giacca. Scosse la testa, lo pescò e guardò lo schermo. Non riconobbe il numero. Stava per trovare un altro idiota al telefono? Riceveva valanghe di chiamate da aziende che cercavano di capire se avesse avuto un incidente sul lavoro negli ultimi tempi. Fece clic sul tasto verde e sollevò il viso verso il sole, sforzandosi di vedere al di là delle nubi.

"Pronto? Parlo con Abby?" disse una voce forte e sicura.

"Sì, sono io. Se vuole vendermi un'assicurazione, o farmi iscrivere a qualcosa, non sono interessata."

"No, non la disturbo per quello. Il mio nome è Jordan. Marcus si è rivolto a me per aiutarla. Offro un servizio che si chiama *La Damigella Professionista*."

Smise di camminare e sbatté le palpebre: un lavavetri stava salendo su una scala a pioli traballante, appoggiata al muro di un'alta casa a schiera. Che fare? Passare sotto la scala, che c'era più spazio? Oppure girare intorno alla scala, ma rischiare di essere investita da un addetto alle consegne? Lei non era superstiziosa. Era una donna intelligente che credeva che tutto accadesse per una ragione. S'incamminò sotto la scala, inspirando profondamente. Nessun secchio d'acqua le cadde addosso. Ottimo, era sopravvissuta. Non le restava che scoprire dove l'avrebbe portata la conversazione con Jordan.

"Sì. Buongiorno. Marcus me l'ha detto, ma se devo essere sincera, le dico subito che non so se ho davvero bisogno di lei. Marcus cerca di rendermi le cose facili, ma io ho già una wedding planner e una damigella d'onore. Non so se c'è altro da fare, per lei."

Ci fu qualche istante di silenzio. "La sua non è una risposta insolita, Abby. Capisco perfettamente le sue perplessità. Ma si stupirebbe, se sapesse quanto posso aiutarla. Posso fare in modo che fili tutto liscio e che lei non percepisca neppure un ostacolo. D'altronde, non può funzionare, se lei non mi vuole tra i piedi."

"Lo so. Anch'io sono in affari. Gli affari sono tutta una questione di relazioni." Sospirò. Quella donna faceva ragionamenti sensati ed era sicura di sé. Di certo sapeva fare bene il suo mestiere. Ma qual era esattamente, il suo mestiere? Abby non riusciva ad afferrarlo. "Guardi che Marcus si è rivolto a lei senza parlarne prima con me. Gli ho detto che avrei acconsentito a incontrarla e avrei ascoltato quello che ha da propormi, e intendo farlo. A parte questo, non le prometto niente."

"È così che inizia buona parte dei miei rapporti di lavoro."

Okay. "Dov'è il suo ufficio?"

"A Brighton, ma posso venire io da lei. Mi sembra di capire che lei sia a Balham. Da qui ci arrivo in poco più di un'ora. Posso venire a trovarla nel weekend, se per lei va bene?"

Abby fece mente locale. Domenica aveva un barbecue a casa di un'amica, ma sabato poteva andar bene. "Possiamo fare sabato mattina?"

Jordan non esitò. "Sì. Ci mettiamo d'accordo bene con WhatsApp. Quando ci vediamo, le presento i miei servizi. Possiamo partire da lì."

Sembrava quasi plausibile. Non un servizio campato per

aria. “Va bene.” Fece una pausa. “Mi dica, Jordan, per quante spose ha fatto la finta damigella?”

“Ventisette, per adesso. E sono prenotata per altre cinque quest’anno. Lei è fortunata: c’è stata una cancellazione, dunque posso inserirla nella mia agenda. Ma come le ho già detto, solo se vuole.”

Non appena aveva sentito il numero, Abby si era bloccata sui suoi passi. “Ventisette? Wow! Ne ha aiutate parecchie, di spose. E chi lo sapeva, che ce ne fosse tanto bisogno?”

“Uh, se le raccontassi, si stupirebbe,” rispose Jordan. “Va bene al mattino, alle dieci? Mi piace avere più tempo per una consulenza iniziale, almeno due ore. Pensi al nostro incontro come se andasse a prendere un caffè con un’amica. Solo per parlare, per fare conoscenza. Alla fine, saprà se possiamo lavorare insieme. Va bene così?”

Lei annuì. “Sembra quasi normale.”

Jordan rise. Fu una risata profonda e genuina, che strappò un sorriso ad Abby.

“Ci vediamo sabato,” confermò Jordan. “Cercherò di essere quasi normale, promesso.”

Capitolo 5

Jordan aveva organizzato l'incontro con Abby al Pinkies Up, un locale che era appena entrato nella cultura delle caffetterie di Balham High Street. Aveva contattato il suo amico Sean, che abitava nell'area; gliel'aveva detto lui, che quello era il posto più in voga del quartiere. Non si era sbagliato. La caffetteria era un mare di tavoli bianchi di legno con sedie abbinate. Le pareti rosa scintillante erano abbellite da porta-vasi con piante rigogliose, le cui foglie ricadevano con naturalezza ovunque si volgesse lo sguardo. A Jordan l'effetto piaceva: le piante la calmavano, la facevano sentire a suo agio.

Era arrivata in anticipo, perché lei era fatta così. Si sedette e perlustrò la sala con gli occhi, mentre sorseggiava un caffè americano con latte caldo. La caffetteria era piena di gente, il solito mix di genitori coi bambini, in mezzo a una schiera di individui che digitavano furiosamente sulle tastiere dei portatili. Lei non aveva mai capito quella tribù, finché non aveva avviato la sua attività. Adesso sì, capiva il valore di poter lavorare fuori dalle quattro mura di casa, circondata dal brusio dell'interazione umana. Anche se, dopo lavori lunghi come quello che aveva appena concluso, bramava la solitudine per un po' di giorni. La sua attività aveva a che fare col pubblico, il che non era mai una passeggiata.

Quando l'orologio batté le dieci, entrò una donna. Si torceva le mani. Il suo sguardo dardeggiò nella caffetteria. Era la donna dell'email. Abby.

Jordan raddrizzò la schiena. L'avrebbe riconosciuta comunque, anche se non avesse saputo che aspetto aveva. Le era già capitato tante volte con altre spose. Anche se, normalmente, le spose non erano tanto riluttanti a incontrarla quanto le era sembrata Abby al telefono. Di solito, le spose gradivano le attenzioni extra. Forse Abby sarebbe stata una sfida più del solito.

Jordan le aveva detto che si sarebbe messa una camicia gialla; il giallo risaltava sulla sua pelle abbronzata, motivo per cui riceveva sempre dei complimenti quando la indossava. L'aveva abbinata con pantaloni neri e scarpe sportive Grenson. Uno stile casual, ma coordinato. Nei primi incontri come quello, il troppo formale avrebbe reso le cose innaturali.

Si alzò e le accennò un saluto, come se stesse pulendo il vetro di una finestra.

Quando Abby la raggiunse, le tese la mano. "Grazie per essere venuta. È un piacere conoscerti. Ci diamo del tu?"

Abby le diede una ferma stretta di mano, annuì sbrigativamente e si sedette sulla sedia opposta. Indossava jeans blu scuro e un top nero. Le mani erano fresche di manicure; le unghie, rosso lucido. Dunque, una donna che si prende cura di sé, pensò Jordan. I capelli scuri ondulati le sfioravano le spalle. E che dire dei suoi zigomi irresistibili? Abby era uno schianto, non c'era dubbio. Stringendo la borsetta Coach marrone, la nuova arrivata diede a Jordan una rapida occhiata di ispezione.

Capelli biondi, occhi celesti e sorriso accattivante, aveva passato il test? Le parve di sì, poiché vide il corpo di Abby rilassarsi visibilmente.

"Stavo per non venire." Abby aveva un accento scozzese morbido, cantilenante. Si appoggiò allo schienale della sedia. "Ma le mie buone maniere hanno avuto la meglio. So che sei venuta fin qui da Brighton: sarebbe stato alquanto scortese da parte mia darti buca." Fece spallucce. "Dunque, eccomi qui. Quanto tempo intendo restare... be', dipende."

"Da che cosa? Da quanto è buono il caffè qui? Ti dico subito che non è male." Jordan fece cenno a una cameriera di passaggio di avvicinarsi.

Abby ordinò un caffè. Cambiò posizione sulla sedia e si girò ad appendere la borsetta allo schienale.

Restava. Primo round: vittoria per Jordan.

"Devo ammettere che non sei come mi aspettavo."

"Ah no?" Di rado Jordan lo era. "Cosa ti aspettavi?"

"Che ti presentassi col vestito da damigella. È stupido, lo so. Non sei venuta a un matrimonio, allora perché avresti dovuto indossarlo? È solo che... Hai l'aria di una che potrebbe essere tranquillamente una mia amica. Una persona che conosco già. Non me l'aspettavo."

Jordan sorrise. "È proprio questo il punto. Il mio lavoro è inserirmi nella tua vita. Posso farlo solo essendo come mi vuoi tu." Sollevò un paio di ciocche di capelli biondi. "Questo è il mio colore. È quasi naturale, mi sono aiutata un po' con una fiala. Ma li ho tinti di castano ramato, di rosso e persino di nero quando ce n'era bisogno. Posso essere chiunque vuoi che sia." Osservò la figura alta e flessuosa che aveva di fronte: Abby era ancora in modalità attacco-o-fuga. Doveva continuare a parlarle, farla sentire rilassata. Era il suo lavoro. La sua specialità. "Scusa, sto correndo troppo."

La cameriera portò il caffè.

"Ti va di mangiare qualcosa?" Abby faceva colazione normalmente? Jordan scommetteva di no.

Abby scosse la testa. "Sono a posto così."

"Okay. Immagino che dovrei dirti qualcosa della mia attività. L'ho avviata perché vedevo che ce n'era bisogno, ed è cresciuta col passaparola. Come ha fatto a trovarmi, Marcus?"

"Mi pare su un sito web." Abby serrò le labbra e le protese verso l'esterno, corrugando la fronte. "Però è strano che sapesse dell'esistenza di un servizio del genere."

"Quando ho letto la sua email, mi è sembrato che volesse solo facilitare il più possibile il vostro matrimonio. È il mio lavoro, e lo faccio bene. Puoi parlare con una qualsiasi delle spose con cui ho lavorato, ti dirà che è così."

"Ti credo sulla parola." Abby sorseggiò il caffè, annuendo. "Hai ragione. Aveva buone intenzioni. Allora, cosa mi dici? Di cosa parli normalmente al primo incontro?"

Jordan si schiarì la voce. "Di come posso darti una mano. Ed è anche un'occasione per conoscerci e capire se possiamo lavorare insieme. Perché, se decidiamo di sì, è a tempo pieno. Non accetto tutte le spose che chiedono di me, né vengo accettata da tutte. Niente pressioni." Fece una pausa. Abby era una donna difficile da capire. "Iniziamo con qualcosa di facile. Parlami della tua vita. Il tuo lavoro, la tua famiglia. E ovviamente, la cosa più importante: come hai conosciuto Marcus."

Abby accavallò le gambe e annuì. "Okay, i miei fatti privati. Sono una project manager per InvestWell. Incrociando le dita, sto per essere nominata team leader di un progetto per l'implementazione di un nuovo sistema nella nostra divisione Asset Management. Il mio capo è simpatico, ma noioso; se finisco come lui, mi posso anche sparare. Il mio non è un lavoro che fa gola, ma è redditizio. Faccio in modo che le cose vadano a buon fine, e la gente lo apprezza." La fissò. "Se non sbaglio, è quello che fai anche tu, no?"

Era perspicace. Jordan annuì. "In parte. Ma pensami anche come la tua cheerleader, il tuo braccio destro e una spalla su cui piangere." Certe volte diceva "psicoterapeuta", ma aveva come l'impressione che quel termine avrebbe fatto scappare la sua potenziale cliente. L'aveva percepita subito come una donna indipendente, che di rado chiedeva aiuto. Chissà se l'avrebbe assunta. Per il momento, non ne aveva idea.

"Tra l'altro, se lo fai tutto il giorno per lavoro, quando hai del tempo libero, l'ultima cosa che vuoi fare è la project manager." Jordan fece una pausa. "Sei ordinata a casa?"

Un sorriso irruppe sul volto di Abby. Le donava, pensò Jordan. Scosse la testa. "No. Lì vince Marcus. Lo sanno tutti che lascio in giro le tazze sporche di caffè per giorni. Lui al solo pensiero rabbrividisce."

"Non puoi star dietro a tutto." Aveva toccato un nervo scoperto. "E la tua famiglia?"

"La mia famiglia." Il sorriso di Abby si allargò. "È molto più facile avere a che fare coi miei, che con la famiglia di Marcus. Mia madre, Gloria, è una professoressa universitaria originaria di Glasgow, ma adesso abita a St Albans. Mio padre aggiusta aspirapolvere."

Jordan la guardò, perplessa. "Per lavoro?"

"Gli capita spesso, sì." Fece un largo sorriso. "Non è il mio padre biologico, ma potrebbe comunque esserlo. Mi ha cresciuta lui. Si chiama Martin. Le stesse tre lettere iniziali dell'uomo che sto per sposare. Forse tutti gli uomini col nome che inizia per 'Mar' sono speciali?"

Jordan inclinò la testa. “Boh, può darsi. Mio padre si chiama Bob, quindi non saprei.” Fece una pausa. “Dimmi come hai conosciuto Marcus, come ti ha chiesto di sposarlo.”

Abby diede una lisciata ai jeans senza che ce ne fosse bisogno. “Che dire di Marcus? È un tesoro. Sono molto fortunata ad averlo accanto.” Aveva arricciato le labbra. “Mi ha chiesto di sposarlo dopo una cena romantica a casa sua. Si è inginocchiato con un ginocchio solo, e me l’ha chiesto.” Fece una pausa. “È stato all’antica, incantevole. E da buon gentiluomo, aveva già chiesto la mia mano ai miei genitori, la settimana prima. Ma questo non mi fa impazzire: io non sono una proprietà dei miei genitori da dare via.” Stava facendo oscillare il piede rapidamente. “Ma lui è fatto così: tradizionale e dolce. Tra l’altro, fa un curry verde thai sensazionale. Mia madre pensa che dovrei sposarlo solo perché sa il fatto suo in cucina.”

“Ho sentito ragioni peggiori.”

“Ne sono certa.” Abby sorseggiò il caffè e si leccò le labbra; il fantasma di un sorriso le attraversò il volto. “Dimmi perché dovrei stare al gioco e assumerti come finta damigella.”

“Risposta breve: perché posso levarti di dosso tutto lo stress e far sì che il matrimonio sia per te un evento piacevole. Col pacchetto tutto-incluso, faccio una delle tue damigelle. Se hai bisogno che ti scriva il discorso, che ti organizzi l’addio al nubilato, o che ti procuri il reggiseno giusto per il gran giorno, lo faccio. Posso anche farti dormire bene la notte prima.”

Abby rise. “Sei pure una maga?”

“Così dicono.” Le rivolse un sorriso abbagliante. “Se non vuoi il pacchetto tutto-incluso, c’è la possibilità di ingaggiarmi su base giornaliera come ‘assistente personale della sposa’.

Sarò lì per renderti la vita più facile. Per fare tutto ciò che vuoi."

Abby annuì, mentre considerava la proposta.

"Se scegli il trattamento VIP, la storia che racconto normalmente è che sono una tua amica d'infanzia, ci siamo perse di vista per tanti anni, mi sono rifatta viva io e abbiamo riallacciato la nostra amicizia." Ripiegò i gomiti in grembo, voltando i palmi verso il soffitto. "Da piccole ci promettevamo sempre di fare la damigella l'una dell'altra, dunque eccomi qui." Si sporse avanti, guardando Abby intensamente. "È una storia che funziona a meraviglia. Ma ti stupiresti, se sapessi le poche volte che ho dovuto tirarla fuori." Si grattò una guancia. "Nell'improbabile eventualità che io venga interpellata sul nostro passato, sono riservata, nonché una buona attrice. Senza contare che io vado d'accordo con tutti: fa parte del mio lavoro. Marcus mi ha scritto che la tua spina nel fianco è la tua futura suocera. Sono esperta anche di suocere."

Il piede di Abby ricominciò a oscillare. "Hai una suocera?"

Jordan rabbrividì. "No. Se l'avessi, sono sicura che anche per me sarebbe difficile averci a che fare." Sorrise. "Ma ci arrivo lo stesso, grazie all'esperienza e alle mie competenze. Ho una laurea in psicologia e so come trattare la gente. So fare bene la mia parte, posso evitarti gli incontri difficili ancor prima che a tua suocera venga in mente di convocarti. Se è lei che ti dà più problemi, basta che me lo dici, e non avrete altre conversazioni prima del matrimonio. Far sparire i problemi è il mio lavoro, e sono pure brava."

Abby ci pensò su per qualche istante. "Sembra allettante. Ma ho già due damigelle. La mia damigella d'onore sta organizzando l'addio al nubilato. Non so se me ne serve un'altra che faccia lo stesso."

Jordan fece spallucce. "Non c'è problema. Posso anche essere solo una damigella in più, che allenta la pressione per tutti. Posso essere la tua 'damigella d'onore' in tutto e per tutto, tranne che per il nome." Sollevò una mano. "Ma non voglio pestare i piedi a nessuno. Se la persona che hai già scelto ha tutto sotto controllo, molto bene. Se invece..." Esitò. Era sempre difficile dirlo. "Senza giri di parole, lei ce la fa? Ti sta rendendo la vita più facile o più difficile?"

Abby protese le labbra da un lato, poi dall'altro, infine emise un lungo sospiro. "Lei è un cazzo di incubo, a dire la verità." Si mise una mano sulla bocca. "Non dirglielo! Mi ucciderebbe. Merda! Era la mia voce interiore."

Jordan smorzò un sorriso. Due parolacce in poche frasi. Abby stava iniziando a sciogliersi. "È una storia comune." Si sporse avanti e le posò una mano sul braccio.

Abby trasalì, fissando prima le dita di Jordan, poi Jordan.

Qualcosa si destò in lei. Resse lo sguardo di Abby per un momento, poi scosse la testa. "Cosa stavi dicendo?"

Già, cosa stava dicendo? Dovette spremersi le meningi per ricordarsi.

"Ah, sì. La riservatezza del cliente. Se mi assumi, qualunque cosa mi dirai sarà strettamente confidenziale. Qualunque cosa. Quindi, non scusarti mai. Posso aiutarti di più, se so esattamente con che cosa ho a che fare. Okay?"

Annuendo, Abby arrossì e non riuscì a mantenere lo sguardo fermo sul suo viso. "La verità è che la mia damigella d'onore, Delta, è la mia migliore amica. È una donna molto capace e davvero adorabile. Ma è appena stata scaricata dalla sua ragazza, e adesso si preoccupa solo di quello. Diciamo che, da quando è successo, sta facendo un casino dopo l'altro, e io sto sclerando per il weekend di addio al nubilato, che sarà a Cannes."

Jordan si appoggiò allo schienale. Abby aveva bisogno del suo aiuto, sia con la suocera, sia con la damigella d'onore. Aveva già il lavoro in tasca, no?

Abby le piaceva. Le piaceva la sua schiettezza. E sarebbe rimasta volentieri ad ascoltare il suo morbido accento scozzese tutto il giorno. Era certa che, come ogni sposa, avrebbe avuto la sua buona dose di crolli emotivi, ma aveva anche l'impressione che sarebbe stata ragionevole. Tra l'altro, aveva una damigella d'onore lesbica: un altro segno di spunta nella colonna pro-Abby.

"Se lavoriamo insieme, posso organizzarti anche il weekend di addio al nubilato. Toglierti la pressione. Occuparmi di Delta. Occuparmi della madre di Marcus. Come si chiama?"

"Marjorie." Il nome uscì dalle labbra di Abby come un sibilo. "Purtroppo anche Marjorie inizia con 'Mar': posso gettare a mare la mia teoria."

"Forse vale solo con gli uomini, come avevi detto prima."

Il viso di Abby si rilassò in un sorriso. Quando rideva si trasformava, pensò Jordan. Avrebbe dovuto ridere più spesso.

"Davvero le tue clienti ti vogliono nelle foto dei loro matrimoni? Anche se sei una totale estranea?"

"Sì. Una donna mi ha assunta perché tutte le sue damigelle litigavano, e allora ha dato il benservito a tutte. Le ho organizzato l'addio al nubilato, ho fatto tutto per lei, pure precederla nella marcia nuziale in chiesa."

"La capisco. Anch'io non volevo le damigelle, mi ha

convinta Delta. E adesso si sta tirando indietro. Mia cugina Taran abita in Scozia, perciò è inutile rivolgermi a lei."

"Sembra che Marcus abbia ragione. Hai bisogno di aiuto."

"Ma Marjorie *e* Delta? Sei sicura di farcela? Nessuna delle due cede facilmente. Delta giocava a rugby all'università."

Jordan rise. "Mi guarderò dai placcaggi alti."

"È scozzese, come me. Ma ci siamo conosciute all'università a St Albans." Il viso di Abby si era disteso. "Ancora non mi sembra vero che c'è chi sceglie un'estranea come damigella."

Se l'era già sentito dire altre volte. "Sono un'estranea per ora. Ma se lavoro con te, non resterò un'estranea a lungo, no? In più, considera che alcune spose scelgono come damigelle parenti che hanno incontrato una o due volte in vita loro. Quando si arriva al matrimonio, della sposa spesso so più io che la sua migliore amica. I matrimoni fanno uscire le persone allo scoperto."

"Una damigella professionista." Abby scosse la testa. "Come sei arrivata a far diventare il ruolo di damigella un lavoro?"

"È una lunga storia. Te la racconto se mi assumi."

"Sul serio puoi fare da barriera umana tra la madre di Marcus e me?"

"Se ricordo bene, mancano solo cinque settimane al matrimonio, no?"

Abby annuì.

"Posso fare in modo che per le prossime cinque settimane i vostri contatti siano minimi. A parte il giorno delle nozze e le vostre cose personali, ovvio."

"Direi che allora vale la pena di tentare." Fece una pausa, la fissò, poi inclinò la testa all'indietro ed emise un lungo sospiro. “Affare fatto.” Si raddrizzò e le tese la mano. “Vediamo se funziona. Sarai la mia damigella. Non ne volevo neanche una, e adesso ne ho tre.” Sollevò un sopracciglio ben delineato. “Prendiamo un altro caffè, per festeggiare?”

“Offro io.” Fece segno alla cameriera di avvicinarsi, poi strinse la mano di Abby.

Non appena si toccarono, percepì un brivido caldo su per il braccio. I suoi occhi cercarono in automatico il viso di Abby, e si rese conto che anche lo sguardo di Abby era allacciato al suo.

“Sei una donna intrigante, Jordan. Come ti chiami di cognome?”

“Cohen.” Il suo battito cardiaco ricominciò ad aumentare.

“Jordan Cohen.” Abby inclinò la testa. “Sei senz’altro la mia damigella più graziosa. Benvenuta nel Team Abby. Ti ha contattata Marcus, ma ora fai parte del Team Abby. Va bene?”

Per un istante Jordan dimenticò dove si trovava. Poi l’ambiente circostante tornò a fuoco, e si ricordò.

Si trovava a un appuntamento di lavoro. Abby era una cliente. Una cliente che doveva sposarsi. Erano solo affari. Non importava quanto fossero belli i suoi occhi.

“Perfetto. Non vedo l’ora di vederti felicemente sposata in un futuro molto prossimo.”

Capitolo 6

Delta salutò Abby con un sorriso malinconico e un abbraccio molle. Normalmente, i suoi erano abbracci da orso, ma la separazione era stata un brutto colpo. Solo il mese prima, aveva accennato ad Abby che forse lei e Nora avrebbero traslocato altrove. Poi Nora aveva cambiato i suoi piani senza preavviso. Abby era triste per Delta, ma non le dispiaceva che la loro relazione fosse finita. Nora era un'insopportabile so-tutto-io, un tipo gelido, o almeno così le era sembrata le poche volte che si erano viste. Delta, al contrario, era una persona straordinaria, una che non nascondeva i suoi sentimenti. Abby le aveva detto molte volte di prendersi cura del proprio cuore. E di alzare l'asticella in fatto di donne, perché di solito le scelte di Delta erano atroci.

La prese per mano mentre camminavano lungo la strada principale dello shopping di Londra. Il rumore del trambusto di Oxford Street scorreva di fianco alle loro orecchie. I taxi neri e gli autobus rossi scivolavano via, mentre i fattorini in bicicletta si destreggiavano abilmente dentro e fuori dal traffico. Sopra le loro teste, maggio fingeva ancora di essere aprile, con nuvole bianche che coprivano un cielo azzurro pallido, bloccando la luce del sole. Sperava in un tempo sereno per il suo matrimonio, a giugno. E nutriva la stessa speranza di serenità per l'amica.

La condusse dentro John Lewis, uno dei grandi magazzini più famosi di Londra. Come al solito, i loro sensi furono presi d'assalto non appena misero piede nel reparto di bellezza, un tripudio di luci abbaglianti e profumi floreali. Inspirò profondamente, mentre passavano dai banchi dei cosmetici, notando che tra le commesse incredibilmente radiose scattava la massima allerta. L'odore dei cosmetici la faceva sentire a casa: da bambina, restava sempre affascinata a guardare la mamma che si truccava.

Presero la scala mobile; la loro destinazione era il reparto dei costumi da bagno, al secondo piano. Delta aveva acconsentito ad aiutarla a scegliere il bikini per la luna di miele, a patto che poi andasse con a lei a bere qualcosa di alcolico. Il bar sul tetto era la loro destinazione finale.

Abby sfiorò il braccio dell'amica. "Come stai?"

"Come sto?" Strinse il bordo della scala mobile. "Col cuore a pezzi. Giù di morale. Sobria, il che è un miracolo."

"Non penso che la prenderebbero bene al lavoro, se ti presentassi ubriaca."

"Lo so. È una grande ingiustizia."

Scesero dalla scala mobile e raggiunsero la rampa successiva, prima di riprendere la conversazione.

"Si è fatta sentire?"

"Nora?" Delta si mise una ciocca di capelli castani dietro l'orecchio sinistro.

"No, Babbo Natale. Ovvio che parlo di Nora."

Scosse la testa proprio quando arrivarono al secondo piano. "No. Ma non mi aspetto che si faccia viva. Quando se n'è andata, ha messo bene in chiaro che non intendeva rimangiarsi la sua decisione. 'Tu e io abbiamo fatto il nostro corso.' Ecco, credo siano state queste, le sue parole esatte."

Abby trasalì. "Ahia. Ha letto fin troppi libri di auto-aiuto."

Quelle parole strapparono un sorriso all'amica. "Ho avuto come la sensazione che mi stesse valutando, quando l'ha detto. In ogni caso, ho ricevuto un brutto voto."

Abby le diede una leggera stretta al braccio. Stavano passando tra giacche e camicette che costavano un occhio della testa. Si fermò, tirò su un blazer color oro brillante e fece una smorfia dopo aver controllato l'etichetta del prezzo. "Ti sentiresti meglio, se ti comprassi questo?"

Delta rise. "Non ho in programma una nuova carriera da maga."

"Ma ti starebbe benissimo." Si girò e indicò una camicetta di chiffon rosa. "Se lo indossi insieme a quella, ti troviamo un'altra compagna in men che non si dica. È un abbinamento da rubacuori."

Il sorriso triste era tornato. "È un po' presto, per scherzarci su."

Abby rimise il blazer sulla rella appendiabiti, poi prese a braccetto Delta. "Non perdere mai il senso dell'umorismo, D, altrimenti la dai vinta ai bastardi." Fece una pausa, guardando l'amica. "Comunque, ho delle novità. Una cosa che strapperà la tua mente da tu-sai-chi."

Delta volse la testa. "Sono tutta orecchie."

"Marcus ha assunto una damigella professionista per me. Lei è... Be', è simpatica per davvero. Sana di mente. Normale. Non ha niente a che fare con l'alta società." Jordan era pure attraente. Ma non intendeva concentrarsi su quello. "Marcus dice che sa gestire Marjorie a meraviglia. In pratica, lui ha messo i soldi per farmi passare il mio peggior mal di testa, e il mal di testa se n'è andato. In fin dei conti, avere i soldi ha i suoi vantaggi."

Delta si fermò davanti ai costumi da bagno. "Cos'è di preciso una damigella professionista?" Si grattò la testa. "Hai già due damigelle vere che ti conoscono, più una wedding planner."

"Sì, ma la wedding planner lavora per Marjorie, quindi non è dalla mia parte." Si morse l'interno della guancia. "Jordan invece sarà il mio braccio destro, mi aiuterà a fare tutto quello che c'è da fare. Incluso il weekend di addio al nubilato."

Delta si accigliò. "Non è compito mio?"

Doveva essere delicata. "Sì, ma ultimamente sei un po' tanto assorbita dalle tue cose. Marcus ha assunto quella donna per aiutarci, dunque io dico di lasciarla fare. Così possiamo rilassarci tutte e due e goderci l'addio al nubilato. Che ne pensi?" Se gliel'avesse chiesto un mese prima, Delta non sarebbe stata propensa ad ascoltarla. Adesso però, la sua faccia la diceva diversamente.

"Mi sa che ti ho delusa."

Lei l'abbracciò. "No, non pensare così. Pensa che mi stai facendo un favore. Devo dare a quella donna qualcosa da fare. Tu hai già messo in moto l'organizzazione, dunque hai fatto la tua parte nel lavoro di squadra. Lascia che subentri lei."

Delta serrò le labbra e le protese verso l'esterno. "Ma sono ancora la tua damigella d'onore?"

Abby annuì con enfasi. "Sicuro! Sei la mia migliore amica. Lì Jordan non può sostituirti."

Delta si avvicinò a un espositore di costumi da bagno, poi si girò verso Abby. L'espressione sul suo viso era quasi tornata alla normalità. “Allora, questa Jordan.” Fece una pausa. “Ma scusa, chi cazzo si chiama Jordan, a parte i personaggi nelle sitcom americane?”

“Per Katie Price, era un bel nome.” Abby sorrise per l’allusione.

“Non assomiglierà mica a Katie Price!”

Un’immagine di Jordan si fece largo nella sua mente. Il suono argentino della sua risata, che restava nell’aria per un po’, dopo che aveva smesso di ridere. Il suo sorriso semplice. Il suo modo diretto di guardarla, come se di lei sapesse già tutto.

“Tutt’altro.” Raccolse la parte sotto di un bikini arancione, ma la rimise subito giù, non appena vide che c’era sopra un fiore di brillantini rosa. “Tra l’altro, come ben sai, i Montgomery e i loro amici sono di un certo ambiente. Jordan no. Potrebbe anche essere una delle nostre amiche. Siamo ancora all’inizio, ma è già bello avere accanto una persona così, lì in mezzo. Qualcuno che mi capisce.”

“Io ti capisco.”

“Sì, lo so. Intendevo qualcuno dello staff. Tu non sei dello staff.”

“Oh mio Dio. Hai uno staff per il matrimonio. Terreno scivoloso. L’hai già detto a tua mamma?”

Scosse la testa. Non moriva dalla voglia di dirlo a Gloria. “Non ancora.” Fece una pausa. “Allora, siamo a posto? Dico a Jordan che può occuparsi lei dell’addio al nubilato?”

Delta la guardò un attimo, poi annuì. “Purché Jordan non prenoti un secondo spogliarellista.”

Abby le diede un colpetto col gomito. “Stai scherzando, spero.” Raccolse un bikini che aveva più buchi che stoffa. “Secondo te, a Marcus piacerebbe questo?”

Le bocca di Delta si curvò in un sorriso. “Se non gli piace, è gay. A proposito, te l’ho già detto, che ci scommetto ancora?”

Abby alzò gli occhi al cielo. “Non è gay, credimi. È solo sensibile.”

“Gay non è un insulto. Dico solo che, secondo me, il tuo futuro marito è un po’ diverso da quello che sembra. Un po’ come la sua futura moglie, oserei aggiungere. Lo sa Marcus, che ti sei divertita al college?”

Si girò verso l’amica. “Basta così.” C’era un tono di avvertimento nella sua voce, e Delta lo colse.

“Okay, oggi non è giornata.” Prese un bikini celeste con su stampate delle orchidee bianche. “Che ne dici di questo, per la nostra sposa tutta etero?”

Sospirò, ma non poté trattenere il sorriso che si allargò sul suo volto. “Sono andata a letto con una ragazza quindici anni fa. Pensavo che ci avessi già messo una pietra sopra.”

“Forse non mi conosci tanto bene.” Delta le rivolse un gran sorriso. Era bello vederla ancora sorridere, pensò Abby.

“Parlami di Jordan.”

“Vediamo. Ha più o meno la nostra età. È carina. Ti piacerebbe.” A lei piaceva già. “Capelli biondi, occhi celesti, buon gusto. La cosa fondamentale però, è che si sta smazzando Marjorie, e io l’adoro per questo.”

“Quanto si fa pagare?”

“Non l’ho chiesto. Probabilmente a sentire la risposta ci avrei ripensato.”

“Se io fossi un tipo sensibile, direi che mi hai tagliato fuori.”

Sollevò un sopracciglio. “Allora è un bene che tu sia tanto stoica, no?” Fece una pausa. “In ogni caso, do ancora per scontato che tu mi resti accanto. Jordan è solo un'assistente. Per certe cose, voglio il tuo parere. Ad esempio, per la scelta finale del vestito da sposa. Tra poco mi tocca decidere. Vieni anche tu, vero?" Lei e la mamma avevano ristretto la scelta a due opzioni finali e le avevano fatte fare su misura.

Delta fece il segno delle croce sul petto. "Croce sul cuore e che mi prenda un colpo."

Abby mosse un dito nell'aria per dire no. "Nessuna delle mie damigelle morirà. Non lo permetterò."

Delta le lanciò un'occhiata. "Basta che Jordan lo sappia, che io e te siamo amiche da vent'anni. Ti conosco e so cosa ti piace. Forse potresti farci incontrare, prima dell'addio al nubilato, così l'aggiorno un po'."

Annuì. "Va benissimo. Ci avevo già pensato."

"Bene." L'amica la guardò. "Di un po', ce l'avrai tra i piedi anche la notte di nozze, quando tu e Marcus consumerete il matrimonio?"

Abby le diede un pizzicotto sul braccio. "Ah, la notte di nozze. Almeno faremo sesso." Inspirò forte. Non era stata sua intenzione dirlo ad alta voce.

"Non lo fate già?"

Scosse la testa. Prese un bikini blu navy a pois dall'espositore. "Che ne dici di questo?" Aveva sentito dire che non fare sesso nel periodo che precedeva il matrimonio era una scelta di molte spose. Ma il loro calo di libido andava ben oltre. Durava da mesi.

Ma Marcus era gentile.

Doveva concentrarsi su quello.

Capitolo 7

"Quale prendo di tutti questi?" Jordan indietreggiò davanti alle mazze da golf che Abby aveva appoggiato al divisorio della postazione come se fossero radioattivi.

Davanti a loro, il campo pratica di un radioso verde pisello era cosparso di bandiere e bunker; la sua larghezza era pari a trenta postazioni, e da ogni lato era fiancheggiato da una rete alta trenta metri, per tenere le palline all'interno. Ce n'era bisogno, in effetti. Jordan vedeva palline schizzare in alto verso l'esterno sia da una parte, sia dall'altra; il ritmico schiocco dei colpi era un costante rumore di fondo.

Abby fece una risata roca. "Si chiamano mazze. Davvero ne sai così poco di golf?"

"Questo non è un campo da golf, giusto?"

Abby scosse la testa. "Questo è un campo pratica. Qui si viene per esercitarsi a tirare il *drive* e a fare lo *swing*. O anche solo per colpire un po' di palline."

"Ho capito. Io e gli sport non siamo amici. A scuola ero quella che aveva sempre il ciclo quando c'era educazione fisica. Vado a correre con Karen, la mia coinquilina, perché devo tenermi in forma. Sennò non ci andrei."

Abby la squadrò dalla testa ai piedi. "Davvero? Sembri il tipo di persona che va in palestra tutto il tempo."

Scosse la testa. "No. È solo la mia energia nervosa. Pura e semplice energia nervosa. Probabilmente sono così da quand'ero bambina. Sono figlia di militari, ci trasferivamo sempre. Impari a essere pronta per ogni evenienza, a fare le valigie e a traslocare in un attimo. È il motivo per cui questo lavoro fa per me. Sono organizzata e imperturbabile."

Abby annuì. "Detto dalla mia damigella professionista, è più che rassicurante." Fece una pausa. "Odi gli sport, ma il golf sarebbe perfetto, per te. È una pratica gentile, non si fa altro che camminare e oscillare. Nel campo pratica, il camminare si riduce a zero. Devi solo concentrarti e colpire la pallina."

Non sembrava poi così terribile. "Ma sì, ce la posso fare."

Abby scelse una mazza con la testa spessa – l'aveva chiamato *driver*? – e si girò a fissarla coi suoi occhi nocciola. "Ti faccio vedere come si impugna il bastone e come si fa lo *swing* in un minuto. Per prima cosa, siediti sul divano, guarda e impara. Okay?"

Lei annuì e andò a sedersi sul divano di vimini nero in fondo alla postazione.

Soddisfatta, Abby si leccò le labbra, flesse la schiena e distanziò bene i piedi. Facendo oscillare i fianchi da un lato all'altro, sistemò la presa delle mani sul bastone, mentre guardava ora il campo, ora la pallina. La sua concentrazione era immensa; Jordan ne era affascinata. Con quei fianchi abbassati, sciolti, Abby sembrava in grado di eseguire alla perfezione una figura otto di pattinaggio, o anche i passi della samba, nessun problema. Jordan lasciò che l'immagine le riempisse il cervello, prima di farla sloggiare. Si trovava al campo pratica per lavoro. E doveva fare bella figura con lo *swing*.

Dopo un altro paio di oscillazioni, Abby sollevò il bastone, fece una torsione col corpo ruotando il tronco a tutta velocità, e centrò il colpo. La pallina volò lontano lungo il campo pratica, e andò a schiantarsi contro la rete a destra.

Jordan raddrizzò la schiena e si lasciò sfuggire un fischio. Accidenti. Abby non solo sapeva muovere i fianchi in modo pericolosamente affascinante, ma sapeva anche farsi valere con le palline da golf.

Toccava a lei. Cazzo.

"Sei brava."

Abby sollevò lo sguardo e le rivolse un sorriso ambiguo. "Diciamo che vengo qui per scaricarmi. Se ho avuto una brutta giornata, faccio finta che le palline siano i miei clienti. Se ho avuto una buona giornata, faccio finta che le palline siano la mia futura suocera. Funziona alla grande in entrambi i casi."

Mise un'altra pallina sul *tee* blu graffiato, si posizionò e la colpì. Ripeté la sequenza dei movimenti altre due volte, poi si girò, con un sospiro di soddisfazione si tolse il guanto da golf mentre raggiungeva Jordan, e si lasciò cadere sui cuscini imbottiti del divano. Era molto più rilassata della prima volta che si erano viste, dieci giorni prima. Quello era il posto in cui si sentiva al sicuro. A Jordan faceva impressione che gliel'avesse rivelato così presto.

"Marcus viene qui con te?"

Abby annuì, senza distogliere gli occhi dalla vista di fronte. "Ci viene solo per farmi contenta."

"Lui non gioca a golf?"

"Sì, ma per lui è solo una questione di affari. Fa un sacco di affari sui campi da golf; è così che va il mondo. Se non fosse per quello, non ci metterebbe piede."

"Anche tu giochi a golf?"

"Ogni tanto. Preferisco venire qui. Mi basta andare in una postazione, prendere un secchiello di palline e scaraventarle in fondo al campo. È terapeutico. A volte è un'occasione per socializzare. Ma posso anche starmene per i fatti miei. C'è chi va in palestra, c'è chi medita. Io vengo qui." Fece una pausa. "Vuoi provare?" La guardò, sollevando un sopracciglio, poi si alzò e le tese una mano. "Dai, vieni, ti faccio vedere come si fa. Le mazze da golf non mordono, promesso. E neanch'io."

Sussultò. Non poteva eludere la richiesta. Prese la mano di Abby e saltò su in piedi, ignorando la stretta allo stomaco non appena le loro dita si toccarono.

Abby le porse un ferro sette, tenendolo in mano per la testa. "Vedi questo?" Le sue dita percorsero di traverso lo spesso *wedge* di metallo. "La testa è più angolata: vuol dire che hai più probabilità di centrare la pallina e lanciarla in aria."

Annuì. "Devo farla decollare." Prese il bastone e fece oscillare i fianchi come aveva visto fare Abby.

Non era facile.

"Intreccia le mani, così." Abby prese un altro bastone, per mostrarle come impugnarlo. "Il mignolo va tra l'indice e il medio opposti."

Jordan si accigliò, poi insinuò il mignolo all'interno del pollice.

Abby scosse la testa. "No, il mignolo va tra l'indice e il medio." Si sporse per sistemarle il mignolo. Prima che si tirasse indietro, un soffio del suo profumo floreale risalì le vie aeree di Jordan.

"Adesso tieni gli occhi sulla pallina, non sul bastone. Lo fai oscillare in alto, dietro la testa, e lo segui ruotando il busto. Tieni fermi i fianchi."

Svuotò la mente da ogni altro pensiero. Si concentrò, guardando prima la pallina bianca, poi in fondo al campo pratica. Davanti a lei, le palline schizzavano in alto dalle altre postazioni. Alla sua destra, un uomo col cappello da golf fece uno *swing* borbottando sottovoce, e mancò il colpo.

Prese un respiro profondo, sollevò il bastone dietro la testa, fece lo *swing*... e mancò il colpo anche lei.

Merda.

Rivolse un sorriso ad Abby.

Chissà perché, era importante riuscirci. Voleva impressionarla. Jordan era brava in quasi tutto ciò che riguardava la sua vita. Peccato che tra i suoi interessi non ci fosse il golf.

In piedi con una mano su un fianco, i capelli lucidi sotto i faretti della postazione, gli zigomi prominenti, Abby era intenta a fissarla. "Lo tieni troppo stretto. Se ti rilassi e stai sciolta, vedrai che è più facile centrare la pallina." Mosse i fianchi per mostrarle cosa intendeva per "stai sciolta".

Jordan la imitò, senza troppa convinzione. Fece un altro *swing*. E mancò di nuovo il colpo.

Che sfiga.

Non sembrava così difficile alla TV.

Nel giro di un secondo, Abby si posizionò al suo fianco, coi piedi divaricati alla larghezza delle anche e un bastone in pugno. "Lo tieni giusto, ma nel punto sbagliato. Troppo in alto. Prendilo verso il fondo dell'impugnatura nera, così." Le fece vedere la presa corretta sul proprio bastone.

Fissò le unghie di Abby, con la loro manicure francese. Erano perfette. Come la maggior parte delle future spose per cui aveva lavorato. Ma Abby era la prima che la portava a un campo pratica. Normalmente, la portavano alla spa, o a pranzo. Non a un campo pratica.

Abby non era una delle sue solite clienti.

Fece come le era stato detto, spostando le mani in quella che sperava fosse la posizione corretta.

"Adesso hai perso la presa con le dita intrecciate." Se non altro, Abby gliel'aveva detto con l'accenno di un sorriso. Colpire una pallina si stava rivelando sempre più una sfida: non ne aveva centrata ancora una.

Abby mise giù il bastone, si avvicinò e iniziò a sistemarle le mani con le proprie. Jordan si sentì percorrere da un brivido dalle dita dei piedi al cuoio capelluto; voltò la testa, per vedere se l'altra aveva notato il suo leggero sussulto. Se l'aveva notato, Abby non lo dava a vedere. Era del tutto concentrata sul modo in cui lei impugnava il bastone. Appoggiò la mano sinistra sulla mano sinistra di Jordan, indietreggiò e si portò alle sue spalle, la cinse in vita da dietro anche col braccio destro, e aderì alla sua schiena col seno e alle sue natiche col bacino.

Okay, era una presa corpo a corpo. Jordan ebbe un sussulto, ma rimase salda, mentre Abby si premeva contro di lei.

"Scusa eh, se invado un po' il tuo spazio personale, ma l'hai detto tu, che dovevamo entrare in confidenza."

Jordan percepì il sorriso nella sua voce.

"Il mio primo istruttore ha fatto così con me," proseguì Abby, "ed è stato di grande aiuto." Il suo corpo aderì ancor più al corpo di Jordan.

Il cervello di Jordan andò in pappa.

Col seno premuto contro le sue scapole, Abby la guidò a sollevare il bastone indietro, in alto, sopra le loro spalle.

Sì, erano decisamente entrate in confidenza.

Jordan si sforzò di concentrarsi sui movimenti del golf.

Sull'impugnatura del bastone.

Sullo *swing*.

E sul fatto che erano in pubblico.

Ma non era facile. La sua libido si era risvegliata, il suo cuore aveva deciso che quel giorno era un buon giorno per esercitarsi col batticuore improvviso.

Abby le fece abbassare il bastone, compiendo insieme uno *swing* al rallentatore. "Visto come si fa?" La scrutò in volto con un'espressione speranzosa.

Ma lo sentiva, Abby, che a lei batteva forte il cuore? Sperava proprio di no.

Abby la lasciò andare e indietreggiò.

Jordan si schiarì la voce e mosse braccia e gambe, ignorando l'agitazione.

Sì, in effetti, l'iniziativa di Abby aveva fatto la differenza.

Ora aveva capito come tenere il bastone e come oscillare per fare lo *swing*.

"Concentrati sulla pallina e metticela tutta. Prova ancora."

Abby si fece da parte, mentre lei faceva oscillare i fianchi in modo esagerato.

"Ora sì che stai entrando nella parte!" esclamò la sua cliente con un'allegra risata. "Tra un po' riesci anche a colpire una pallina."

"Sì, ce la posso fare." Jordan sollevò il bastone, impugnandolo in modo corretto, ma quando l'abbassò, riuscì solo a dare una zappata all'erba finta. Le vibrazioni del bastone all'impatto col suolo si trasmisero al suo braccio. Con una smorfia fece un passo indietro.

"Prova ancora," la incoraggiò Abby. "All'inizio, anch'io colpivo per terra in continuazione."

"Non ci credo." Prese un respiro profondo, si concentrò, fece uno *swing* e centrò la pallina, ma anche il *tee*. Il tonfo pesante le rimbombò nelle orecchie; la pallina cascò giù dal *tee* e rotolò via lenta sul campo. L'aveva colpita, sì, ma a malapena.

Dietro di lei, Abby batteva le mani con entusiasmo. "Prima pallina centrata! Da qui in poi, andrà sempre meglio."

Lei si voltò e alzò un sopracciglio. Riconosceva un applauso di compassione, quando lo sentiva.

* * *

Un'ora dopo, tutte le palline erano state lanciate. Jordan era andata al bancone del bar, a prendere qualcosa da bere per entrambe. Aveva insistito per offrire lei; era il suo modo di ringraziare Abby per essere stata tanto paziente. In verità, Abby si era divertita; era brava a giocare a golf, in particolare nel gioco lungo, e pensava che più donne dovessero praticare il golf, per tenersi in forma e scaricare la tensione. Jordan all'inizio non era andata bene, ma a metà sessione aveva fatto il suo primo tiro decente, scagliando lontano la pallina, e il suo atteggiamento era cambiato. Dopo, era stata impaziente di fare altri tiri, e triste quand'era finita la sessione.

Abby invitava Marcus al campo pratica perché pensava di doverlo fare. Non ci aveva mai portato Delta, che era ostile al golf. La mamma era venuta una volta, le era anche piaciuto, ma non aveva più avuto il tempo di tornarci, coi suoi orari di lavoro incasinati. Quando Jordan le aveva chiesto di portarla in un posto che sentisse suo, le era venuto in mente subito il campo pratica. Non il posto di lavoro – lì ci andava solo per i soldi. Non casa sua, perché non si era ancora presa il tempo di arredarla come si deve.

Al campo pratica riusciva a riflettere, a essere se stessa. Certe volte, ci andava solo per bersi una birra sul patio con vista sul campo. Marcus non gradiva i bar come quello; preferiva i ristoranti e i cocktail bar. Stranamente, era contenta di essere lì in compagnia di qualcun altro. Con Jordan stava bene. Portarla nel suo santuario interiore si era rivelata una scelta azzeccata – e se n'era accorta subito.

Jordan le stava venendo incontro con un'espressione concentrata: faceva del suo meglio per non rovesciare le birre, e aveva un pacchetto di patatine Walkers al sale e aceto che penzolava dalla bocca. L'ultimo bottone della camicetta nera, slacciato, rivelava uno scorcio della sua pancia piatta. I capelli biondo oro erano acconciati alla perfezione. Aveva un paio di scarpe da ginnastica Nike che Abby aveva adocchiato per sé alcune settimane prima, ma Marcus le aveva detto che erano "senza classe".

Non sembravano senza classe ai piedi di Jordan.

Fino ad allora, niente di Jordan le era sembrato senza classe.

Forse avrebbe dovuto comprarsele. Anche se poi sarebbe stato imbarazzante, se si fossero incontrate indossando scarpe uguali.

"Ecco qui." Jordan mise le birre sul tavolo e si tolse il pacchetto di patatine dalla bocca. "Non sapevo se le patatine le mangi ancora, o se hai messo al bando i carboidrati fino al matrimonio. La maggior parte delle spose lo fa. Ma visto che hai ordinato una birra IPA, ho pensato che valesse la pena rischiare. Se poi non le vuoi, ci penso io a farle sparire."

Scosse la testa e bevve un sorso di birra. "Non mi privo di niente, non preoccuparti. Questa è la mia cena per stasera; un po' di patatine me le posso anche concedere, dopo le calorie che ho bruciato oggi. Ma niente storie su Instagram. Se lo sapesse Marjorie, le verrebbe un infarto."

Jordan rise, mentre apriva il pacchetto in modo che entrambe potessero prendere il contenuto con comodo. "Ho conosciuto Marjorie l'altro giorno. È stata molto gentile con me."

"Perché sei magra. E graziosa."

Jordan la guardò come fosse matta. "Parli tu. Non sei mica uno scorfano. Scommetto che l'ultima volta che hai mangiato una fetta di pane bianco è stata almeno quattro anni fa."

Scoppiò a ridere. "Forse tre." Le piaceva ridere con Jordan.

Le era piaciuta anche la sensazione di averla tra le braccia prima, quando le aveva mostrato come fare lo *swing*.

Ma non ci voleva pensare.

Era solo amicizia, nient'altro.

"In mia difesa, posso dire che ho mangiato talmente tanto pane bianco da bambina, da averne abbastanza per il resto della mia vita. Sono cresciuta a Glasgow: lì il pane bianco è un punto fermo di ogni dieta." Si appoggiò allo schienale della sedia, accarezzando il bordo del bicchiere. "Ti ho insegnato a colpire una pallina da golf; adesso tocca a te: insegnami a far finta che ci conosciamo bene. Non so se ci riuscirò."

Jordan scosse la testa. "Certo che ci riuscirai. Non ci vuole niente. Tra l'altro, se devo essere una tua vecchia amica, che non vedi né senti da anni, non è possibile che tu sappia tutto di me nei dettagli. Stiamo appunto recuperando un'amicizia. È una storia perfetta. L'importante è passare tanto tempo insieme prima del matrimonio. Non ogni momento della giornata, ovvio, ma momenti come questo, in cui mi fai capire cosa ti dà la carica. Ed è reciproco. Chiedimi quello che vuoi e ti risponderò volentieri."

Annuì. Era sensato. A preoccuparla non era tanto il giorno del matrimonio – quel giorno, nessuno le avrebbe mai interrogate sul loro passato – quanto il weekend di addio al nubilato. Gli aperitivi. La cena di prova. Delta sapeva di Jordan. Anche i genitori di Marcus. Ai propri genitori l'avrebbe fatto sapere in tempo utile. Tutti gli altri andavano convinti della loro finta amicizia.

"Dunque, a che età ti hanno portato via dalla nostra scuola?"

Jordan si sfregò il mento. "Diciamo a nove anni. Così abbiamo avuto abbastanza tempo per diventare 'migliori amiche'. Il bello di questa storia è che le mie non sono tutte bugie. Come ti ho detto, la mia infanzia è stata piena di traslochi. Mi facevo nuovi amici e poi dovevo lasciarli. Alla fine, non mi impegnavo neanche più di tanto a stare con gli altri. Era più facile. Soffrivo meno."

"La mia infanzia è stata l'opposto della tua. Un periodo di grande stabilità. Mia madre lavorava a tempo pieno, mio padre lavorava a casa e mi portava a scuola quasi tutti i giorni."

"Io me lo potevo sognare. Vedi ancora gli amici che avevi da bambina?"

Scosse la testa. "Non tanto, adesso che vivo qui. Alcuni verranno al matrimonio, ma non sono preoccupata che facciano saltare la tua copertura. Se gli diamo abbastanza vino, non faranno domande."

"Funziona sempre così." Fece una pausa. "Quando

scorrazzava nel suo bel parco giochi scozzese, e mangiava sandwich di pane bianco, la piccola Abby sognava già di lavorare nella finanza?"

Lei si schernì. "Ma quale bambino ha un sogno del genere?"

"Mio cugino ce l'aveva. Ma lui è un po' strano."

"Sarai sorpresa, ma la risposta è no. La verità è che sto facendo di tutto per ottenere una promozione che mi costringerà a dedicare più tempo a un lavoro che odio." Metterla in quei termini era come mettere in dubbio la sua vita. "Da adolescente volevo giocare a golf a livello professionale, ma era già troppo tardi. Tiger Woods ha iniziato a giocare a un anno. La mia seconda alternativa per il futuro era lavorare per un ente di beneficenza, fare grandi cose e salvare il mondo."

Jordan annuì. "Pensa in grande, inizia in piccolo."

"Appunto, era la mia idea. Ho scelto l'Università di Oxford, dopo aver letto che ci sono andati tanti personaggi le cui decisioni sono state determinanti. Volevo essere una di loro. Ma non è che la gente che poi ho conosciuto lì mi piacesse davvero. L'unico che mi piaceva era Marcus. Era gentile e rispettoso."

"Wow! State insieme da un bel po'."

Scosse la testa. "No, non ci siamo mai messi insieme all'università. Le nostre strade si sono incrociate, sì, avevamo amici in comune, ma non abbiamo mai avuto una relazione sentimentale. Non è mai successo niente, fino a diciotto mesi fa, quando l'ho rivisto in un'occasione di lavoro. Durante un aperitivo, abbiamo parlato dei bei vecchi tempi, lui mi ha invitato a cena, e il resto è storia."

Jordan sorrise. "La classica storia d'amore in cui si dà una seconda possibilità."

Si sentì offuscare la mente, ma annuì lo stesso. Lei e Marcus non erano una coppia del tipo 'il primo amore non si scorda mai'. O forse era così più per Marcus che per lei. Ma lo amava. Ed era certa che lui le sarebbe rimasto accanto per sempre, nonostante tutto.

"Qualcosa del genere," rispose.

"Quando sarete sposati, pensi di ripescare il sogno che avevi da piccola di salvare il mondo?"

L'avrebbe fatto? Non ci aveva pensato. Al centro dei suoi pensieri, negli ultimi tempi, c'erano stati solo il matrimonio con Marcus e il trasloco da Marcus. Non aveva pensato a cosa fare dopo il matrimonio.

Neanche alla luna di miele.

Sposarsi, cambiare cognome, trasferirsi in un'altra casa.

Una cosa per volta.

"Abito in Charity Street, la 'Strada della beneficenza'. È un inizio, no?"

Jordan inclinò la testa. "Allora, ricapitoliamo. Quando avevi otto anni, dicevi sempre che volevi salvare il mondo. Volevi che il tuo nome fosse sulle labbra di tutti. Volevi essere una persona che fa davvero la differenza, per motivi che sapevi solo tu. Volevi anche essere la sesta ragazza delle Spice Girls, e io ti elogiavo, perché mi pareva un'ambizione estremamente nobile."

Per un istante, Abby pensò che stesse dicendo la verità. "Sei brava." La fissò. Una buona attrice. Con un sorriso da cinema. E braccia sode, le aveva sentite prima.

Si scosse.

"A momenti ci credo davvero, che io e te ci conosciamo sin da piccole. In effetti *avevo* pensieri grandiosi. Volevo spingermi oltre i miei limiti anche in tenera età. E sì, volevo essere anche un incrocio tra Baby Spice e Sporty Spice."

"Avresti potuto essere Golfy Spice, la Spice Girl del golf."

"Quella che mancava al gruppo, ma nessuno se n'è mai accorto."

Gli angoli della bocca di Jordan si sollevarono. "Puoi ancora riuscirci."

"A diventare una Spice Girl? È un treno già passato."

"No, a seguire il resto delle tue ambizioni. Sei giovane. Le tue abilità finanziarie ti tornerebbero utili in altri ambiti. Forse dovresti pensarci, una volta che il matrimonio è fatto."

Forse sì. Forse si era tenuta lontana dai suoi sogni per troppo tempo.

Anche col fidanzamento?

Non adesso, Abby.

"E comunque," disse Jordan, "il fatto che tu ti riconosca in quello che dico, è di buon auspicio per il nostro rapporto di lavoro. Se riesco a leggerti nel pensiero così bene, non c'è bisogno di troppe sessioni di golf."

"Oh no, ce n'è bisogno, eccome," obiettò Abby. "Non ti conosco, e non so affidarmi alla mia lettura delle situazioni come fai tu. Senza contare che devi esercitarti a fare lo *swing*. Sul serio, ne hai un gran bisogno." Le rivolse un sorriso, poi guardò altrove per un momento, poiché il sangue le era andato alle guance. Chissà perché, si sentiva in imbarazzo, se confrontava la propria vita con quella di Jordan, che pareva totalmente realizzata.

Lei invece aveva un lavoro che accettava di fare solo perché le consentiva lo stile di vita cui era abituata. Aver conosciuto una persona nuova come Jordan aveva gettato luce su quel fatto. Abby era finita molto lontano dagli obiettivi che si era posta da bambina. Molto lontano anche dagli obiettivi che si era posta nel decennio precedente, quando si era laureata all'università. Allora, armata del diploma di laurea più prestigioso, aveva avuto il mondo ai suoi piedi. Avrebbe potuto trovarsi un lavoro presso un ente di beneficenza, ma le sue intenzioni originali erano state sviate dalla voglia di emulare gli amici. Voleva anche lei uno stipendio gonfiato come il loro. Si era dimenticata di aver desiderato ben altro in passato.

Finché non era comparsa Jordan. Col suo pessimo *swing*, col suo sorriso semplice, aveva fatto sì che lei iniziasse a dubitare della propria vita.

Le aveva fatto una domanda innocente, ma era stato come tirare un filo scucito nella sua vita, un filo fuori posto che lei aveva ignorato per anni.

Un altro strattone, e la vita di Abby avrebbe iniziato lentamente a disfarsi.

Capitolo 8

"Hai risolto con la cornamusa, o c'è bisogno che papà chiami suo zio?"

La mamma di Abby, Gloria, era seduta sul suo divano di velluto rosso a mangiare *fish and chips* dal cartoccio in cui era arrivato. Diceva che era molto più buono così.

Abby era pienamente d'accordo, anche se in quei giorni non le capitava quasi mai di mangiare patatine fritte dal cartoccio, né altre cose del genere. S'immaginò che faccia avrebbe fatto Marjorie. A pensarci bene, forse neanche Marcus, maniaco della pulizia com'era, avrebbe sopportato la loro vista. Gli sarebbe preso un colpo, con tutto quell'unto vicino al velluto.

"No, ci ha pensato Jordan."

"Chi?"

Arrossì. "Una che mi dà una mano col matrimonio." Doveva ancora dire alla mamma che Jordan lavorava per lei. Aveva continuato a rimandare: non sapeva come dirglielo, senza farle pensare di essere diventata il tipo di persona che loro mettevano in ridicolo quand'era ragazzina.

Una snob.

No, lei non era una snob. Non aveva dimenticato le sue radici. Voleva che al suo matrimonio suonassero la cornamusa.

Le piaceva ancora mangiare le patatine fritte dal cartoccio. Aveva ancora i piedi ben piantati per terra.

"La wedding planner? Ma non si chiama Lauren?"

Abby mangiò un'altra patatina. Poi mise giù il resto. Non poteva permettersi di mangiare troppe patatine. Mancavano appena tre settimane al matrimonio. C'era un vestito in cui doveva entrare. Gente dell'alta società da impressionare. Quel mattino, Marcus le aveva detto che il loro matrimonio sarebbe finito sulle pagine di una rivista dell'alta società.

Un mondo ben diverso dall'ambiente in cui era seduta adesso con le dita unte.

"No. Giusto, Lauren è ancora la wedding planner, ma si occupa di cose più impegnative, ed è nello staff di Marjorie. Jordan è una nuova, l'ha assunta Marcus."

"Altro staff a casa Montgomery?" Gloria sollevò il mignolo mangiando un'altra patatina. Vestita con pantaloni e camicetta eleganti di Marks & Spencer, non era poi così diversa da Marjorie. Ma le differenze erano immense, non appena apriva bocca per parlare. E per il cespuglio di capelli rossi, tipici degli scozzesi, di cui andava fiera.

Abby prese un respiro profondo e guardò la mamma dritto negli occhi. "Non proprio. Jordan è la mia damigella professionista. È stata assunta per darmi una mano prima del matrimonio, e il giorno del matrimonio. Fino all'altare."

"Cosa vuol dire 'damigella professionista'?" Le rughe sulla fronte di Gloria si accentuarono.

All'inizio, anche ad Abby era sembrata una follia. "Jordan finge di essere la mia damigella, per potermi stare vicino in tutti gli eventi chiave e aiutarmi come si deve. E in effetti mi aiuta, credimi. È un tesoro."

Al mattino, dopo aver parlato con lei al telefono, si era sentita più leggera. Jordan aveva un non so che che Abby non riusciva a definire. "Visto che deve farmi da damigella, stiamo dicendo a tutti che è una mia amica d'infanzia che non sento da una vita. Raccontiamo che si è trasferita altrove quando avevo nove anni e abbiamo ripreso i contatti tramite i social media. Volevo chiederti, se capita di parlarne, puoi reggerci il gioco?" Era molto da assimilare, Abby se ne rendeva conto, ma sperava che la madre acconsentisse.

Gloria fece una pausa, tenendo una patatina vicino alla bocca. "Una wedding planner e una damigella professionista con un finto passato? Caspita, rispetto ai miei tempi, le cose sono davvero cambiate!" Le diede una pacca sul ginocchio. "Mi sembri più rilassata. Se è opera di Jordan, ben fatto Jordan! Avete il mio sostegno in tutto e per tutto."

Abby provò un senso di sollievo. "Grazie."

"È una scelta naturale. Sono tua madre. Cos'altro potrei fare?" Fece una pausa. "Allora, ci pensa Jordan al weekend di addio al nubilato, visto che Delta è in crisi?"

"Sì. All'inizio Delta era riluttante, ma ci ha messo poco ad accettare. È ancora la mia damigella d'onore. Lì non è cambiato niente."

"Si va sempre a Cannes? Dove un gin tonic costa un occhio della testa? Te l'avevo detto o no, che Janet ci è andata l'anno scorso, ed è tornata con una seconda ipoteca?"

Ne avevano già parlato. "Sì, mamma. Si va sempre lì. Per noi non costa tanto: abbiamo gratis l'alloggio, e anche lo chef a domicilio."

Gloria fece schioccare la lingua sul palato. "Ti devo ricordare dove sono andata io, per il mio addio al nubilato?"

Non ce n'era bisogno. Era scolpito nella memoria di Abby. "Blackpool. Lo so. Me l'hai già detto cento o duecento volte."

"Ha piovuto tutto il tempo, ma ce la siamo spassata comunque. Per divertirsi non è necessario prendere un volo per una città di lusso."

"Lo so. Ma è un volo breve. E abbiamo a disposizione una casa gratis. Sarebbe scortese non andarci." Rivolse alla madre un'occhiata che sperava la facesse desistere.

Gloria capì al volo e l'accontentò.

Capitolo 9

"Te l'ho già detto, Marcus. Avrete un tavolo d'onore, e finiamola qui." Marjorie fremette di rabbia. Da quello che aveva visto Jordan, irritarsi era il suo passatempo preferito. "E devi far mettere più fiori di quanti ne vuole Abby. Almeno due bouquet su ogni tavolo. Altrimenti, cosa penserà la gente?"

Jordan si sporse avanti, battendo la penna sul taccuino. "Al contrario, Marjorie, 'meno' va di più ultimamente. Ho letto tutte le edizioni più recenti delle riviste da sposa, e tutte quante dicono che *minimal* è il nuovo look. È tutto un concentrato di verdi e marroni. Niente di troppo ostentato. Sa, è per far aumentare la consapevolezza ambientale."

Marjorie si drizzò sulla sedia. "Davvero?"

Il suo caschetto scuro si era mosso? A Jordan sembrava proprio di no.

"Sì. Stavo pensando che potremmo fare come vuole Abby – un bouquet su ogni tavolo – e potremmo anche usare del foliage per decorare i tavoli. Per dare un tocco diverso dal solito." Si sporse avanti. "Pare sia così che fanno tutti i giovani reali per i loro matrimoni. Incluse la Principessa Olivia e Rosie."

Marjorie alzò entrambe le sopracciglia. "Se è sufficiente

per loro, allora è sufficiente anche per noi." Fece una pausa, abbassò lo sguardo sulla sua lista, poi lo riportò su Jordan. "L'esperta sei tu. Hai altri consigli da darci?"

Marcus guardò Jordan come per dirle che non credeva a quello che aveva appena sentito, ma Marjorie aveva detto proprio così. Era il terzo incontro tra le due, e lei stava andando alla grande. Il fatto era che, essendo in quel mondo da tre anni, aveva già incontrato Marjorie tante volte sotto diverse spoglie. A volte si chiamava Cressida. A volte si chiamava Sophia. Molte volte si era chiamata Arabella. Ma erano tutte uguali. Volevano che il matrimonio andasse liscio come l'olio. Volevano il meglio per il loro pargolo. Più di tutto, però, volevano fare bella figura davanti ad amici e parenti, e che gli invitati ripensassero per anni al matrimonio del figlio dicendo a tutti che era il migliore cui fossero mai stati.

Jordan non poteva garantirlo. Ma poteva garantire che, grazie ai suoi suggerimenti, ogni matrimonio sarebbe stato il migliore possibile.

"Vediamo," disse, guardando il cielo mentre rifletteva. "Direi che il bosco è sicuramente il tema di quest'anno. Elementi della terra. E meglio 'semplice' che 'troppo impegnativo'. Linee pulite, colori delicati. Per la tavola, sapori tradizionali con un tocco originale. Strafare coi fiori non va bene. Bisogna pensare in questi termini: meno è, meglio è." Si chinò verso Marjorie. "Sono stata a pranzo col direttore della rivista *La sposa perfetta*, la settimana scorsa. L'ho sentito dalle sue labbra."

Una piccola bugia. Era andata sì a pranzo nel ristorante sotto la sede in cui veniva prodotta la rivista, ma col suo amico Donald, che lavorava per *Vogue* e le aveva detto più o meno quello. Andava bene lo stesso, no?

A giudicare dalla faccia di Marjorie, sì. Se l'era bevuta. Ogni parola.

"Se il direttore di *La sposa perfetta* dice così, facciamo così." Marjorie radunò i suoi appunti alla rinfusa, prima di annuire. "Lauren ha tutti i dettagli per la disposizione e la decorazione dei tavoli, ma forse tu, con le tue conoscenze di addetta ai lavori, potresti avere qualche piccola nota da aggiungere. Non avevi detto che potevi occuparti anche dell'organizzazione del matrimonio, visto che la madre di Lauren è ammalata?"

"Assolutamente sì. Lo consideri fatto."

"E... Marcus?"

Marcus si girò verso la madre. "Sì?"

"Abby non vuole avere niente a che fare con me, lo so. Dunque puoi scegliere tu insieme a lei la torta e le statuine? Non dovrei intromettermi, lo so. Ma non posso evitarlo. A gestire il negozio è la figlia di Valerie, e le voci corrono. Per favore, niente di troppo sgargiante o moderno. Una torta tradizionale, con una sposa e uno sposo tradizionali in cima, dovrebbe andare bene. Non sei d'accordo, Jordan?"

Rivolse a Marjorie un breve cenno di assenso. "Tradizionale, o tradizionale con un tocco originale, va bene. Ma mi permetta di scambiare due parole con Abby, per vedere cosa ne pensa. Dopo aver visto tanti matrimoni, tendo a pensare che di queste faccende importa più alla sposa che allo sposo." Sollevò lo sguardo su Marcus. "Ovviamente, se hai spiccate preferenze per una cosa o per l'altra, dillo pure."

Marcus scosse la testa. "Purché tu faccia arrivare Abby all'altare felice e rilassata, per quel che me ne importa, possiamo anche mangiare una cara vecchia torta alle carote senza statuine."

"Sono sicura che Abby non l'approverebbe," rispose Jordan, prima di rivolgersi di nuovo a Marjorie con uno sbrigativo cenno di assenso. "Lasci che me ne occupi io. Le ricordo che il mio lavoro è togliervi lo stress. Mi permetta di farlo."

Marjorie la fissò, estasiata. "In tanti anni che organizzo eventi, non ho mai conosciuto nessuno che lo fa così bene come te."

* * *

Prima di rivolgersi a Jordan, Marcus attese che la madre e il suo vestito rosso Chanel fossero scomparsi dietro l'angolo. Era rimasto a bocca aperta.

"Mia madre non avrà mai conosciuto una persona efficiente come te, ma ti garantisco che vale lo stesso per me. Ho visto tantissimi membri del suo staff cercare di ammansirla nel corso degli anni, e poi ecco che arrivi tu, e ci riesci come fosse un gioco da ragazzi."

Jordan sorrise, schermandosi gli occhi dal sole, mentre camminavano lungo il muro laterale della casa dei genitori di Marcus. Gli occhiali da sole erano rimasti in macchina; per il momento, non le restava che strizzare gli occhi. "Diciamo che non ero così brava, quando ho iniziato, ma ho imparato un po' di trucchetti strada facendo."

Marcus si fermò davanti alla Capri. "È la tua macchina?"

"Beccata. Ho una passione per le carrette degli anni Settanta. Tutta colpa delle repliche di *Minder* sul canale Gold."

Marcus rise. "Non ho idea di cosa intendi dire, ma la tua macchina è fantastica." Fece una pausa. "Senti, sei davvero andata a pranzo col direttore di *La sposa perfetta*?"

"Assolutamente sì. Non ho detto una sola parola che fosse

una bugia." Marcus doveva credere alle sue credenziali tanto quanto la madre. Forse anche di più. Dopotutto, era lui che doveva pagarle il conto, alla fine.

"Be', vali ogni penny che metti in fattura, a prescindere che tu ci sia andata o meno. Abby ti adora. Mia madre ti adora. Il che significa che ti adoro anch'io."

"Wow! È un bel po' di affetto. Spero di esserne all'altezza."

"Lo sei. A parte il fatto che Abby mi ha detto subito sì, sei la cosa migliore che ci è successa durante l'organizzazione di questo matrimonio. Dico sul serio."

Jordan sussultò, ripensando alle mani di Abby sui suoi fianchi, al seno di Abby contro la sua schiena. Al modo in cui un arco di piacere l'aveva tenuta stretta tutto il tempo.

Si morse l'interno della guancia, poi gli rivolse un sorriso sicuro. "Sono contenta che la pensi così."

Capitolo 10

"Ecco la mia splendida quasi-figlia!" Gloria andò incontro a Delta, e le due si strinsero in un abbraccio scozzese morbido e avvolgente. Altro che i baci nell'aria che si davano al sud!

Abby avvertì tutto il calore del loro affetto. La mamma aveva sempre voluto bene a Delta, e viceversa.

Quando sciolsero l'abbraccio, Delta indietreggiò e rivolse a Gloria il suo più bel sorriso. "Che bello vederti, Gloria. Sei pronta per il matrimonio di tua figlia? Lo sai che si sposa con un quasi-reale?"

"Aspetto questo momento da quand'era piccola." Cinse le spalle di Abby con un braccio e la strinse forte a sé. "Ma che la mia bambina si sposasse con un ragazzo d'alta classe, be', no, non me lo sarei mai immaginato. Soprattutto perché sono di Glasgow. Te l'avevo già detto, mia cara?"

L'accento della mamma si era fatto all'improvviso scozzese più che mai. Abby alzò gli occhi al cielo. Ecco un'altra cosa che Delta e la mamma avevano in comune: calcavano l'accento scozzese per ottenere un effetto comico.

"Certo che sì!" rispose Delta.

Scoppiarono a ridere, andando a sedersi al tavolo che aveva scelto Abby al suo arrivo. Erano al Bart's Bar in Canary Wharf, il quartiere finanziario di Londra, dove lavoravano sia Abby, sia Delta. Erano le sei di un giovedì sera; il locale era pieno di impiegati appena usciti dal lavoro, che si rilassavano con l'aperitivo; molti erano senza giacca e con la cravatta allentata. Quello era il mondo di Abby e di Delta. Non di Jordan. Ma qual era il mondo di Jordan? Boh, Abby non ne aveva idea.

Di Jordan, sapeva solo che era una risolvi-problemi eccellente. Una che si buttava nel lavoro. Ma chi era veramente? Non aveva indizi. Voleva colmare la lacuna al più presto. Ormai si fidava di lei, anche se la conosceva da poco. Poteva chiederle qualsiasi cosa, gliel'aveva detto lei, ma finivano sempre per parlare di Abby, non di Jordan. La sua finta damigella aveva fatto molti traslochi negli anni dell'infanzia; abitava con la sua migliore amica a Brighton; aveva buon gusto in fatto di vestiti. Era il massimo delle informazioni che aveva ottenuto.

"Per favore, potete astenervi dal fare la vostra commedia scozzese, quando arriva Jordan? Non vorrei pensasse che siamo tutte matte appena ci vede."

Gloria le diede un buffetto su una mano. "Vedremo se è il caso, mia cara." Non aveva ridotto di un minimo il suo accento.

"Comunque, Marcus non è un reale. La sua famiglia ha fatto fortuna nel mercato immobiliare. E io non lo sposo per i soldi. Quindi, possiamo evitare di scherzarci sopra, quando c'è Jordan?"

Gloria si appoggiò allo schienale con un sospiro. "Non ho mai detto che Marcus non è adorabile. So che lo è da quella volta che siete venuti a stare da noi. Ha sempre mangiato la salsiccia di Lorne che ci preparava il papà a colazione. Non ha mai chiesto cosa diavolo c'è dentro. Quello è amore, puro e semplice amore."

Abby rise. Tipico di Marcus, adeguarsi all'ambiente circostante. "Ci tengo solo a fare una buona impressione a Jordan, tutto qui."

Delta sollevò un sopracciglio. "Gesù, Abby. Sembra che stai per sposare Jordan, non Marcus. Lei è dello staff, come mi hai detto tu stessa quando ci siamo viste l'altra volta, se ti ricordi bene."

Le guance di Abby andarono in fiamme. Odiava il termine "staff"; era uno dei termini che usava Marjorie. Ma sì, si ricordava di averlo detto. Forse i Montgomery l'avevano già contagiata fin troppo.

"Ci tengo solo che vada tutto bene." Controllò l'orologio al polso. "Dovrebbe essere qui a momenti. Ricordatevi di fare le brave." Indicò Delta. "E tu non mostrare le zanne, okay?"

Delta annuì e un sorriso innocente abbellì le sue labbra. "Sei tu la sposa. Noi due siamo qui per renderti la vita più facile. Bla, bla, bla. Ho capito. Jordan è la mia nuova amica del cuore, okay?"

Abby annuì. "Perfetto."

Dieci minuti dopo, Jordan entrò nel locale. Abby sussultò. Era bellissima. Indossava un abito-tuta blu, scarpe coi tacchi marrone chiaro e una cintura dello stesso colore, che le metteva in risalto la vita snella. Quando vide Abby, le rivolse un ampio sorriso e un saluto con la mano. Marcus aveva detto ad Abby che Jordan era andata a trovare Marjorie con un vestito mozzafiato color oro. Dunque, la sua finta damigella era un camaleonte della moda, capace di inserirsi in qualsiasi occasione.

Jordan scostò la sedia libera dal tavolo e si rivolse alla mamma di Abby. "Lei dev'essere Gloria." Le diede una stretta di mano come se Gloria fosse la persona più importante del mondo. "E tu devi essere Delta." Altra stretta di mano, mentre Delta annuiva.

Si sedette e si lisciò l'abito. "Ho sentito tanto parlare di voi. Io sono Jordan, non vedo l'ora di conoscerci meglio nelle prossime settimane, mentre ci prepariamo al gran giorno di Abby."

"Anche noi abbiamo sentito tanto parlare di te." Gloria fece una pausa, inclinando la testa da un lato. "Ma Abby non ci aveva detto che sei bellissima. Potresti fare la modella!"

Abby chiuse gli occhi. Oh Dio, la mamma stava farfugliando, come se si trovasse in presenza di una celebrità. Forse era successo così anche a Marjorie. Forse la sua finta damigella aveva una sorta di elisir magico con cui conquistare le madri.

Jordan non fece una piega. "L'ho fatto per poco, da giovane, ma il mestiere della modella non era per me. Bisognava stare troppo in piedi e troppo in posa. E c'erano troppi maschi arrapati ovunque mi voltassi." Mise la borsa ai suoi piedi. "Preferisco di gran lunga quello che faccio adesso. Il lavoro della damigella professionista è fornire felicità. Non proprio una delle solite carriere che ti prospettano a scuola."

Delta sbuffò. "È un'etichetta che ti sei appiccicata da sola."

Abby le diede un calcetto sotto il tavolo. Meno male che doveva fare la brava.

L'amica trasalì e la guardò storto, ma non disse niente.

Abby sbirciò Jordan. Ammesso che il commento l'avesse infastidita, non lo dava comunque a vedere.

Il cameriere portò quattro calici e la bottiglia di Sauvignon Blanc che Abby aveva ordinato prima.

Abby prese la bottiglia e la passò a Delta con uno sguardo tagliente.

L'amica versò il vino con un gesto plateale.

"Una damigella professionista." Gloria era ancora folgorata. "Se posso chiedertelo, come hai trovato questo lavoro?"

Jordan annuì. "È una domanda valida. Diciamo che mi è capitato. Un giorno, una mia amica, Catherine, mi ha chiesto di farle da damigella d'onore. Eravamo amiche, sì, ma non particolarmente intime. Per quello, mi era sembrato strano. Se me l'avesse chiesto la mia coinquilina Karen, sarebbe stato normale; Karen è la mia migliore amica, e io la sua.

"Allora ho chiesto a Catherine perché aveva scelto me. Mi ha risposto che sono organizzata e imperturbabile, giusto la persona che le serviva, una persona che si occupasse dell'addio al nubilato e l'aiutasse anche per altre cose. Alcuni mesi dopo, quando sono stata licenziata dal lavoro come organizzatrice di eventi, ho messo un annuncio sul portale di lavoro Gumtree, offrendo di fare lo stesso per altre spose. Con mia sorpresa, ho ricevuto in poche ore più di venti email. Allora ho saputo che era un'attività fattibile."

"Wow!" Gloria bevve un sorso del vino che Delta le aveva appena versato. "E quanti matrimoni hai fatto?"

"Questo è il numero ventotto. Il numero ventotto fortunato, naturalmente."

Ci furono attimi di silenzio, mentre ciascuna pensava che il ventotto portasse iella. Abby teneva d'occhio la mamma e Delta. Sua madre sembrava innamorata persa. Delta era più difficile da conquistare. Per quanto dicesse che Jordan le andava bene, era gelosa. L'aveva già dimostrato con la frecciatina di prima. Abby sperava che, tra un calice di vino e l'altro, la sua diffidenza sarebbe venuta meno.

Osservò il trucco perfetto e i capelli in perfetto ordine di Jordan. Inspirando profondamente, sentì il suo profumo. Le ricordava i giorni d'estate.

"Ti hanno mai chiesto di fare qualcosa di strano, nel tuo ruolo di finta damigella?"

"Delta!" Abby non si aspettava che l'amica facesse una domanda del genere, così presto.

"Tranquilla, Abby, è una domanda che ci sta," iniziò Jordan. "Ho fatto io il discorso del padre della sposa, al posto di padri che non riuscivano a farlo. Mi sono tinta i capelli di castano, per essere in sintonia col resto delle damigelle. Ho tenuto su spose mentre vomitavano tutta la tequila ingerita all'addio al nubilato. Non c'è un giorno uguale all'altro. Per me è un privilegio, contribuire a un momento così importante nella vita della gente, aiutare le coppie a raggiungere l'obiettivo di vivere insieme felicemente sposati." Fece una pausa. "Ho grandi speranze per il periodo dei preparativi di questo matrimonio. Niente vomito, come minimo."

Abby lanciò uno sguardo a Delta, il cui viso era ancora inespressivo.

Jordan si sporse avanti, rivolgendo al suo pubblico un sorriso smagliante. "Alla fine, sono un mix di terapeuta, assistente virtuale, responsabile delle attività sociali e pacificatrice, sempre reperibile." Lanciò uno sguardo ad Abby. "Lauren si è tirata indietro. Adesso sono responsabile anche dell'organizzazione del matrimonio. Il mio ruolo chiave però, è essere il braccio destro della sposa, ed esserci anche per le damigelle. Sono a completa disposizione. In particolare, delle tre persone sedute a questo tavolo. La sposa, sua madre e la damigella d'onore. Tre delle persone più importanti del matrimonio. Sono in tutto e per tutto nel Team Abby. A Cannes lavorerò a tempo pieno. Ve lo prometto: sarà un weekend da ricordare." Fece una pausa e guardò Delta dritto negli occhi. "Ma prometto anche di rimettermi alla volontà della damigella d'onore e della sposa. Non voglio pestare i piedi a nessuno. Se faccio bene il mio lavoro, devo semplificarvi le cose restando invisibile."

Gloria levò il calice. "Be', ci vuole un brindisi per te. Sembri Wonder Woman e Superman insieme."

"Indosserai un mantello tutto il weekend?" chiese Delta.

Abby trattenne il respiro. Col tempo, le cose sarebbero state più facili. O almeno così sperava. Era solo il primo incontro. Qualche difficoltà al primo impatto, tutto lì.

"Indosserò qualsiasi cosa voglia la sposa. Se devo sfoggiare il costume di Wonder Woman tutto il weekend, lo farò." Fece una pausa, guardando Delta con interesse. "Anche se una tutina in PVC da Cat Woman mi starebbe meglio. Ha una marcia in più."

Abby evocò l'immagine e la respinse non appena l'ebbe messa a fuoco. Doveva concentrarsi su altro. Doveva fare in modo che le invitate all'addio al nubilato fossero in sintonia e favorevoli a Jordan.

Non su come stava Jordan con la tutina in PVC.

Mozzafiato era l'ovvia risposta.

Sicuramente meglio di Marcus.

Tornò al momento presente e si schiarì la voce per attirare l'attenzione di tutte.

I diffidenti occhi blu di Delta, i brillanti occhi verdi di Gloria e gli occhi celesti di Jordan.

Jordan: così capace, così forte.

Ma che cazzo di problema aveva?

Scacciò subito il pensiero. "Ripetiamo un attimo la nostra storia, perché potrebbe venire fuori all'addio al nubilato. Jordan e io ci siamo conosciute alla scuola elementare. I suoi genitori, militari, si sono trasferiti in Germania, portandola via da me. Abbiamo ristabilito i contatti via Facebook negli ultimi sei mesi. Da bambina le avevo promesso che sarebbe stata la mia damigella, ed eccoci qui."

"Peccato non esserci mai incontrate prima, Jordan," disse Delta. "Conosco Abby da quando avevamo diciassette anni. Meno tempo di te." Il sarcasmo nella sua voce era evidente.

"Sappiamo tutte la verità, ed è la cosa principale," rispose Jordan, schivando abilmente la tensione causata da Delta. "Mi affido a te, visto che conosci Abby meglio di me. Mi ha detto che hai avuto idee grandiose per il weekend."

Delta abbassò la testa.

Se non altro, aveva avuto il buon gusto di mostrarsi imbarazzata, pensò Abby.

"Grazie agli sforzi di tutti, il weekend sta prendendo un'ottima forma." Jordan passò in rassegna con lo sguardo le donne intorno al tavolo. "Trasporto, cibo, intrattenimento, sorprese. Sarà grandioso."

"Sarà grandioso, perché ci saremo tutte," aggiunse Delta.

Abby la guardò. Stava iniziando a sciogliersi? Lo sperava davvero, altrimenti il weekend di addio al nubilato sarebbe stato lungo. "E tu ci sarai anche alla decisione finale del mio abito da sposa, vero, carissima damigella d'onore?" le domandò con voce tagliente.

Gloria diede un'occhiata alla figlia. "Te l'avevo detto, che io non riesco a venire, vero? Ho una conferenza."

Abby annuì. "Sì. Ma c'eri la prima volta, quindi va bene. Tutti e due i vestiti che abbiamo scelto sono già pronti. Ho rimandato la decisione finale su quale indossare in modo che potesse esserci Delta. Adesso viene anche Jordan."

"Ci sarò." Delta fece ad Abby un saluto militare. "Jordan potrà anche sostituirmi per alcune cose, ma non per *tutte*."

"Bene." Abby si appoggiò allo schienale, sorridendo alla sua ciurma del matrimonio.

Ecco fatto.

A quanto pareva, stava davvero per sposarsi.

Capitolo 11

Abby era seduta sul divano del negozio di abiti da sposa a sfogliare *La sposa perfetta*. Erano passati sei giorni, da quando aveva presentato Jordan alla mamma e a Delta. Doveva ammettere di essere rimasta impressionata. Col suo fascino, Jordan non solo aveva convinto lei, ma anche la mamma e Delta, il che non era impresa da poco. Ogni bomba che aveva sganciato Delta, Jordan l'aveva disinnescata. Non aveva forse detto di aver studiato psicologia all'università? Se sì, era chiaro che si ricordasse bene tutto ciò che le era stato insegnato.

Non come lei, che aveva preso una laurea in economia, ma in fondo non aveva mai usato nessuna delle teorie che aveva imparato. Eppure, se ripensava al college, ricordava un periodo divertente, a cui si pentiva di non aver dedicato maggior attenzione. Ma come si dice, i giovani sprecano gli anni del college, come del resto la loro giovinezza. Sorrise. Aveva solo trentasei anni. Non era una cartapecora antica. Anche se certe volte si sentiva proprio così.

Delta le aveva mandato un messaggio il giorno dopo, dicendo che per lei era *tutto okay con Jordan*. Il che si avvicinava tanto a una benedizione da parte sua. Le aveva anche promesso di non infastidire Jordan all'addio al nubilato. Abby aveva sospirato. Tutte le invitate non erano forse tenute a sforzarsi di essere super simpatiche, e a fare tutto ciò che voleva la sposa? Forse era anche quella una cosa di facciata. Al pari della sua relazione coi genitori di Marcus. Era grata a Jordan per essere intervenuta e aver preso in mano la situazione, ma non riusciva a non pensare che il suo intervento non avrebbe risolto un bel niente, nel lungo periodo. Abby sarebbe diventata la moglie di Marcus. E i genitori di Marcus avrebbero continuato a fingere di gradirla per tutti gli anni a venire.

La moglie di Marcus.

Rabbrividì. Era la tipica reazione della sposa, a meno di due settimane dal gran giorno? Lo sclero da matrimonio di cui parlavano tutti?

Ma sì, probabilmente era così.

Avrebbe voluto confidare le sue perplessità a qualcuno, ma non sapeva a chi.

Si teneva occupata col lavoro. Sua madre era molto impegnata, essendo a capo del proprio dipartimento. Delta era troppo presa da se stessa. E Marcus? Troppo occupato a correre di qua e di là per accontentare tutti.

No. Doveva cavarsela da sola.

Cos'avrebbe detto Jordan, se l'avesse saputo? Forse doveva parlarne con lei. Di sicuro lei le aveva già viste, situazioni del genere. Probabilmente le avrebbe detto la cosa giusta.

Prese un respiro profondo e scacciò dalla mente quei pensieri. Nel frattempo, il profumo da interni del negozio si era addensato sotto le sue narici. Si guardò intorno, nel tentativo di capire da dove venisse. Da un diffusore? Uno elettrico con la spina? Comunque fosse, sapeva di chimico. Troppo artificiale, come il rilassamento che cercava di favorire.

E come quasi tutto ciò che riguardava i matrimoni. Abby era arrivata a pensarla così, dopo i sei mesi che erano passati da quando aveva detto sì a Marcus.

Non era strano, che da allora avessero fatto sesso solo due volte? Niente di niente negli ultimi tre mesi? Dal momento che non convivevano, non potevano neanche fare una sveltina prima di andare al lavoro o sul divano la sera, dopo aver cenato con pollo e funghi in padella.

Da quando Marcus le aveva chiesto di sposarlo, Abby sentiva che il proprio corpo si era come spento. Non si era neanche data piacere da sola più di tanto. Era entrata in modalità sopravvivenza. Faceva solo l'indispensabile. Mangiare. Bere. Dormire. Lavorare. Sopravvivere.

In effetti, l'unica volta che il suo corpo aveva ripreso vita, era stata quando aveva conosciuto Jordan.

Ma stava cercando di ignorarlo.

La presenza di Jordan la faceva sentire sulle spine. Eccitabile. Sfasata.

Il che era ridicolo.

Lei non era attratta dalle donne.

Il più delle volte.

Fissò la candela sul tavolino di fronte. Probabile che fosse quella, la fonte del profumo. Tirando a indovinare, geranio e altri fiori. Rosa, forse? In ogni caso, non le piaceva.

Indovinare non era il suo punto forte. E quando si trattava dell'amicizia con Jordan, non faceva che dubitare di se stessa.

Non si era sentita attratta da molte donne, dopo l'università. Del resto, era successo una sola volta. Aveva fatto un esperimento. Era andata a letto con una donna. Le era piaciuto. L'aveva depennato dalla sua lista di cose da provare. Tutto lì. Una volta e basta.

In seguito, era stata solo con uomini. Il che la rendeva bisessuale? Pansessuale? Bisognava avere una relazione con una donna, per avere quell'etichetta? Chissà se bastavano tre orgasmi.

Jordan era la prima donna ad aver catturato il suo interesse in quindici anni. Stava cercando di non pensarci. Non erano i pensieri che doveva avere una sposa sul suo... staff.

Forse, non considerando Jordan come una dello staff, aveva oltrepassato un limite.

Che strano. Non le importava. Jordan la intrigava dal momento in cui si erano conosciute nella caffetteria. La faceva stare in allerta. Aveva smosso qualcosa dentro di lei, che lei credeva fosse morto da tempo.

Ma no. Jordan era semplicemente una persona sulla sua stessa lunghezza d'onda. Qualcuno con cui era entrata in risonanza. Il fatto che avesse il seno e la vagina era irrilevante.

Eppure... Eppure avrebbe mentito a se stessa, se avesse negato di essersi chiesta com'era quel seno. O come sarebbe stato baciarlo.

Basta!

Inspirò con forza, al punto di sentirsi come se la cassa toracica risalisse su per il corpo con l'intento di strozzarla.

Espirò.

Jordan aveva fatto il suo lavoro, riducendo lo stress di Abby. Sì, da un lato. Dall'altro però, si era rivelata una costante distrazione. Che fossero insieme o separate. Aveva iniziato a mandarle messaggi regolarmente, messaggi personali e spiritosi che la facevano ridere. Lo faceva con tutte le spose per cui lavorava? Abby sperava di no. Non capiva il perché, ma era importante. Jordan le aveva detto che lei era diversa. Non viziata. Una persona normale. Ad Abby piaceva stare in sua compagnia. Lavoravano bene insieme. Erano un buona squadra.

Come del resto lei e Marcus.

Chiuse gli occhi, sentendosi di nuovo soffocare, mentre inspirava il profumo del negozio. Era circondata da colori calmanti e stoffe di raso. Non era il suo habitat naturale.

Poco dopo, la direttrice del negozio, Lisa, tornò col caffellatte che le aveva chiesto, più un vassoio di biscotti di pasta frolla. Ma le spose prossime al matrimonio li mangiavano, i biscotti? Abby ne dubitava.

Lisa era una di quelle donne convinte che il trucco non fosse mai abbastanza. Aveva ciglia talmente folte che era un miracolo riuscisse ad aprire le palpebre. Abby poteva solo avere rispetto per la sua attenzione ai dettagli.

Mentre sorseggiava il caffellatte, il cellulare al suo fianco si illuminò.

Un messaggio di Delta.

Si irrigidì. Sarebbe stato meglio per l'amica se non le avesse dato buca.

Fece clic per aprire il messaggio. Delta stava lavorando a casa, e stava anche aspettando Nora, che doveva andare lì a prendersi delle cose, ma era in ritardo; Delta non poteva muoversi finché Nora non fosse arrivata, si scusava tanto, non ce l'avrebbe fatta a raggiungerla in negozio.

Delta stava mettendo Nora davanti a lei. Non sarebbe venuta.

Sentì caldo all'improvviso. Non ne avevano già discusso? Delta non le aveva giurato che avrebbe adempiuto ai suoi doveri di damigella d'onore? Macché! Più che altro, si stava rivelando una damigella di disonore. Dopo l'altra sera, Abby aveva pensato che le cose sarebbero cambiate. A quanto pareva, non era cambiato un bel niente.

Ma non era poi tanto sorpresa. Il problema era che Delta era ancora attaccata alla sua ex. Sperò che quel bidone significasse perlomeno la fine di Nora, così Delta avrebbe potuto esserci al weekend di addio al nubilato. Che chiudesse quella storia una volta per tutte!

E adesso? Niente mamma. Niente Delta.

Non le restava che Jordan.

Doveva solo svuotare la testa di tutte le fantasie inappropriate su Jordan, e francamente irrilevanti, e concentrarsi sulla faccenda che aveva per le mani.

Scegliere un vestito da sposa.

Per il suo matrimonio con Marcus.

"Va tutto bene, madame?" Lisa si era accorta del suo volto accigliato.

Abby le rivolse il suo miglior sorriso finto. "La mia damigella d'onore non ce la fa, oggi."

"Oh, accidenti. Che brutta notizia. Viene qualcun altro, per darle un secondo parere?"

Sentì qualcosa alla bocca dello stomaco. Paura? Eccitazione? Boh. Si morse l'interno della guancia e guardò Lisa. "Sì, un'altra damigella."

La donna le rivolse un sorriso di sollievo e si strofinò le mani. "Allora non c'è problema. Fra noi tre, faremo in modo che lei sia bellissima, il gran giorno."

Annuì, pur avvertendo un formicolio alla pelle per l'incertezza.

Non ci sarebbe stata solo Jordan. Anche Lisa. Molto meglio così.

Lisa poteva fare da cuscinetto tra loro due.

Ma non poteva controllarle il cuore, che all'improvviso si era messo a battere talmente forte che, Abby avrebbe giurato, la gente per strada sarebbe riuscita a sentirlo. Le persone fuori dal negozio stavano forse facendo avanti e indietro sul marciapiede, chiedendosi da dove venisse quel suono rimbombante? Nella testa di Abby, era simile al motore di quelle macchine fastidiose che sgasano ferme al semaforo, facendo vibrare tutta la strada.

Il volto di Lisa era inespressivo. Ma Lisa era una professionista. Anche se si fosse chiesta a cosa diavolo stesse pensando la sua cliente, non avrebbe detto nulla. Abby era una sposa che stava spendendo un sacco di soldi per il vestito più importante della sua vita. Lisa avrebbe fatto di tutto per farla sentire la persona più importante nel suo negozio.

Abby prese ancora il cellulare.

Ammesso che Jordan si facesse viva. Normalmente arrivava presto.

Oh Dio, e se neanche lei fosse venuta?

Le venne la pelle d'oca.

All'improvviso le sue preoccupazioni svanirono. Jordan era arrivata. Una visione in nero, con le guance arrossate e i capelli non perfettamente acconciati come al solito. Spettinati ad arte? Erano come se li immaginava Abby subito dopo il sesso. Arruffati. Sexy. Incantevoli.

"Ciao!" La sua scintilla vitale riempì la stanza. "Pronta per la prova dell'abito?" le domandò, mettendo la borsa sul divano.

Lisa prese il suo ordine del caffè e sparì.

Abby aprì bocca per parlare. Quando non uscirono parole, la richiuse. Okay, non se l'aspettava. Espirò. Sentiva ancora il cuore scalciare nel petto. Prese un altro respiro profondo. Calma.

Jordan stava esaminando la stanza con un'espressione strana sul viso. "Cos'è questa puzza?" sussurrò. "Sembra che dei fiori abbiano scorreggiato."

Quella battuta ruppe la tensione. Abby sentì un tuffo al cuore. "Mi sa che è la candela," disse, indicandola.

Jordan guardò la candela. "Va bene se la spengo?" Senza attendere il permesso, la spense con un soffio.

Cosa avrebbe fatto Abby, senza Jordan?

"Delta non è ancora arrivata?"

Abby scosse la testa. "Mi ha dato buca. Siamo solo io, tu e Lisa."

Jordan la guardò, preoccupata. "È un peccato, ma ce la faremo lo stesso. Già non vedo l'ora." La osservò. "Comunque, sei uno splendore, oggi. Ti vedo emozionata, pronta."

Arrossì e abbassò gli occhi. Le sue emozioni non avevano niente a che fare col vestito. "Tu sembri più emozionata di me."

"Oggi sono felice. Su Spotify hanno messo una delle mie canzoni preferite. Quando l'ascolto, mi sento piena di energia." Spostò il peso da un piede all'altro. "Ti ricordi *Drops of Jupiter*?"

Annuì. "Adoro quella canzone."

Jordan fece un largo sorriso. "Anch'io. Ogni volta che la sento, mi porta indietro nel tempo. A quando ho avuto la mia prima ragazza, alla prima volta che mi sono innamorata." Un lampo di consapevolezza le attraversò il viso, mentre considerava Abby. "Tu, più di tutti, devi sapere che sensazione è.

Stai per sposarti. È quel sentimento di amore che ti resta impigliato nel petto, al punto che fai fatica a respirare. E tu vuoi solo chiuderlo in una bottiglia e metterla via, perché sai che la prima scintilla non dura per sempre. Ma è tanto preziosa, finché c'è. La canzone secondo me lo esprime bene."

Quando Jordan tornò a guardarla, Abby dovette serrare le mascelle, per non agitarsi troppo.

Jordan era gay. O almeno bisessuale. Lesbica. Non importava l'etichetta che voleva usare. All'improvviso era arrossita di brutto. Si stava immaginando Jordan subito dopo un orgasmo.

Doveva darsi una regolata.

Jordan si schiarì la voce, strofinandosi le mani. "Allora, sei pronta per dire sì al vestito?

Annuì. "Sì, sono pronta."

* * *

Abby tirò la tenda con un movimento deciso e sparì dietro di essa.

A Jordan parve che il binario riproducesse il suono della sua mente, che stava per deragliare. Si portò le mani al viso e le sfregò su e giù. No, non doveva farlo. Avrebbe incasinato il trucco.

Lasciò cadere le mani e scosse la testa.

Era appena uscita allo scoperto con Abby. Sperava di non averla contrariata. Certo, la futura sposa aveva una damigella d'onore gay, ma non si poteva mai sapere. Forse il suo numero massimo di damigelle gay era uguale a uno. Sperava che capisse che non tutte le lesbiche erano inaffidabili come la sua migliore amica, che stava dando prova di essere una pessima damigella d'onore. Vero, a Jordan erano già capitate situazioni del genere. Ma in quel momento, era arrabbiata anche lei con Delta. Se Delta ci fosse stata, lei avrebbe smesso di fissare la figura a clessidra di Abby.

Ma c'era una buona notizia: Abby stava per mettersi un vestito da sposa. Se c'era qualcosa che le faceva calare la libido, era proprio un vestito bianco vaporoso. Per lei, i vestiti da sposa non erano sexy neanche un po', né aveva idea del perché tutti li trovassero sexy. Il bianco non donava a nessuna. Se poi pensava alla tiara e alle scarpe di raso, le cadevano le braccia del tutto.

"Merda." Era la voce di Abby, da dietro la tenda color crema.

Si alzò ed esitò sul da farsi fuori dal camerino, flettendo le dita dei piedi nelle scarpe. "Tutto okay?"

Abby si affacciò con la testa. Le spalle erano nude.

Jordan mantenne lo sguardo a livello degli occhi.

"Ho messo il reggiseno sbagliato per uno dei vestiti, quello che lascia le spalle scoperte. Mi sono dimenticata di portare il reggiseno senza spalline." Strinse le dita intorno al bordo della tenda.

Qualcosa in Jordan si scosse. Lo ignorò.

"Ne avranno uno, qui?"

Si inumidì il labbro superiore. "Forse sì, ma se fossi al posto tuo, non so se mi metterei un reggiseno usato. Vuoi che vada a prendertene uno? Conosco il reparto di biancheria intima di Marks & Spencer come il palmo della mia mano." C'erano dei vantaggi ad avere Karen come coinquilina, e il negozio era proprio dietro l'angolo. "Color carne e senza spalline, giusto?"

Abby annuì. "Ci andresti? Mi salveresti la vita. Voglio

vedermi il vestito addosso come sarà il giorno che dovrò metterlo."

"È il mio lavoro, no?" Sorrise. "Che taglia hai? Una seconda coppa D?" Sentì il rossore tingerle le guance quasi all'istante. Le aveva forse dato l'impressione di averle esaminato le tette? Perché non l'aveva fatto. Le aveva guardate con un normale interesse. Okay, forse con maggiore attenzione del primo che passa per strada. Ma era il suo mestiere.

Abby sostenne il suo sguardo. Jordan vide sfrecciare sul suo viso un'emozione che non riuscì a decifrare.

"Indovinato. Se smetti di fare la damigella professionista, puoi sempre fare la 'consulente di *bra fitting*'. Non è così che si chiama la consulente dei reggiseni?"

Indovinare le taglie di reggiseno era un suo super potere. E sì, se il suo attuale lavoro fosse andato in malora, avrebbe potuto sempre ripiegare sulle tette. Si girò su un piede e diede una pacca alle tasche, com'era sua abitudine, per essere sicura di avere il portafoglio. Sì, ce l'aveva.

"Torno fra cinque minuti. Non andare da nessuna parte."

Abby sorrise, stringendo ancora il bordo della tenda. "Sono nuda. Non mi muovo di qui."

Jordan non rispose; era troppo impegnata a escludere dal cervello quell'immagine, mentre usciva a gran passi dal negozio.

Fu di parola. Dieci minuti dopo, rientrò con un reggiseno taglia seconda coppa D color carne e senza spalline. Quando raggiunse il camerino, esitò. Come doveva fare?

"Toc-toc," disse, anche se non c'era niente per poter bussare. A volte si sentiva esasperata dalla propria educazione inglese.

Abby si riaffacciò con la testa e accettò con gratitudine il reggiseno. "Sei davvero la migliore. Non penso che Delta sarebbe scattata in mio aiuto come hai fatto tu. Tanto per dirne una, non è neanche venuta."

Jordan diede una leggera scrollata di spalle. "Per quello ci sono io." Tornò a sedersi sul divano color biscotto fuori dai camerini, cercando di regolare il respiro.

Il suo corpo era un fascio di nervi.

Non era da lei. Lei era calma e composta in presenza delle spose. Era il suo mestiere.

Ma in presenza di Abby, non ci riusciva.

In presenza di Abby, non si comportava come avrebbe dovuto.

Voleva piacere ad Abby.

Perché a Jordan piaceva Abby.

Era attratta da Abby.

Scosse la testa.

Non aveva tempo per essere attratta da Abby.

I suoi pensieri furono interrotti dalla tenda tirata indietro. Sollevò lo sguardo.

La sua gamba destra iniziò a oscillare su e giù. Una bolla di calore si gonfiò nel suo petto ed esplose, riversandosi giù per il corpo.

Sì, aveva ancora il pieno controllo di sé.

Ma cazzo se era sexy Abby.

Una sposa sexy.

Un territorio nuovo e non bene accetto.

L'abito le aderiva fino alla vita, e da lì in giù, si gonfiava con strati e strati di fronzoli. Per Jordan non avrebbe dovuto essere affatto bello. Infatti la sua reazione non aveva niente a che fare con l'abito.

Si rialzò, schiarendosi la voce.

Non appena incrociò lo sguardo di Abby, vi lesse il dubbio. Era suo compito farglielo passare.

Scacciò i sentimenti inappropriati e si rimise in modalità professionale.

“Non sembri sicura.” Non era azzardato dirlo, perché il viso di Abby era corrucciato in una smorfia. “Cosa non ti piace?”

Abby la guardò e indietreggiò davanti agli specchi. “È un po’... elaborato? Cioè, mi piace ancora, ma c’è qualcosa che non va.” Fece scorrere le mani su e giù lungo il seno e l’addome.

Jordan cercò di non seguirle.

Alla fine, Abby appoggiò le mani sul ventre piatto, mentre si girava da un lato all’altro, per guardare il vestito da ogni angolo allo specchio a 360 gradi dello spazioso camerino.

“Se non te lo senti bene addosso, provati l’altro. Puoi scegliere tra due, no?”

Abby annuì. “Marcus mi ha detto di comprarli tutti e due e di non badare a spese. Ma adesso sono preoccupata. Se non mi piace neanche uno, cosa faccio?”

Jordan si avvicinò e le rimase di fianco. Cercò di non respirare il suo odore, ma non ci riuscì. Abby stava diventando rapidamente uno degli odori che le piacevano di più in assoluto.

“Hai scelto questi due fra tanti altri. Vedrai che uno ti piace, fidati. Prova l’altro. Se però non ti piace, per me questo ti sta benissimo.” Per una volta nella sua vita professionale, non aveva mentito.

Abby si voltò per guardarla. “Lo pensi davvero?”

“Sì. Ti sta un incanto.”

Abby arrossì. “Grazie.” Aspettò che lei indietreggiasse e tirò la tenda.

Jordan tornò a sedersi, ritrovò la sua compostezza e sperò

di essere stata professionale. Pochi minuti dopo, la sua gamba destra ricominciò a oscillare su e giù.

"Jordan?" Abby tirò indietro la tenda, rivelando il vestito numero due.

"Sì?" Le parole le rimasero incastrate in gola, non appena la vide. Se il vestito numero uno era un'ottima scelta, il numero due ti stendeva. Attillato, con una leggera decorazione di perline davanti e del pizzo squisito che lo rivestiva in alcuni punti, quell'abito emanava un fascino in stile Hollywood. Anche perché conteneva una sposa in stile Hollywood.

Abby sollevò il braccio, esponendo un bicipite tonico. Merito del golf? Jordan prese nota mentalmente di fare delle flessioni durante la settimana.

"Faccio fatica a tirare su tutta la cerniera. Mi dai una mano?"

La raggiunse alle spalle. Nonostante il battito cardiaco impazzito, riuscì ad afferrare la linguetta e a tirare su la cerniera con mano ferma. Il vestito era perfettamente aderente. Quando lasciò andare la linguetta, sfiorò senza volerlo la schiena nuda di Abby.

Rimase immobile. Sollevando gli occhi, vide lo sguardo di Abby allo specchio. Possibile che lei avesse sussultato leggermente al suo tocco?

Che l'avesse fatto o meno, Jordan non si mosse, tenendo gli occhi fissi in quelli di lei. Il tempo si congelò in un lungo momento pulsante di emozioni.

Abby le stava rivolgendo una strana occhiata.

Un'occhiata che Jordan aveva già visto prima.

Un misto di desiderio e frustrazione. Le era stata rivolta più volte in vita sua. Ma mai da una sposa.

Jordan non distolse lo sguardo per un'altra manciata di secondi. Stava cercando di capire.

Doveva essersi sbagliata.

Abby stava per sposarsi.

Con un uomo.

Lei si stava solo lasciando trasportare dalle sue impressioni.

Alla fine, mosse le mani e indietreggiò, rivolgendo ad Abby un ampio sorriso, nella speranza di spegnere così la tempesta di emozioni che si era scatenata in lei.

Scosse la testa. Lì non c'era un bel niente. Era tutto nel suo cervello. Doveva mettere la testa a posto e fare il suo lavoro.

"Marcus impazzirà, quando ti vedrà con questo." Le parole le uscirono di bocca risuonando sicure, misurate. La Jordan professionale era tornata. Tra l'altro, aveva detto il vero, perché era esattamente ciò che era successo a lei, quando Abby era uscita con quel vestito. Vederla da vicino, guardarla in quei suoi occhi nocciola, tanto vicino da poter allungare una mano e sfiorare le sue labbra con la punta delle dita... Insomma, Jordan poteva ben immaginare come si sarebbe sentito Marcus.

Appunto. Abby stava per sposare Marcus, non lei.

La futura sposa si schiarì la voce e le rivolse un sorriso incerto. Uscì nello spazio antistante il camerino, fece una giravolta, poi un'altra, poi tornò indietro. Con quel vestito, si muoveva con scioltezza. Jordan sapeva già che avrebbe scelto quello.

"Non mi sta benissimo? Di solito, non mi faccio i complimenti da sola, ma con questo abito..." Le venne meno la voce. "Mi fa pensare a lunghe estati calde, a stare in spiaggia a piedi scalzi." La guardò, ma distolse subito gli occhi. "Mi fa felice."

Jordan annuì. Si vedeva. "Farà felice anche Marcus."

Abby si impietrì. Quando tornò a guardarla, qualcosa nei suoi occhi la fece rabbrividire.

"Già. Proprio così," sussurrò.

Capitolo 12

Era la sera prima della partenza per Cannes. Jordan stava facendo le flessioni in salotto. Al mattino era stata in palestra. Idem il giorno precedente. La vista ravvicinata del fisico tonico di Abby l'aveva spinta all'azione. Se la sposa aveva una silhouette così perfetta, il minimo che potesse fare la sua damigella era cercare di mettersi alla pari. Anche se, a dire il vero, era troppo tardi. Dieci giorni erano un po' pochi per riuscirci. Ma poteva comunque fare del suo meglio.

Karen arrivò con due *crumpet* su un piatto. Jordan non ebbe bisogno di guardare le focaccine spugnose, per sapere che erano spalmate con abbondante burro. Era il modo preferito di mangiarle dell'amica, o come diceva sempre lei stessa, la sua rovina. Karen si sedette sul divano, piegando una gamba sotto il sedere, e la osservò in silenzio. L'unico rumore che si sentiva erano i suoi leggeri grugniti, quando si abbassava e si alzava. Finiti i *crumpet*, Karen mise il piatto sul tavolino di legno. Prima di parlare, attese finché lei non collassò sul parquet, dopo l'ultima serie di flessioni.

"Dimmi ancora che questa donna non ti piace."

"Smettila." Le assi del parquet non erano comodissime. Si tirò su a sedere, levò la polvere dalle mani e si rimise in piedi, girando su se stessa. Poi allungò le braccia sopra la testa, come per mettere fine alla conversazione.

"Mi sa che dovrei venire anch'io, a questo addio al nubilato, per proteggerti da te stessa."

"Me la caverò, sono una professionista."

"Fai le flessioni senza che insista io per fartele fare. Vai in palestra di tua spontanea volontà. Non sei più la Jordan che conosco e a cui voglio bene. Hai persino iniziato a comprare il cavolo riccio. È il momento in cui so che sei messa male."

Jordan si piegò in avanti, fino a toccarsi le dita dei piedi con la punta delle mani. "Cerco solo di stare in salute, tutto qui. Sono anni che mi dici di farlo. Pensavo che saresti stata contenta." Raddrizzò la schiena, guardando l'amica.

"Infatti lo sono. Hai il mio pieno sostegno. Quello che metto in dubbio, è il motivo di fondo." Fece una pausa, levandosi la frangetta dagli occhi. "Quanto stai via?"

"Quattro giorni. Da venerdì a lunedì. Ho anche l'agenda piena. A Cannes dovrò esibire il mio francese. E manderò in estasi tutto il gruppo con le mie eccellenti capacità organizzative."

Karen fece un'altra pausa, prima di parlare. "Quattro giorni è un po' tanto, per stare in uno spazio ristretto con una persona per cui inizi a provare qualcosa di speciale."

Jordan si sedette con un tonfo sul divano, di fianco all'amica, coprendosi la faccia con l'avambraccio mentre sbuffava. "Non provo niente di speciale per Abby. E non sono un animale. Non agisco in base a come mi sento. Tante donne mi sono piaciute senza che ci facessi niente. In pratica, è la storia della mia vita. Ricordi? Il più delle volte c'eri anche tu, quando mi è capitato."

L'ammissione di Jordan portò un sorriso sul volto di Karen. "Lì non hai torto."

"Allora non so perché mi stressi. Sono la peggiore al mondo, quando devo dire come mi sento. Quando devo fare qualcosa io per far progredire una storia. Tutte le storie che ho avuto sono state il risultato di un caso, o di iniziative prese da altre. Non succederà in questo weekend. Non nel weekend di addio al nubilato di Abby."

"Hai ragione." Karen le diede una leggera gomitata.

"Più che altro," proseguì Jordan, "sono perplessa sul perché si sposa con Marcus. Lui sembra assolutamente adorabile, ma insieme non ce li vedo proprio."

"Lui è pieno di soldi."

"Sì. Ma i soldi portano anche problemi. E non metterei Abby tra le arrampicatrici sociali. Ha già un lavoro di prestigio per conto suo."

Karen fece spallucce. "Sarà l'orologio biologico che si fa sentire?"

"Molto probabilmente sì." Emise un sospiro. "Però è un peccato che si sposi, se non è totalmente presa da lui."

Karen la guardò. "Quante spose sono veramente prese dall'uomo che sposano? Da quello che mi hai detto sinora, non molte. Forse credi che Abby sia diversa dalle altre, ma in questo, non lo è. Come tante, cerca una posizione sociale, sicurezza economica e un padre per i suoi figli. Persino ai nostri giorni e nella nostra epoca, le donne devono pensare a queste cose."

Jordan scosse la testa. "Purtroppo è così. Deprimente, eh?"

"Già, niente da ridire." Sbadigliò, mettendosi una mano davanti alla bocca. "Comunque, lasciamo perdere l'argomento tabù 'Abby' e torniamo a te. Quand'è stata l'ultima volta che hai fatto sesso? Forse con la donna che hai conosciuto su Tinder?"

Si accigliò. "Non che faccia differenza, ma sì. In ogni caso, non ho in programma di andare a letto con nessuna a Cannes. Devo lavorare."

"Lo so. Ma forse, quando torni, potresti aprirti a nuove esperienze." Alzò le mani. "Prima che ti arrabbi: sì, lo so, tu non vuoi una relazione. Ti sei fatta male più volte e non ne vuoi più sapere. È più facile per te limitarti a una botta e via. Ho capito. Ma stai invecchiando. Il tempo passa. Dammi retta, non è poi così male avere una relazione. Avrai vissuto anche tu dei bei momenti, nelle esperienze che hai avuto, no?"

Jordan si spaparanzò sul divano. "Ogni tanto, sì. Ma è sempre andata a finire allo stesso modo. Un immenso dolore. Io che perdo casa e un po' delle mie cose. Una relazione ti impegna troppo tempo e ti lascia troppo dolore. Preferisco una botta e via. Ma non prima di aver terminato questo lavoro." Al pensiero di passare una notte con Abby, le si rizzarono tutti i peli sulla nuca.

Ma non riusciva neanche a immaginarselo. Abby non era il tipo da una botta e via.

Né lo era lei, quand'era in presenza di Abby. Seppellì il pensiero.

Karen si alzò dal divano, uscì dal salotto e ricomparve pochi istanti dopo, lanciandole un sacchetto di Marks & Spencer.

"Cos'è?" L'aprì e tirò fuori un bikini rosso. Mentre lo distendeva sulle ginocchia, sgranò gli occhi. "Per chi è?"

"Per te. So che non l'avresti mai comprato, ma l'altro giorno in negozio ho visto che lo guardavi, quindi te l'ho preso io. Vuoi o non vuoi entrare nella tua parte, quando sarai nella villa di lusso a Cannes?"

Sussultò. Non si era soffermata più di tanto a pensare alle attività a bordo piscina, ma in quel momento si rese conto che, molto probabilmente, avrebbe visto Abby in bikini. Quel pensiero le fece aumentare il polso a dismisura. "Meno male che ho fatto gli addominali: questo bikini lascia poco spazio all'immaginazione."

"Appunto. È il bello del bikini."

Sbirciò ancora nella busta, e tirò fuori delle mutandine di pizzo nero col reggiseno abbinato. "Anche questi sono per me?" Li sollevò come facessero parte di un'operazione di polizia forense.

Karen annuì. "Sì. Campioni gratis che mi hanno dato al lavoro. Ne ho portati a casa un po' per tutte e due." Si appoggiò a Jordan. "Mettiteli, ti sentirai invincibile. Nessuna dovrà vederti con quelli addosso. Ma se una di loro ti vede, sarà gelosa di come ti stanno. O te li vorrà strappare di dosso. Basta che non sia la sposa, e sei a posto. Non hai detto che la damigella d'onore è gay?"

"Sì. E col cuore spezzato di recente. Calma. Vedo girare le rotelle del tuo cervello, ma fermale subito."

"Dici col cuore spezzato di recente. Io dico single," la corresse Karen, facendo il segno delle virgolette nell'aria intorno a "col cuore spezzato di recente" e "single".

"Ecco perché non sarai mai un cupido." Sollevò un sopracciglio.

"Una migliore amica gay. Dovrebbero farci un film. È gnocca?"

"Non è il mio tipo."

"Tu hai un tipo?"

La guardò. "Il mio tipo è disponibile. Delta non lo è. Frigna ancora per la sua ex. Senza contare che non le vado per niente a genio."

Karen si tamburellò sul naso con l'indice. "Ma non è così che iniziano tutte le più belle storie d'amore? Vi odiate e col tempo finite per amarvi. Secondo me, con questa Delta c'è speranza. Potrebbe essere la tua pecorina francese!" Ridacchiò per la battuta.

"Te le inventi quando vai a letto?" Ma anche lei si mise a ridere. Non poté evitarlo.

"Concentrati sulla damigella d'onore, non sulla sposa. Capito?"

Jordan si alzò, stiracchiando le braccia. "Questo weekend è di lavoro. Abby si sposa tra meno di due settimane. *Pas de problème*, come dicono i francesi. È l'ultima volta che fa baldoria da single. Il mio dovere è fare in modo che non se lo scordi mai."

Karen si alzò, la raggiunse e le premette sul petto la busta con la lingerie. "È proprio questo, mia fichissima amica, che mi preoccupa."

Capitolo 13

Abby salì i gradini fino al portellone. Era un aereo privato, più piccolo di quelli su cui era abituata a viaggiare. Il portellone era situato in fondo. Ad accogliere lei e le sue invitate c'erano lo steward Gavin e il pilota Michelle. Entrambi avevano circa la sua età, ed erano in tenuta impeccabile. Michelle indossava persino il cappello con visiera da pilota. Gavin non aveva niente in testa; in compenso sfoggiava un paio di sopracciglia perfettamente regolate.

"Le auguro un piacevole viaggio," disse Michelle con un ampio sorriso, tendendole la mano.

Abby era sicurissima che non lo sarebbe stato. Le stava già venendo il mal di stomaco mentre si imbarcava; la nausea, sua fedele amica in quelle circostanze, si era presentata puntuale. Si sentiva anche stordita. Non permetteva che il suo odio per il volo le impedisse di viaggiare in aereo, ma comunque non era mai un'occasione felice. La sua vacanza ideale sarebbe stata da qualche parte nel Regno Unito. Un posto raggiungibile in barca o in treno. Adorava l'Eurostar. Aveva cercato di persuadere Marcus ad andare in luna di miele a Parigi. Tutto inutile. Lui voleva andare alle Maldive. Perché era convinto che la luna di miele la facessero tutti lì.

Nei circa cinque voli che avevano fatto insieme, Marcus

era stato fin troppo sollecito. L'aveva soffocata chiedendole se stesse bene ogni due secondi. Non riusciva a capire che lei aveva solo bisogno di spazio e di essere rassicurata con parole gentili.

Non riusciva a capire che, per farle passare l'ansia del decollo e dell'atterraggio, sarebbe bastato tenerla per mano e starle vicino.

Lui non la capiva.

Allontanò il pensiero, stipandolo mentalmente dietro un divano. Esaminò Michelle: lunghi capelli scuri abbinati a lunghe ciglia scure. Stringendole la mano, avvertì una contrazione allo stomaco.

"Grazie, Michelle. Mi sembra giusto che per un weekend di addio al nubilato ci sia un pilota donna." Non ne aveva mai vista una, prima; le parve una gran bella novità. Ma a prescindere che il pilota fosse uomo o donna, la sua silenziosa preghiera era sempre la stessa: *Ti prego, non farci morire, portaci a destinazione sane e salve.*

Quando però si voltò a guardare Delta, per poco non scoppiò a ridere. All'amica mancava solo la bava alla bocca. Dall'espressione del viso, si capiva che aveva una gran voglia di colpire l'aria coi pugni e ululare di gioia.

Non la biasimava. Chi non trovava sexy i piloti?

Mentre percorreva il corridoio tra le due file di sedili immacolati, si accorse di cosa c'era su ciascuno: un biscotto da tè Tunnock's e una lattina di Irn Bru. Provò una felicità improvvisa. Si girò a guardare Jordan, che era impegnata a controllare il cellulare. La sua finta damigella emanava una vibrazione diversa dal solito. Era fredda. Distaccata. Abby non avrebbe dovuto trovarci niente di strano. Forse aveva solo dormito male. O forse era preoccupata per il weekend.

Già, probabilmente era così.

Scacciò il pensiero e guardò Delta, che le rivolse un largo sorriso.

"È opera tua?" Sollevò una *teacake* con una mano e una lattina con l'altra.

L'amica scosse la testa. "No. Merito dell'altra damigella. Quella che ti conosce da più anni." Accennò Jordan col mento e sollevò un sopracciglio.

Jordan le raggiunse, girò intorno ad Abby e mise il bagaglio a mano nella cappelliera; doveva sedersi anche lei in prima fila.

Abby era ancora lì col tortino e la bibita della sua infanzia sospesi a mezz'aria.

Jordan le sorrise. Quel giorno, era la prima volta.

Che bei denti, pensò Abby. Bianchi e straordinariamente dritti.

"Sei stata tu?" le domandò. Non ci credeva, che la sua finta damigella si fosse presa tanto disturbo. E ancor meno, che sapesse che le piacevano le *teacake* Tunnock's e l'Irn Bru.

Jordan fece spallucce. "Sì. Non era di questi che campavamo a scuola a Glasgow? Ho pensato che ti saresti ricordata di quando stavi seduta al parco a fare le ghirlande di margherite."

Abby la fissò. Come lo sapeva?

"Mi mancavano, le *teacake* Tunnock's," disse Gloria. "Buona idea, Jordan!"

"Cosa sono questi?" chiese Arielle, la cugina di Marcus.

Gloria si portò una mano alla bocca. "Questi, mia cara, sono un patrimonio scozzese. La lattina è una bibita gassata all'arancia e il tortino è una meringa ricoperta di cioccolato.

Sono ottimi per sostituire la colazione, se non l'hai fatta. Pieni di zucchero per darti la giusta carica."

Arielle non sembrava tanto convinta.

Abby guardò il resto delle invitate con in mano i regali azzeccati che le aveva fatto Jordan. "Sei brava in queste cose, sai?" Chinandosi per dirglielo, aveva inalato il suo profumo. Se lo ricordava bene dalla prova del vestito da sposa, un paio di giorni prima.

Jordan resse il suo sguardo. "Ho fatto le mie ricerche. Voglio che la nostra storia sia a tenuta stagna. Ho pensato che il tortino e la bibita scozzesi fossero un buon inizio."

Abby annuì. "Infatti lo è."

La finta damigella abbassò lo sguardo, poi accennò alla cappelliera. "Hai qualcosa da mettere su?"

La futura sposa le passò il suo trolley Louis Vuitton.

Jordan lo sistemò, poi la guardò con aria perplessa. "Ti siedi vicino a me?"

"Non va bene?" Aveva deciso di far sedere tutte e quattro le organizzatrici in prima fila: Delta e la mamma da un lato, lei e Jordan dall'altro.

"Come vuoi, è il tuo weekend."

Rieccola. La Jordan professionale. Non la Jordan felice e sorridente.

Doveva smetterla. Probabilmente il suo intuito le stava mentendo.

"Pelle bianca. Fa molto rock star!" Gloria accarezzò il sedile con un largo sorriso. "E avete visto la toilette? È enorme. Tre volte la normale toilette che c'è sugli aerei. Ed è anche lussuosa."

"Di chi è questo aereo?" chiese Delta, prima di dare l'ennesima occhiataccia a Jordan.

"È di amici di famiglia dei Montgomery. Ce l'hanno dato con tanto di equipaggio, ovvero il capitano Michelle e lo steward Gavin. È uno dei vantaggi di imparentarsi con chi ha i soldi." Il volo non era al completo – loro occupavano solo dieci dei trenta posti disponibili – ma Michelle in giornata doveva riportare indietro, da Cannes, un altro gruppo di addio al nubilato, costituito da venticinque donne. Quando l'aveva saputo, Abby si era sentita meno in colpa per le emissioni di gas a effetto serra.

"Ci sarà anche lo champagne?" chiese Gloria.

Abby sorrise. "Chiedi, e ti sarà dato tutto ciò che vuoi. Sei la madre della sposa."

Gloria batté le mani. "Non vedo l'ora!" Si protese verso Jordan, sporgendosi nel corridoio dal sedile. "Passerai tutto il volo a rivedere ogni voce della tua enorme tabella di marcia? L'ho vista, sai, mentre prendevamo il caffè. È la prima volta che partecipo a un addio al nubilato che sembra un viaggio aziendale."

Jordan sorrise. Fu un sorriso un po' forzato, ma pur sempre un sorriso.

"Anche Abby adora le tabelle di marcia," continuò Gloria. "Come si dice, Dio le fa e poi le accoppia."

Abby alzò gli occhi al cielo. La mamma non la smetteva mai di metterla in imbarazzo?

"Sto solo cercando di far filare tutto liscio," ribatté Jordan. "Ma non pensi assolutamente che il suo contributo nei preparativi – e quello di Delta – non sia stato decisivo per il programma."

Abby trattenne un sorriso. Quando si trattava di adulare per ottenere qualcosa, Jordan era la migliore. Chissà com'era, quando andava dietro a una donna. Usava anche lì una tabella di marcia? O si lasciava andare a un puro gioco d'istinto e attrazione?

Le diede una rapida occhiata, e sentì la propria, di attrazione, come fosse un diavoletto che le saltellava su una spalla. Alzandosi di scatto, si allontanò lungo il corridoio, per accertarsi che a tutte le invitate non mancasse nulla.

La cugina Taran era seduta vicino a Nikita, una vecchia amica di Abby. Poi c'erano le cugine di Marcus, Arielle e Martha, e le amiche dell'università, Erin e Frankie. Dieci in tutto. Non erano un gruppo numeroso. Abby era stata a un paio di addii al nubilato con più di venti persone, e aveva giurato a se stessa che non sarebbe mai stato il suo caso. Per lei, sarebbe andato più che bene uscire a cena a Londra, ma Marcus e Marjorie avevano insistito su Cannes, procurandole la villa e i contatti. E anche Jordan.

Tornò a sedersi al suo posto.

"Tutto bene?" Jordan glielo chiese come se si fosse appena accorta di lei.

Abby annuì. Le era venuta la pelle d'oca. Era davvero sconveniente. La vicinanza di Marcus non la distraeva come la vicinanza di Jordan. Anzi no, la vicinanza di chiunque altro non la distraeva come quella di Jordan.

"Starò bene dopo il decollo. Sono sempre in ansia, quando viaggio in aereo. È uno dei motivi per cui Marcus mi organizza voli privati; mi stresso meno che sui voli di linea."

"Ma stai bene?"

"Te lo dico quando decolliamo."

Passò Michelle, e si voltò. "Vuole raggiungermi in cabina, durante il viaggio?" chiese a Abby. "È la benvenuta, dopo il decollo."

Abby si sentì ancora rivoltare lo stomaco. “No. Mi basta che ci porti a destinazione sane e salve.”

Michelle le fece un saluto militare. “Farò del mio meglio. E se cambia idea, mi faccia sapere.”

Abby serrò i denti, appoggiandosi allo schienale. Il solo pensiero di entrare nella cabina di pilotaggio le aveva fatto alzare la pressione. Vedere il cielo infinito, e l’aereo sconfiggere la gravità solo per il volere di un pilota gentile, non avrebbe di certo risolto i suoi problemi. Al contrario, li avrebbe moltiplicati. Si aggrappò ai braccioli del sedile e chiuse gli occhi. Sarebbe andato tutto bene. L’aereo, con dentro lei e tutte le persone che amava di più, non si sarebbe schiantato.

Ma se fosse successo, lei non avrebbe più dovuto sposare Marcus.

Spalancò gli occhi e si sporse avanti con le mani al petto. Come cazzo le era venuto quel pensiero? Prese un respiro lento e profondo, mentre il viso preoccupato di Jordan entrava nel suo campo visivo.

“Cos’è successo? Stai bene? Hai fatto uno scatto.”

Scosse la testa. “Sto bene. Sono solo ansiosa.” Non stava mettendo in dubbio tutto di quel matrimonio. Ma neanche un po’.

Nossignore.

Non lei.

“Dovevi dirmelo prima,” proseguì Jordan, ancora preoccupata. “Avrei portato qualcosa per farti rilassare.”

Abby inclinò la testa. “Per esempio?”

Jordan sporse il labbro inferiore. “Non so. Del Valium?”

“Ma è legale?”

Fece spallucce. “Se volevi del Valium, te l’avrei procurato.”

"Ormai è tardi." Abby gettò un'occhiata in fondo all'aereo. "Forse un cicchetto mi farebbe bene."

Jordan si slacciò la cintura di sicurezza. "Vado a prenderti qualcosa." Mise il portatile nella cappelliera.

"Ma non dovresti stare seduta con la cintura allacciata?"

"Tranquilla, non mi succede niente." Si allontanò lungo il corridoio.

Abby deglutì e chiuse gli occhi.

Una mano sul braccio la fece sobbalzare. Riaprì gli occhi. L'aereo iniziò a rullare.

Le si contrasse ancora lo stomaco.

"Stai bene, cara? So che non è il tuo momento preferito." Gli occhi verdi della mamma erano gentili come sempre.

"Starò bene quando siamo in volo. Jordan è andata a prendermi degli alcolici. Dovrebbero aiutarmi."

La mamma si voltò a guardare in fondo al corridoio. "Ma come faresti, senza Jordan?"

Non lo sapeva.

Pochi istanti dopo, Jordan si sedette e si riallacciò la cintura, mentre Gavin, nel corridoio, iniziava la dimostrazione di sicurezza.

Abby si girò verso Jordan.

Lei sorrise, mettendole in mano qualcosa. "Non sapevo bene cosa portarti," le sussurrò all'orecchio. "Alla fine, ho preso una bottiglietta di vodka e una di whisky. Vedrai che con queste ti rilassi e ti passa l'agitazione. Ma devi bere di nascosto, perché durante il decollo non si può."

Il cervello di Abby elaborò le parole. Annuì. Cercò di ignorare il vortice dei sensi risvegliati in lei dal caldo respiro di Jordan, ma non ci riuscì. Aspettò che Gavin finisse di spiegare come gonfiare il giubbotto di salvataggio dal tubicino in alto, e dove sistemare la luce.

Dopodiché, tracannò la vodka, sussultando al contatto dell'alcol puro con le papille gustative. L'alcol puro faceva veramente schifo. Respinse il pensiero della vodka che le scrostava le budella allo stesso modo in cui si gratta via il colore secco dalle dita, concentrandosi invece sulla leggera euforia che pian piano si diffuse in lei. Infilò la bottiglietta di whisky nella tasca della borsetta, poi cercò di ricordarsi come allacciare in vita il giubbotto di salvataggio. Ma chi stava prendendo in giro? Se l'aereo si fosse schiantato, sarebbero state tutte spacciate.

"Gavin, vai a sederti," disse Michelle all'altoparlante. Lo steward prontamente sparì.

Ecco, stavano per decollare. La parte del volo che le piaceva di meno in assoluto. Diede uno strattone alla cintura, per essere sicura che fosse ben allacciata, poi guardò Jordan.

La sua finta damigella sorrise, le prese la mano e appoggiò il proprio avambraccio accanto al suo, sul bracciolo che avevano in comune.

Abby smise quasi di respirare. I suoi occhi si fissarono sulle mani. Alla fine, sopraffatta dalle emozioni, li chiuse forte.

"Siete pregate di restare sedute ai vostri posti. Ci stiamo avvicinando alla pista di decollo. Il vostro pilota vi augura buon viaggio." Ancora Michelle. Poi l'altoparlante si spense.

Gridolini di gioia si levarono da dietro.

Abby non seppe distinguere di chi fossero. Ma non le importava. Aveva le orecchie invase dal ruggito del proprio battito cardiaco. Tremava per via della tensione muscolare. Si trovava su un aereo, e teneva Jordan per mano. Il che, strano ma vero, sortì l'effetto desiderato.

Un effetto calmante.

Quando l'aereo acquistò velocità, staccandosi dall'asfalto, Jordan rinsaldò la presa. Dal canto suo, Abby si concentrò sulle loro mani intrecciate, e non sul fatto che fossero per aria in un tubo di metallo. Lanciò un'occhiata a Jordan, cogliendo uno scorcio del mondo esterno, che andava rimpicciolendosi mentre l'aereo saliva.

Grande errore.

Con un respiro profondo, si costrinse a guardare avanti. Jordan non le lasciò andare la mano, e non disse una parola.

Esattamente ciò che Abby aveva sempre voluto dai suoi partner, ma non c'era mai stato verso.

Jordan invece la capiva.

E lei se n'era accorta.

Capitolo 14

Stavano a Villa Francois, una villa favolosa, proprio come se l'era immaginata Jordan. Non era affatto meravigliata. Era stata a casa dei genitori di Marcus. E poi a casa di Marcus. Aveva conosciuto Marjorie. Non le era sfuggito com'erano ben lavate e stirate le camicie di Marcus. Nella famiglia Montgomery vigevano l'ordine e la precisione. Villa Francois non era di loro proprietà, ma – gliel'aveva detto Abby – apparteneva a dei loro buoni amici, che amavano lo stile moderno. Uno stile che balzava subito all'occhio, come aveva constatato l'intero gruppo, non appena il minibus aveva imboccato l'ampio viale di accesso.

La villa si trovava sulle colline di Super Cannes, il quartiere esclusivo dei ricchi più in vista. Vicina a Cannes e alla spiaggia, era munita di staff, nonché di grandi portefinestre nei punti strategici. Il retro dell'edificio, con la piscina e le terrazze, si affacciava sull'incredibile Costa Azzurra. Si vedeva scintillare il mare all'orizzonte. L'invitante piscina era abbastanza grande per farci lunghe nuotate. C'erano diverse jacuzzi. E lettini per tutte, coi cuscini rigati, sotto ombrelloni bianchi. Jordan non aveva dubbi che anche i teli da piscina fossero extra soffici. Era un addio al nubilato dove non si era risparmiato sui dettagli.

Quando rientrarono, dopo la prima serata fuori, i teli da piscina erano stati ritirati dallo staff. A detta di tutte, la serata era stata un successo. Meno male, pensò Jordan, mentre usciva sulla terrazza che dava sulla piscina. Era illuminata con buon gusto da luci soffuse e candele. Il quartiere esclusivo scintillava in basso; l'aria della riviera francese si avvolgeva intorno a loro. Persino l'aria odorava di francese, ammesso che fosse possibile.

"Non so voi, ma io sono piena." Abby si diede un buffetto sulla pancia inesistente, mentre si avvicinava al grande tavolo in terrazza. Jordan le porse subito una sedia. Indossava dei graziosi pantaloni a culotte, un top verde e una sottile sciarpa di chiffon in perfetto stile anni Cinquanta. Jordan l'aveva notato, eccome, che vestita così stava benissimo.

Sedendosi, Abby le rivolse un sorriso. "Grazie, damigella che non vedo da una vita."

Jordan le fece un inchino. "Qualsiasi cosa, per la futura sposa. Ti porto del vino?"

Qualcuno arrivò alle sue spalle. "Chi ha detto vino?" L'accento scozzese di Gloria si era fatto più forte nel corso della serata. "Lo staff è andato a casa?"

Jordan annuì. "Vanno via tutti alle nove. Sono le dieci passate, dobbiamo arrangiarci. Ma in qualità di damigella, ci penso io. Sono al servizio di Abby."

"Hai sentito, Delta?" gridò Abby, appoggiandosi allo schienale. "Jordan si è offerta di portarmi tutto quello che voglio, perché è la mia damigella!"

Delta uscì in terrazza con un sorriso sarcastico sulle labbra. "Giusto perché la pagano..." Dietro di lei, c'erano le altre invitate.

Jordan si sentì contorcere le budella. Si voltò e le lanciò un'occhiata di avvertimento, pur sapendo che difficilmente

Delta l'avrebbe colta, nella luce soffusa. Intendeva forse farle saltare la copertura il primo giorno?

"Paga il prezzo per averti abbandonata," si corresse la damigella d'onore senza battere ciglio. "Io ti ho portato un milione di calici di vino in tutti gli anni che lei non c'era. Ha un sacco di tempo da recuperare."

Bel salvataggio, complimenti, pensò Jordan. "Non ha tutti i torti," disse poi ad Abby. "Se porto del vino bianco e dei calici, lo bevete tutte?"

Dal gruppo si levarono gridolini di assenso.

"Dov'è Taran?" chiese Abby. "Può darti una mano a portare i calici."

Gloria alzò gli occhi al cielo. "È di là a parlare con Ryan." Taran e il marito erano lontani da appena dodici ore, ma era già evidente che non riuscivano a non comunicare per più di due ore. "Vengo io," aggiunse Gloria.

Lei e Jordan andarono in cucina, che era già stata ripulita dai bagordi del pomeriggio.

"Dio benedica il meraviglioso staff della villa," disse Gloria, contemplando le bianche superfici lucide. "Dobbiamo essere generose con la mancia."

"Sono d'accordo." Jordan aprì il frigo dei vini e scelse alcune bottiglie di bianco; Gloria prese i calici. Avevano passato insieme solo un giorno, ma collaboravano già come i meccanismi di una macchina ben oliata.

"Volevo dirti grazie," disse Gloria, mentre mettevano vino e calici su due vassoi di metallo. "Grazie per tutto quello che stai facendo. Hai tolto un peso dalle spalle di Abby: ha persino iniziato a divertirsi coi preparativi del matrimonio. Alcune settimane fa, pensavo che non sarebbe mai successo."

Jordan evitò il suo sguardo. “Sto solo facendo il mio lavoro.”

Gloria appoggiò una mano sul suo braccio. “In effetti, stai facendo molto di più. Stai facendo rilassare Abby; le succede raramente. Prima di mettersi con Marcus, era sempre concentratissima sul lavoro. Almeno fosse un lavoro che le piace, sarei felice per lei.” Si accigliò e inclinò la testa. “Speravo che col tempo si sarebbe entusiasmata per il matrimonio, ma è solo da quando ci sei tu, che ha iniziato ad avere una scintilla negli occhi.” Le diede una leggera stretta al braccio. “Quindi, grazie. Grazie davvero. Voglio che la mia unica figlia sia felice.”

Jordan stavolta ricambiò il suo sguardo. “È quello che voglio anch’io.”

Quando tornarono in terrazza, Taran si era unita al gruppo e stava parlando del suo recente matrimonio. “Abby è stata un mito all’addio al nubilato e alla cerimonia. Mi era venuta una crisi di nervi. Volevo fare lo stesso per lei, ma sembra che sia già a posto. C’è Delta; e poi anche Jordan, che è comparsa dal nulla.”

Non c’era traccia di incredulità nella sua voce, per cui Jordan continuò a respirare tranquilla.

Non doveva preoccuparsi che le altre non credessero alla loro storia.

Doveva preoccuparsi solo per Delta. Era lei la mina vagante.

“Sono felice di aver ritrovato Abby giusto in tempo.” Mise il vassoio sul tavolo. “Da piccole, quando parlavamo del matrimonio, ci promettevamo sempre di fare la damigella l’una dell’altra. Ma dopo quasi trent’anni che non ci sentivamo più, non avrei mai pensato che sarebbe successo.” Come mai, stavolta, la solita storia le sembrava più reale?

Versò il vino, distribuì i calici e si sedette di fianco a Gloria.

"Sono felice anch'io," le fece eco la mamma di Abby. "Hai sempre avuto una buona influenza su mia figlia." Diede a Jordan un buffetto sulla mano.

Jordan era sicurissima che Gloria non avrebbe detto così, se avesse saputo quali pensieri le frullavano in testa da un paio di settimane. Quando sollevò lo sguardo su Abby, vide che era arrossita sulle guance. Sentendosi osservata, Abby la guardò, ma distolse subito gli occhi. Perché era sfuggente anche lei? Non ce n'era motivo.

"Vedi, Jordan, Abby è sempre stata una figlia modello. Questo dimostra che, a volte, la mela cade molto lontano dall'albero."

Tutto il gruppo rise.

"Non credo, Gloria," intervenne Delta. "Avresti dovuto vederla a vent'anni. Era una casinista. Soprattutto all'università."

"Vero!" gridò Erin con un largo sorriso.

Gloria scosse la testa, agitando una mano nell'aria. "Ci sono cose che una madre non dovrebbe mai sapere; una di queste, è cosa combina la figlia quand'è lontana da casa."

Jordan notò che Abby faceva di no con la testa a Delta, guardandola di traverso. Ridacchiò. A lei invece sì, sarebbe piaciuto vedere la versione casinista di Abby.

"Quanto a me," proseguì Gloria, "diversamente da Abby, non ho azzeccato subito la scelta del marito. Mi sono lasciata lusingare dalle attenzioni del primo. Era adorabile. E io ero incinta. Ai tempi, era un motivo per sposarsi. Ho avuto un aborto spontaneo prima del matrimonio, ma ci siamo sposati lo stesso. Poi abbiamo avuto Abby. Ci ho messo un anno a capire che non avevamo niente in comune, e che poco mi importava del suo bel sorriso e dei suoi soldi. Col secondo marito invece, non ho mai avuto dubbi.

"Martin e io siamo fatti l'uno per l'altra. Quando incontri la persona giusta, tutto quello che c'è stato prima sparisce all'improvviso. Mentirei, se dicessi che quando ho conosciuto Marcus, non ho dubitato di lui. Perché ha i soldi, e fascino da vendere. Le due cose che mi hanno portato al mio primo matrimonio. Ma Marcus ha anche un cuore. Un gran cuore. È generoso, gentile, e so che ama mia figlia. Come madre, non potrei chiedere di più." Sollevò il calice e attese che tutte la imitassero. "Un brindisi al nostro weekend, che sia favoloso! Ad Abby, e a Marcus, che adesso è in giro a Dublino, per l'addio al celibato." I suoi occhi passarono in rassegna le altre con un sorriso scaltro. "Ma noi lo sappiamo già, chi è nel posto più bello, vero ragazze?"

L'applaudirono tutte.

"E ora, facciamo il brindisi serio. Che i vostri sorrisi siano grandi, e i vostri problemi piccoli. Ad Abby e Marcus!"

"Ad Abby e Marcus!" le fece eco un coro di voci femminili.

"Jordan, sono curiosa," disse poi Taran. "Abby si è già persa il tuo matrimonio? O fa ancora in tempo a farti da damigella? Potete ancora realizzare il vostro sogno?"

Jordan serrò i denti. Le era già stato chiesto ad altri matrimoni, con altre spose.

"No, non si è persa niente. Sono ancora single. Sarò onorata che mi faccia da damigella, quando verrà il momento."

Si guardarono di nuovo negli occhi, ma stavolta fu Jordan a distoglierli.

Abby sollevò il calice e si leccò le labbra. "Non vedo l'ora che arrivi quel giorno."

* * *

Due ore dopo, quasi tutte si erano ritirate nelle loro camere. Abby stava lavando i calici, anche se Jordan le aveva detto di lasciar stare.

"Non ci credo, che la mamma e Delta siano andate a letto così presto; è solo la prima sera."

"È una maratona, non una corsa di velocità. L'hanno detto loro." Ma si era stupita anche lei. Non le era mai capitato che la prima sera fossero già tutte a letto poco dopo mezzanotte. Era un miracolo. Un addio al nubilato di stampo moderno. Roba da scrivere sul diario. Se ne avesse avuto uno.

Dopo aver portato in cucina i calici e le bottiglie, tornò fuori a dare un'ultima sistemata alla terrazza. Quando ritenne che fosse tutto in ordine, andò al parapetto di vetro, che le arrivava alle anche, e si appoggiò con le braccia sul bordo ad ammirare la vista sul mare. Era bello godersi un momento di solitudine alla fine di una giornata tanto impegnativa. Ma pochi secondi dopo le venne la pelle d'oca. Si sentiva osservata. Addio solitudine. Non che le dispiacesse. Perché a scoppiare la sua bolla, era stata Abby.

Sentiva il suo odore nell'aria; le venne il batticuore, anche se esternamente appariva calma. Non aveva bevuto alcolici, perché era lì per lavoro. Pur avendo accettato ogni calice che le veniva offerto, aveva solo recitato la parte della damigella alticcia; in mano, infatti, aveva sempre avuto un calice pieno. Era contenta di essere lucida.

"Bel panorama, eh?" le domandò Abby con la sua irresistibile voce roca.

"Sì, è magnifico." Guardò alla sua destra.

Gli occhi nocciola di Abby la scrutarono. "A cosa stai pensando?"

A te. A come mi fai sentire. Alla passione che mi logora quando mi stai vicino. Voleva dire così. Ma si morse la lingua.

"Mi godo il panorama e la villa. È un posto stupendo per un addio al nubilato." Guardò ancora Abby. Si era tolta la sciarpa: il collo e la scollatura erano in bella vista.

"Ci riesci, anche se sei qui per lavoro? Forse non è niente di straordinario per te. Ne avrai visti tanti, di posti così."

Jordan sorrise, sentendo accendersi una scintilla. "Tu sei straordinaria." Distolse gli occhi. Sperava di non aver oltrepassato il limite.

"Potrei dire lo stesso di te."

I suoi muscoli si irrigidirono. Poi si distesero. Le lanciò un'occhiata. Cosa intendeva dire?

"Hai qualcuno che ti aspetta a casa? Che soffre la tua mancanza, mentre sei qui? Non sembra che nella tua vita ci sia una persona speciale. O forse c'è, ma non me l'hai detto." Quando Jordan la guardò, Abby alzò un sopracciglio. "L'hai detto tu, che potevo chiederti qualsiasi cosa. Sto solo giocando la carta che mi hai dato."

Eh sì, gliel'aveva detto lei. Scosse la testa. "No, non c'è nessuno. Ci sono io e basta. Non ho una ragazza da tanto tempo. Questo lavoro mi tiene troppo impegnata." Non ne aveva mai parlato con una sposa. Quasi tutte le spose pensavano solo a se stesse e al loro matrimonio.

Ma Abby non era 'quasi tutte le spose'.

"Tra l'altro, se avessi una ragazza, non penso farebbe i salti di gioia, quando sparisco per settimane. O quando passo molto tempo con donne bellissime, entrando in confidenza con loro. Il mio lavoro è abbastanza insidioso da mettere alla prova anche le relazioni più stabili." Neanche quello l'aveva mai ammesso. Se voleva una relazione, doveva mollare il suo lavoro. In pratica, da marzo a settembre era il suo lavoro a dettar legge.

Abby si accigliò. "Aspetta, vuoi dire che non hai una relazione da tre anni?"

Scosse la testa. "No."

"E prima?"

Rimase in silenzio a considerare le carte della sua vita. Quando si trattava di relazioni di coppia, non c'erano carte truccate a suo favore. Anna, la Regina di Cuori. Yvette, la Regina del Dolore. Brianna, il Jolly. Relazioni che le avevano preso mesi, a volte anni. Nessuna aveva funzionato. Erano finite tutte lasciandola col cuore infranto.

"Diciamo che non sono molto fortunata con le donne." Lo disse come se fosse una cosa da niente.

"Sai, non siamo tanto diverse, quando si tratta di amore. Prima di mettermi con Marcus, non avevo un partner da anni. Ma nessuno ha mai calpestato il mio cuore. Anzi, è stato il contrario." Fece spallucce. "Gli uomini con cui sono stata... Be', non è mai scoccata una vera scintilla. Li ho sempre piantati io. Poi rimanevo da sola, finché non mi stancavo di sentirmi dire di trovarmene un altro."

"Allora Marcus è arrivato al momento giusto?"

Abby strinse il bordo del parapetto con entrambe le mani, fece un passo indietro e abbassò la testa. I suoi capelli si spostarono avanti. "Sì. Quando si è presentato nel mio ufficio, sono rimasta senza parole. Siamo usciti a cena, ed è successo. Senza drammi." Fece spallucce. "Mettermi con lui è stato facile. Niente fuochi d'artificio, niente gesti eclatanti. Siamo caduti l'uno nelle braccia dell'altra, tutto lì. Il matrimonio ci è parso inevitabile."

"Ed è un bene, no?"

Abby sollevò la testa e si passò una mano tra i capelli. Non sembrava tanto sicura. "Credo di sì. Ma il nostro rapporto non è come quello di Taran e Ryan. Viviamo separati, e non sento il bisogno di parlargli tutto il tempo. Certe volte, mi chiedo se mi sto solo accasando. Nel senso che mi sposo solo perché è ora che mi sposi. Mi chiedo se ho imboccato la strada facile, quella che fanno tutti."

Ecco, erano arrivate al tipico dubbio delle spose. "Se Marcus è una strada facile, non credi che valga la pena percorrerla?" Jordan si voltò e si appoggiò col sedere al parapetto, fissando Abby. *Cazzo se era bella.* "Lui ti ama, tu ami lui. E siete anche amici. Direi che conta un sacco."

Abby si morse l'interno delle guance. "Me lo dicono tutti."

Si sforzò di non fissarle il collo, la pelle rischiarata dalla luna. Ma non ci riuscì. Il desiderio si era incastrato nella sua gola come una spina di pesce. Deglutì a fatica.

Abby la fissò, poi scosse la testa. "Ma tornando a te. Sicuramente ti diverti più di me." Il suo sorriso illuminò la notte. "Sei gay, bisex o altro?"

Una domanda diretta. "Gay con carta d'identità."

"E cosa dice la carta?"

Sorrise. "Torna da me a ottobre, quando ho finito coi matrimoni, e ne parliamo."

L'aveva detto davvero ad alta voce? Come una specie di dongiovanni? Doveva stare più attenta. Ormai non poteva più fidarsi di se stessa.

Abby rise. Ma anche lei non aveva esitato, con la domanda precedente. "Strano, che non hai una relazione da anni." Il suo viso tornò pensieroso. "Mi fa pensare all'espressione 'sposata col lavoro'. Nel tuo caso, è letterale."

"Non c'è molta ironia, in effetti." Si sentiva battere forte il cuore. Cos'avrebbe dato, per riportare indietro l'orologio di trenta secondi!

"Non fa la differenza, il fatto che tutte le donne con cui entri in confidenza devono sposarsi?"

Le stava complicando la vita. "Certamente. Ma è un lavoro che assorbe tante ore e tanti weekend. E devo essere reperibile ventiquattro ore su ventiquattro, sette giorni su sette. Non mi resta molto tempo per me. O per chi sta con me."

Abby annuì. "Ti chiedo scusa."

Jordan le rivolse un mesto sorriso. "Non farlo. Marcus mi paga bene."

Abby annuì ancora, lentamente. "Ma non ti manca stare con qualcuno?" I suoi occhi erano tornati su di lei.

Esisteva una risposta giusta? "A volte sì, sarebbe bello avere una ragazza con cui raggomitolarmi nel letto, anche se arrivo a casa alle due del mattino." Immaginò di raggomitolarsi nel letto con Abby. Sbatté le palpebre. "Tra un po', lo farai tu con Marcus. Fossi in te, non vedrei l'ora."

Abby sollevò la testa a guardare il cielo stellato. "Se ci penso, ho paura che non ci piacerà. Forse avremmo dovuto provare a convivere prima. La maggior parte delle coppie lo fa."

Jordan lo sapeva, che non vivevano insieme. Il che, in effetti, era insolito. "Ma è romantico, no?"

Abby prese un respiro profondo. "Ma è anche strano. Non

sarà che c'è un motivo, per cui non abbiamo voluto convivere?" Fece una pausa, la guardò, poi scosse la testa. "Sai cosa? Lasciami perdere. È solo lo sclero dell'ultimo momento. Marcus è meraviglioso. Sono fortunata ad averlo trovato. Sarà un buon marito e un buon padre."

Jordan aveva già visto altre crisi di panico prematrimoniali; sapeva che la persona che ne soffriva aveva bisogno di spazio. E lo lasciò ad Abby, restando in silenzio.

"Le crisi di panico all'ultimo momento sono normali," disse poi. "Alla fine, andrà tutto bene."

* * *

Abby annuì, ma l'incertezza si impossessò di lei e per poco non la mandò in corto circuito.

Non è che aveva bevuto troppo? Altrimenti come si spiegava, che stesse spiattellando tutti i suoi dubbi a un'estranea?

Ma Jordan non era più un'estranea. Era quasi un'amica. Era entrata nella sua vita e aveva minato le sue certezze laddove lei era più vulnerabile: l'aveva indotta a dubitare non solo della sua relazione con Marcus, ma anche della sua sessualità.

No. Non era quello, il copione del weekend. Si trovava al suo addio al nubilato, per l'amor del cielo! Non era il momento di farsi venire dei dubbi atroci. Era il momento di pensare al futuro suo e di Marcus. Non ai sentimenti che l'avevano colta alla sprovvista e la stavano destabilizzando completamente.

"Sono andata a letto con una donna, una volta." Chiuse gli occhi. Ah sì? Si era appena ripromessa di non pensarci più, e le era uscito quello di bocca? Jordan se l'era sentito dire da altre spose? Per qualche strana ragione, sperava di no.

Jordan si leccò le labbra. “E io sono andata a letto con un uomo, una volta. Siamo pari, no?”

Abby sorrise. “Poi non l’hai più fatto?”

Jordan scosse la testa. “Una volta è stato sufficiente. Solo per provare.” Fece una pausa. “E tu?”

“Idem. È stato all’università. Sono andata in un locale gay con Delta e lì ho conosciuto una. Abbiamo parlato. Ho pensato, perché no? Era carina, e si vive una volta sola. Uh, forse le ho detto sì anche perché avevo bevuto qualche tequila di troppo.”

“Ah, la tequila. Da sempre, il carburante dei momenti chiave della vita.”

“Ben detto!” Ricordava ancora il mix di terrore assoluto e totale euforia al risveglio, quando si era resa conto di aver fatto qualcosa di proibito. Fuori dai limiti consentiti. Non aveva mai provato quella sensazione con Marcus. All’epoca si era spaventata. Adesso desiderava rivivere la stessa emozione. Osare ancora.

Andare al di là dei paletti che lei stessa aveva piantato con cura.

Avvicinarsi a una sorgente di corrente elettrica.

Dopo aver detto *Sì, lo voglio* non avrebbe più potuto assaporare il gusto del proibito.

Fissò Jordan. Colei che aveva crepato il muro della sua determinazione.

“C’era di mezzo la tequila, quando ti sei messa con Marcus?”

Scosse la testa. “A Marcus non piace. Dice che di solito fa prendere cattive decisioni. Probabilmente ha ragione.”

“A che pensi?” le domandò Jordan, notando il suo sguardo intenso.

Fece spallucce, come se la risposta che stava per dare non significasse nulla. “Penso che a volte bisogna affidarsi al caso. Il caso può portarti su un cammino diverso da quello che intendevi fare; certe volte è un cammino divertente. Uno più giusto per te. Immagino di aver paura che, dopo il matrimonio, molti percorsi mi saranno preclusi.”

Ma che diavolo stava dicendo? Si allontanò a gran passi, raggiunse l’estremità opposta della terrazza e si riaggrappò al bordo del parapetto. Doveva mettere distanza tra lei e Jordan. Le implicazioni dei suoi pensieri la terrorizzavano. Ma perché, ogni volta che era da sola con Jordan, sembrava che i suoi programmi di vita andassero alla deriva?

Il distanziamento non durò a lungo. Entro pochi secondi, Jordan fu di nuovo al suo fianco. Tutto il desiderio che Abby aveva cercato di reprimere iniziò a debordare, sgocciolando dal suo corpo come da un rubinetto che perdeva.

Cazzo se era attratta da Jordan. Non ci voleva. Non quando la sua vita stava per svoltare in direzione opposta.

Ma i pensieri razionali si volatilizzarono, non appena Jordan le mise una mano sul braccio.

Smise di respirare. Il sangue dalla testa fluì a sud, verso l’inguine.

Che cazzo le faceva Jordan? Le faceva dimenticare chi era. Con Jordan vicino, osava immaginare di essere diversa.

“Sono pensieri perfettamente normali,” disse la damigella. “Il matrimonio è un vincolo. Quando ti sposi, fai tante promesse a una persona. Ma Marcus ti ama.”

“Lo so. E se non dovessi stare con Marcus? E se dovessi stare con una persona totalmente diversa? Magari con una donna?”

Jordan le fece una carezza sul braccio. Fu come se le avesse centrato in pieno il clitoride con una freccia di desiderio.

Chiuse gli occhi per un secondo. Poi emise un lungo respiro, prima di staccarsi da lei, di districare i loro corpi fisicamente.

Era necessario, anche se a toccarsi erano state solo le dita di Jordan e il suo braccio.

Era bastato quello.

"Andrà tutto bene. Cerca di rilassarti e di goderti l'addio al nubilato. E lo vuoi un consiglio? Stai alla larga dalla tequila."

Il sorriso con cui glielo disse andò a scuotere i suoi recessi più intimi. Jordan la induceva a esporre parti di sé sconosciute.

Scosse la testa e si mise a braccia conserte. "Sei brava, sai?" Le premeva sapere un'altra cosa, anche se il motivo non le era ben chiaro. "Ti è capitato spesso che una sposa ti confessasse di essere andata a letto con una donna?"

Jordan scosse la testa. "Tu sei la prima. Sicuramente ce ne saranno state altre; lo dice la legge della probabilità." Fece una pausa, fissandola ancora una volta coi suoi bellissimi occhi. "Ma tu sei la prima che me lo dice."

Lei si sentì avvampare. Era la prima.

Il suo sguardo si soffermò sulle labbra rosa carnose della finta damigella. Per la prima volta, si concesse di abbandonarsi alla fantasia di sporgersi avanti e baciarle.

Si era dimenticata che sapore avesse la ragazza che aveva baciato tanti anni prima. Ma non aveva più importanza.

Ora le sarebbe piaciuto assaporare Jordan. Scoprire che sensazione si provava a baciarla. Chiuse gli occhi; pensieri e visioni vorticarono dietro le sue palpebre.

Basta.

A cosa pensava? Jordan era la sua damigella professionista. E lei doveva sposarsi la settimana seguente.

Aprì gli occhi. Jordan aveva ragione. L'addio al nubilato era uno solo; se voleva goderselo, doveva buttarcisi a capofitto.

E baciare Jordan non faceva parte del programma.

"Abby?"

Non aveva sentito i passi. Si voltò; la luce della terrazza si accese, facendole strizzare gli occhi.

Era la mamma, in maglietta e pantaloncini corti di seta.

"Che ci fate ancora alzate? Siamo andate a dormire tutte da un pezzo."

Ignorò le scosse sismiche che aveva nel cuore. Non aveva fatto niente di male. Eppure, era come se la mamma l'avesse sorpresa con le mani nelle mutande di Jordan.

Quel pensiero scatenò un piccolo terremoto nelle sue parti intime.

Quando Gloria la raggiunse, Abby le rivolse un sorriso tirato. "Stavamo andando a letto." Poi la prese a braccetto e la riportò verso la portafinestra.

Volutamente ignorò la domanda nel suo sguardo dubbioso. Volutamente ignorò il modo in cui si girava a guardare Jordan.

Niente di tutto ciò era reale.

Il suo matrimonio sì, era reale.

Da allora in poi, avrebbe pensato solo a quello.

Capitolo 15

Il mattino dopo Abby si svegliò in un bagno di sudore.

Aveva sognato di fare sesso con Jordan.

Le batteva forte il cuore. Aprì le palpebre. Doveva darsi una regolata. Doveva trovare il modo di godersi l'addio al nubilato come una sposa normale. Doveva concentrarsi sulle amiche e sulla famiglia, celebrare con loro il matrimonio imminente. E non pensare soltanto alla sua finta damigella. La sua finta damigella dannatamente sexy.

Facile, no?

Infilò un dito nelle mutande, chiuse gli occhi e si toccò. Era bagnata. Ripensò al sogno.

Jordan indossava un bikini rosso striminzito che lasciava ben poco all'immaginazione. Era sdraiata su un lettino a prendere il sole. Abby si era avvicinata, si era adagiata sul suo corpo e aveva infilato le dita negli slip, un po' come stava facendo in quel momento con se stessa. Anche Jordan era bagnata.

Nessuna delle due aveva detto una parola.

Jordan aveva semplicemente allargato un po' le gambe, affinché Abby scivolasse meglio in lei.

Basta!

Aprì gli occhi, ritirò le dita e le asciugò sulla coscia. Emise un respiro strozzato, poi balzò in piedi e andò alla finestra ad aprire le tende. Era una magnifica giornata, a Cannes. Ma nonostante la bella vista, lei non riusciva a scuotersi di dosso l'immagine di Jordan col bikini rosso. Era stata molto reale. La pelle di Jordan era stata molto reale. La sensazione di toccarla. Odorava di sole.

Abby chiuse gli occhi, aspettando che il battito cardiaco rallentasse. Avvertì come una scossa elettrica al clitoride, ma la ignorò.

Doveva tornare a essere una sposa normale.

Qualunque cosa fosse.

Quel giorno dovevano andare in gita sullo yacht. Un giro in mare, con musica, divertimento e bar all'aperto. Abby avrebbe dovuto andarci piano, col bar all'aperto. Grazie al cielo, adesso era lucida, ma la sera prima era andata fuori come un balcone. Al punto da spiattellare una serie di cose stupide a Jordan.

Scosse la testa, al ricordo di averle detto di essere andata a letto con una donna. Di averle detto che forse doveva stare con una donna. *Porca troia.*

Doveva rimettere la testa a posto. Doveva concentrarsi sul motivo per cui si trovava lì e su cosa doveva fare. Abbassò lo sguardo sulla piscina, proprio sotto la terrazza. Non sentiva rumori. Controllò l'orologio al polso. Erano le sette e un quarto.

Una nuotata l'avrebbe aiutata a eliminare la tensione sessuale e l'eccesso di energia? Sempre meglio che restare in camera a masturbarsi.

Prese dal trolley il costume da bagno nero. Quello che non era fatto per attirare l'attenzione. Intendeva riservare il costumino sexy per lo yacht, dove avrebbe avuto un pubblico.

Andò in cucina. Sul pavimento bianco lucido vide qua e là lunghi capelli neri. Ecco cosa succedeva, quando in casa c'erano solo donne. Andò al frigorifero, prese una bottiglia d'acqua e ne bevve un po', come faceva ogni mattina. Le piaceva quel momento, quando il giorno doveva ancora essere scritto. Più tardi ci sarebbero stati sicuramente dei piccoli drammi per i capelli, il trucco, i vestiti e l'itinerario. Ma in quel momento la giornata era ancora incontaminata.

Lasciò vicino al lavandino la bottiglia d'acqua, attraversò la veranda e tirò indietro la portafinestra. Uscì sulla terrazza al pianterreno. La vista era magnifica. Sotto la villa, la collina era cosparsa di terrazze e piscine fino al mare. Il sole del mattino scintillava sulla superficie dell'acqua.

"Buongiorno, Cannes." Sorridendo allungò le braccia in alto, sopra la testa. Sentì i muscoli risvegliarsi uno dopo l'altro. Per un istante perfetto, dimenticò ogni dubbio. C'erano solo lei, il sole e il panorama.

Tirò indietro la testa e scosse i lunghi capelli scuri dietro le spalle. Si avvicinò alla piscina; il pavimento sotto i piedi era caldo. Era ciò che amava di più fuori dal Regno Unito. Il caldo la rendeva felice. L'acqua della piscina si increspò: l'aveva sfiorata con la punta del piede ritirandolo subito. Era più fredda di quanto si aspettasse. Ma bastava immergersi tutta d'un colpo. Bastava buttarsi.

Un po' come con l'addio al nubilato. Bastava decidere di essere la sposa che voleva essere. Sicura di sé.

Annuì. Intendeva farlo. A partire da quello stesso istante, col tuffo in piscina. La project manager Abby stava venendo fuori. Solo che il progetto era lei, in quel weekend.

Lo shock dell'acqua fredda la risvegliò del tutto. Trattenne un gridolino. Ci era riuscita. Quando riemerse in superficie, si dimenò alcuni secondi, poi prese dei respiri profondi, si allungò e si mise a nuotare. Aveva preso la decisione giusta. L'acqua la risanava nel corpo, e quando iniziò a sollecitare i muscoli, anche le preoccupazioni cominciarono a sciogliersi.

Fece dieci vasche. Le piaceva sentire sul viso il sole incerto del mattino. Si aggrappò al bordo della piscina e accarezzò le piastrelle azzurre.

Una volta sposati, lei e Marcus sarebbero tornati lì? Marcus aveva detto che i proprietari erano amici di famiglia. Il pensiero di tornarci regolarmente la riempì di calma e di gioia. Avrebbero potuto fare yoga acrobatico, come le aveva proposto lui più volte. Alzò lo sguardo al cielo senza nubi.

Anche lei e Marcus sarebbero stati così. Senza nubi.

Sentì qualcuno schiarirsi la voce. Si girò a vedere chi fosse. Strizzò gli occhi.

E rimase senza parole.

A bordo piscina, con un bikini rosso che lasciava ben poco all'immaginazione, c'era Jordan. Proprio come se l'era sognata.

Fu un'emozione troppo forte per riuscire a liberarsene.

Altro che liberarsene! I suoi sogni stavano diventando realtà! Nel peggiore e nel migliore dei modi possibili.

"Ottimo il tuo stile libero." Jordan girò intorno alla piscina e si fermò dove lei era aggrappata al bordo, impietrita.

Macché stile libero. Lei non si sentiva affatto libera. Jordan non ne aveva idea. "Grazie. Non mi ero accorta di avere un pubblico."

"Le grandi menti la pensano uguale. Anch'io ho pensato di farmi una nuotata, prima che arrivi troppa gente. Com'è?" Sfiorò l'acqua con la punta del piede, tirandosi indietro subito. Curvò le spalle con una smorfia. "Accidenti. È freddissima."

Abby prese un respiro profondo e si ricompose. Poteva farcela. "Sì, all'inizio, ma appena ti tuffi si sta da dio. Prova. Io così mi sono svegliata del tutto."

Jordan sollevò un sopracciglio; Abby capì che non ci credeva.

Cercò di non fissare il suo addome piatto abbronzato. Era esattamente come l'aveva visto in sogno.

No.

La futura sposa non doveva assolutamente fare una cosa del genere.

Jordan scese in acqua dalla scaletta, si immerse con un gridolino e andò da lei a nuoto. Quando stava per raggiungerla, andò sotto con la testa e riemerse in modo da scostare i capelli dal viso; poi si levò l'acqua dagli occhi e le sorrise.

Abby doveva liberarsi di ciò che aveva appena pensato. Ma forse era impossibile. A sua discolpa, vedere Jordan bagnata fradicia, lì vicino, rendeva tutto più difficile.

Si irrigidì e cercò di pensare a cose orribili. Cose che non fossero una Jordan quasi nuda.

Anguille in gelatina. Il midollo osseo spalmato sul toast. Salsa al prezzemolo. L'ex calciatore Martin Keown.

Non funzionava.

I suoi occhi vedevano sempre e solo il bellissimo viso di Jordan, e il suo corpo accoglieva quella vista con gioia.

"Come hai dormito?"

"Molto bene." Stava arrossendo, se lo sentiva.

Jordan non doveva venire a conoscenza del suo sogno.

Ma lei ne era consapevole.

Il suo corpo ne era consapevole.

Al risveglio, si era ritrovata dentro Jordan.

Fu colta da un'improvvisa ondata di desiderio.

"Anch'io ho dormito come un ghiro. Mi sono svegliata solo perché ti ho sentito." Fece una pausa. "Sei pronta per la gita sullo yacht?"

Abby annuì. "Prontissima. Ieri è stato un inizio tiepido. Oggi sento che il mio addio al nubilato prenderà il volo."

Jordan le rivolse un sorriso smagliante.

Eh no. Così non l'aiutava affatto. Abby era ancora aggrappata al bordo della piscina. E a quel poco di salute mentale che le restava.

Jordan la studiò come se fosse un'opera d'arte.

"Ci tenevo a farti sapere che qualsiasi cosa mi dirai nel weekend resterà fra noi. Avrò la massima discrezione. Te lo dico perché forse ti sei sentita esposta, dopo la nostra chiacchierata di ieri sera."

"Non posso neanche dare la colpa alla tequila." Abby fece una pausa. "Oltre a te, c'è solo un'altra persona che sa che sono andata a letto con una donna: Delta. Preferirei non lo sapessero le altre. Se lo scoprono le cugine di Marcus, potrebbero riferirglielo. O peggio, dirlo a Marjorie. La sua opinione di me è già bassa così com'è."

Jordan le rivolse un mesto sorriso. "Se per lei andare a letto con una donna è la cosa peggiore che si possa fare, Marjorie ha un gran bisogno di ampliare i suoi orizzonti. Tranquilla, il tuo segreto è al sicuro con me. Te l'ho detto anche il primo giorno. Lo dico a tutte le mie spose."

Tutte le sue spose.

Perché per Jordan era solo un lavoro.

Niente di più.

Doveva ricordarselo.

"Facciamo una gara? Una vasca andata e ritorno. L'ultima che arriva fa il caffè."

Abby rise. "Dai, va bene."

Capitolo 16

Lo yacht non era solo uno yacht. Era un superyacht. Un angolo di paradiso sull'acqua.

"Cazzo!" fu la prima parola di Jordan quando salì a bordo, ammirando il pavimento di legno lucido sotto i piedi. Aveva già visto quel livello di opulenza in passato, ma ogni imbarcazione di lusso era un'esperienza a parte.

Taran arrivò di corsa dal ponte inferiore e afferrò Delta per un braccio. "Devi assolutamente venire giù a vedere le camere!" Non le lasciò altra scelta. "Sono incredibili! Non sai che tessuti pregiati! E quanti cuscini! E ci sono specchi *dappertutto*."

Jordan seguì di sopra le cugine di Marcus, Arielle e Martha. Sentiva già il sole caldo sulla schiena. Giunta sul ponte intermedio, capì da dove arrivava l'onnipresente Beyoncé. Al di là di un tavolo rotondo da esterni per dieci persone, c'era un salone con bar, cui si accedeva da una doppia porta di vetro. La porta era spalancata: all'interno, si vedeva un barista biondo al lavoro.

"Speriamo che ci sia almeno una piscina piccola," disse Arielle a Martha. "Non sia mai che la gita di Abby finisca per essere un disastro, come quella di Cassandra!"

Martha rabbrividì. Indicò il bar oltre la doppia porta di vetro. "Be', almeno il barista è bello. Lo yacht di Cassandra non aveva la piscina, e lo staff era di sole donne. Un addio al nubilato da suicidio."

A Jordan dispiacque molto per Cassandra.

Salì sul ponte superiore. Gloria era lì a bocca aperta; fece cenno di avvicinarsi a lei e a Nikita. "Venite a vedere!" Sembrava più scozzese del solito, da quand'era salita a bordo. "C'è una piscina! Su una barca!"

Obbedì insieme a Nikita. Una piscina AquaBlue scintillava a metà del ponte superiore, circondata da lettini e divani. Ottimo. Forse Arielle e Martha non avrebbero dato un voto poi così brutto al weekend di Abby.

Dietro il bancone del bar, Jordan si aspettava un tizio di nome Pierre, o magari Thierry, con un bell'accento francese. Invece trovò un australiano di nome Travis, che però aveva fascino e muscoli guizzanti, ragion per cui nessuna invitata rimase delusa.

Il sole adesso picchiava; Jordan si stese su un lettino. Essendo solo in dieci, lo yacht era troppo grande per riuscire a sfruttarlo al massimo, ma avrebbero fatto del loro meglio.

Di fianco a lei, c'era Gloria, e di fianco a Gloria, c'era Abby. La figlia aveva ereditato dalla madre la pelle scozzese pallida. Se Abby doveva invecchiare come Gloria, Marcus aveva fatto un affare. Col suo bikini nero, Gloria esibiva addominali tonici e cosce sode che avevano attirato molti sguardi increduli.

"Me lo dica subito, Gloria. Qual è il suo segreto? Come fa a essere in forma così smagliante a quasi sessant'anni?" Jordan sollevò il cellulare. "Se me lo dice, lo trasmetto in diretta su Instagram, così il resto del mondo potrà vedere e imparare da lei!"

Gloria tirò indietro la testa e rise di gusto. "Salsiccia di

Lorne con salsa HP, ecco il mio segreto." Sorrise a Jordan. "Sai cos'è, mia cara?"

Lei scosse la testa. Non ne aveva idea. Zero assoluto.

Gloria diede ad Abby un buffetto sulla coscia. "Invitala a casa tua e falle assaggiare la salsiccia di Lorne." Poi tornò a rivolgersi a Jordan. "Ma siccome si mangia a colazione, devi presentarti al mattino presto. Oppure vai da Abby la sera, e resta a dormire. Non sarebbe un problema, no? Avete tanti anni da recuperare!" Fece l'occhiolino in modo stravagante.

Jordan guardò Abby, che, tanto per cambiare, guardava la madre con l'espressione per-favore-non-mettermi-in-imbarazzo.

Sorrise.

S'immaginò di restare da lei per la notte, non per fare colazione, ma per fare sesso senza sosta, e poi svegliarsi insieme, nude e sazie, coi corpi aderenti, stavolta pelle contro pelle, con sensazioni ancora più piacevoli di quelle provate al campo pratica.

Sbatté le palpebre. Doveva liberarsi di quell'immagine. Con cui la salsiccia di Lorne non poteva di certo competere.

Non è adeguato *per il lavoro*. Già. Si stava lasciando prendere fin troppo, da quel lavoro.

"Mamma, Jordan può anche vivere senza le salsicce a colazione." Abby si sporse avanti, mettendosi gli occhiali da sole in cima alla testa.

Era la sua immaginazione, o lo sguardo di Abby stava percorrendo il suo corpo?

Sbatté ancora le palpebre.

Qualcosa si agitò nel suo petto.

Sì, doveva essere solo la sua immaginazione.

"Figlia mia, che mondo sarebbe, senza salsicce di Lorne?" domandò Gloria. "Non ti vergognare delle tue radici. Stamattina abbiamo mangiato uova, avocado e salmone affumicato, ed erano deliziosi. Ma a volte, solo con la salsiccia di Lorne inizi bene la giornata." Si indicò il petto. "O almeno così è per questa scozzese fiera di esserlo."

Abby rise, senza distogliere gli occhi da Jordan. "E va bene. Quando torniamo a casa, te la preparo. La mamma ha ragione. Devi provarla almeno una volta in vita tua."

Il desiderio dilagò in lei, mentre osservava Abby col bikini blu navy a pois. *Cazzo che belle gambe.*

"Quando si tratta di esperienze nuove ed eccitanti, ci sono sempre." Era riuscita a dirlo con sufficiente nonchalance?

Gloria guardò dall'una all'altra, come se intendesse commentare, ma evitò. "Comunque, siamo sullo yacht da venti minuti, e nessuno ha portato da bere alla sposa!"

Jordan balzò in piedi. Merda, stava dimenticando i suoi doveri.

Gloria scosse la testa. "Facciamo fare alle altre damigelle. Delta! Taran! Portate da bere!"

Abby era china a frugare nella borsa.

Jordan fissò il cielo azzurro intenso. Senza nubi. Non come la sua mente.

"Per favore, mi metti la crema sulla schiena?" Abby tese un flacone di crema solare a Gloria.

La madre si alzò. "Devo andare alla toilette. Mi scappa da un po', ma me la sono tenuta. Perché noi donne facciamo così?" Guardò Jordan. "Gliela metti tu?"

Lei annuì. Aveva la bocca secca come il deserto. "Sono qui per questo."

Abby le andò davanti, porgendole il flacone. “Grazie.” Ma aveva anche lei l’aria perplessa per l’inattesa svolta degli eventi.

Jordan si schiarì la voce e si guardò intorno. Le invitate erano altrove. Lo yacht era grande. Nessuno avrebbe prestato attenzione a loro due.

Dopotutto, si trattava solo di spalmare della crema solare. Sulle spalle chiare di Abby.

Le stesse che poteva aver o non aver immaginato di baciare pochi istanti prima.

Premette il beccuccio tre volte, poi applicò la crema sulla schiena di Abby, cercando di tenere a freno l’immaginazione. A contatto con la pelle vellutata, le sue dita tremarono leggermente.

“Spalmamela in modo uniforme,” disse Abby. “Una sposa ustionata o screpolata non è mai un bel vedere.”

“Capito.” Ne erogò un altro po’ per il retro delle braccia e i fianchi. I suoi polpastrelli si spinsero al limitare del seno, senza mai toccarlo.

Abby girò la testa, guardandola un momento negli occhi. “Mi devo slacciare il reggiseno?”

Una miriade di risposte le frullò nel cervello, ma scosse la testa. “Ci giro intorno. Non ti preoccupare, non sono una novellina.”

Eppure, in molti sensi, le pareva di esserlo.

* * *

Alcune ore più tardi, dopo un giro con le moto d’acqua e il pranzo al tavolo a poppa, erano tornate a prua. Travis aveva messo su una musica indiavolata; anche il volume delle loro voci si era alzato considerevolmente. Nikita ed Erin facevano ridere con le boccacce. Gloria si era dimenticata di mettere la crema sulla nuca, e si era scottata.

Delta aveva tirato fuori il cellulare e voleva che si mettessero in posa due alla volta sulla prua, "come Leo e Kate in *Titanic*".

"Poi metto insieme i video e faccio un filmino con Celine che canta in sottofondo." Da vera eroina, aveva messo da parte il suo cuore infranto, e si era calata nel suo ruolo di damigella alla guida del gruppo.

Abby era impressionata. Quel giorno, l'amica intratteneva le invitate senza sosta.

Era già toccato a Taran e Gloria. Taran aveva fatto Kate Winslet, e Gloria Leonardo Di Caprio. Ma non era stato un momento di grande cinema. Guardando in basso, Taran aveva perso l'equilibrio, le era venuta paura di finire in pasto agli squali, ed era caduta all'indietro. Gloria, alle sue spalle, era stata travolta, finendo pesantemente a terra, e quando era riuscita a rimettersi in piedi, aveva il pezzo sotto del bikini infilato tra le chiappe. Nel complesso, era stata una scenetta da ridere mica male.

Infatti, ne stavano ancora parlando.

"Okay, chi sono le prossime due, per il trattamento Leo & Kate?" Delta scrutò il gruppo. "Voi!" Indicò Abby, poi Jordan.

Abby si schiarì la voce e scosse la testa. "Prima qualcun altro."

Dietro di lei, Jordan annuì. "Sto ancora digerendo il pranzo."

Delta le guardò come fossero ammattite. "Ehi! Non vi sto chiedendo di fare una coreografia di danza. Dovete solo mettervi in piedi a prua, tenervi al palo di metallo e fare una faccia da Hollywood. Abby, fai finta che Jordan sia Leo. Oppure Marcus. Insomma, chi dei due ti fa tremare le ginocchia."

Jordan guardò Abby e fece spallucce. "Ci sto, se ci stai tu."

Abby andò in stallo. Dovevano ancora toccarsi? Prima era quasi collassata, quando Jordan le aveva spalmato la crema. A pranzo, si era seduta di proposito lontano da lei. Ma non facevano altro che trascinarsi l'una verso l'altra. Soprattutto perché, qualsiasi cosa volesse Abby, Jordan correva a portargliela. Jordan era fin troppo brava nel suo lavoro.

"Ricordati, Abby," le raccomandò Delta. "Guarda la videocamera con occhi languidi, del tipo 'vieni a letto con me', okay?"

Abby non era più positivamente impressionata dal cambiamento dell'amica. Al contrario, si augurò che tornasse a essere triste e infelice almeno un po'.

Jordan salì sul divano e le tese una mano.

Mentre la prendeva, Abby osservò i suoi capelli biondo sole e il suo sorriso incantevole. E si rese conto di chi le faceva tremare le ginocchia.

I loro sguardi si incrociarono, Jordan le rivolse un sorriso radioso, poi afferrò con l'altra mano uno dei pali bianchi dello yacht, assumendo una postura rilassata.

Abby avvertì un fremito di desiderio che le tolse il fiato. Lo lasciò trasparire dal viso non appena fu davanti a Jordan, dando a Delta ciò che voleva e suscitando una gran cagnara nel gruppo. Sentiva le loro voci, sì, ma non erano altrettanto chiassose del suo cuore, che batteva come un tamburo nelle sue orecchie. Da dietro, Jordan la cinse in vita con un braccio e la strinse a sé. I loro corpi si fusero. Abby andò in estasi.

Guardò il mare proprio quando la prua solcò un'onda. Oscillò da una parte, ma Jordan la salvò. Si rimise dritta.

"Stai bene?" Jordan la guardava con occhi preoccupati.

Lei annuì. "Più che bene."

"Okay! Adesso mettetevi in posa!" le sollecitò Delta. "Su le braccia. Tre, due, uno, via!"

Jordan si fece più vicina, sostenendola con entrambe le braccia.

Abby quasi si dimenticò di respirare. Si appoggiò a lei, godendosi il momento. "Sono il re del mondo!" gridò.

E in quel momento, ci credeva.

Altri gridolini, poi la prua solcò un'altra onda.

Tutte e due persero l'equilibrio. Jordan cadde di lato trascinandosela dietro. Abby si ritrovò sopra di lei. Erano atterrate con un tonfo sul divano.

Aprì gli occhi. Aveva le labbra a pochi millimetri da quelle di Jordan.

Anche Jordan aprì gli occhi. Ci fu come una corrente elettrica tra loro.

La sentiva anche Jordan, quella connessione? Avrebbe voluto chiederglielo.

Ma non era il momento adatto.

Delta comparve al loro fianco. "Non vi avevo chiesto un'esibizione finale extra, ma grazie! Verrà fuori un video bellissimo! Poi lo uso per il mio discorso di damigella."

Abby aveva dimenticato che Delta stava riprendendo col cellulare. "Fantastico."

Jordan era ancora lì immobile a fissarla.

* * *

Il sole era alto nel cielo ed erano le quattro del pomeriggio, ma l'acqua era freddissima. Abby scese in mare dalla scaletta di alluminio di fianco allo yacht, si buttò indietro e rimase ferma a galleggiare. Così, si sentiva in pace. C'erano solo lei, il mare e i suoi pensieri.

Finché Delta non si tuffò cacciando un urlo. Fine della pace.

L'acqua salata le andò negli occhi e nella bocca. La sputò. "Sei tanto cara, sai?"

Delta sorrise. "Me l'hanno già detto in tanti." Prese il viso di Abby tra le mani e le scoccò un bacio sulle labbra. "Su con la vita, bella mia. Sei al tuo addio al nubilato, su una barca magnifica, e hai una donna sexy al tuo servizio." Fece una pausa. "Sono io, nel caso te lo chiedessi." Le fece l'occhiolino, la baciò sulla guancia e se ne andò a nuoto verso le altre.

Abby scosse la testa. Le bruciavano gli occhi per l'acqua salata. Si girò a sinistra: trovò Jordan.

"Facciamo una gara?" le chiese per la seconda volta quel giorno. La prima, Abby aveva perso. Non voleva perdere ancora.

Erano davanti alle altre. Abby scalciò e prese a nuotare nell'acqua cristallina. Entrarono nella grotta. La natura aveva scolpito la roccia in alto, facendole assumere forme incredibili. Senza il sole, la temperatura si abbassava e l'illuminazione scemava man mano che si spingevano all'interno. Dovevano arrivare alla parete in fondo.

Abby la toccò per prima; era di poco davanti a Jordan. Prese un respiro profondo, ma volle anche andare sotto con la testa. Grave errore. Ingoiò tonnellate d'acqua salata. Irruppe in superficie che stava soffocando. Davvero un bello spettacolo, ci scommetteva.

Prima che se ne rendesse conto, Jordan le fu dietro e la cinse in vita con le braccia.

Esercitò una spinta sul suo addome.

Lei tossì. Le sgorgò una fontanella d'acqua dalla bocca.

Jordan esercitò una seconda spinta.

Tossì ancora, sputando altra acqua. Il peggio era passato. Ben presto, tossiva e basta. Si sforzò di ridarsi un contegno.

Jordan le andò di fianco e la sostenne, avvolgendosi un suo braccio intorno al collo. "Stai bene?"

Lei annuì. "Comunque, volevo dire, anche se ho ingoiato un mare d'acqua, e sono appesa a te come un'alga appassita, ho vinto io la gara. Senza un gran punteggio per lo stile, ma ho vinto io."

Jordan sorrise. "Assolutamente sì." Indugiò sulla sua scollatura, prima di tornare al viso.

Abby non sapeva cosa fosse peggio: che Jordan le fissasse le tette e la bocca, o che la guardasse negli occhi. Ogni parte del suo corpo, ogni centimetro cubo d'aria tra loro era carico di tensione erotica. Una sensazione piacevole, ma anche penosa.

Doveva muoversi, ma si sentiva come paralizzata.

Tra l'altro, col braccio avvolto intorno al collo di Jordan, era in una posizione comoda. In pratica, le stava quasi seduta in grembo.

Pensa ad altro. "Bella mossa, la manovra di Heimlich." Udiva tutte le altre, ma nel suo campo visivo non c'era nessuno.

Jordan sorrise. "Ho imparato le manovre di pronto soccorso col vecchio lavoro; mi sono tornate utili anche in altri addii al nubilato. Non sai quanti piccoli incidenti si verificano."

Il cuore le martellava nel petto. Dopo aver detto le ultime

parole quasi sottovoce, Jordan si era sfiorata le labbra con la lingua.

Sarebbe stato facilissimo sporgersi avanti. Baciare le sue labbra carnose nella luce fioca della grotta. Invece si staccò da lei e dalla parete, si girò sul dorso e rimase a fissare il soffitto della grotta. La calmava di più che fissare le labbra di Jordan.

Di lì a poco, il resto del gruppo entrò nella grotta, con grandi schizzi e chiacchiere a proposito del freddo e del buio.

"Cos'era? Un pipistrello?" strillò Taran.

Ci furono altre grida, e nel giro di pochi secondi, fecero dietrofront e tornarono schizzando da dove erano venute. Tutte tranne Delta, che nuotò loro incontro. Quando le raggiunse, le guardò con un gran sorriso.

"Che bello, ci ritroviamo." Sollevò un sopracciglio. "Sapete una cosa? Ogni volta che mi giro, vi vedo insieme." Guardò Abby, poi Jordan. "Che combinate? State tramando alle nostre spalle, per farci una sorpresa?"

Abby non si sarebbe stupita se lo sguardo di Delta le avesse fatto un buco nel cranio, talmente era intenso. "Siamo arrivate qui, e io ho ingoiato un mare d'acqua." Le si leggeva in fronte, che si sentiva in colpa? Sperava di no. "Jordan mi ha soccorso. Se sta tramando qualcosa, non è la mia morte precoce." Rise, ma anche alle sue orecchie risuonò una risata falsa. O forse era solo l'acustica della grotta.

Jordan stava tremando. "Bene, ora che ho salvato la giornata, vogliamo tornare allo yacht? Andiamo, prima che ci mangino i pipistrelli o che moriamo di ipotermia!" Si allontanò di pochi metri, prima di girarsi a vedere se la seguivano.

Delta le rivolse un sorriso sarcastico. "Ma no! Non è previsto dalla tua tabella di marcia. Eh, Wonder Woman?"

Capitolo 17

Jordan condusse il gruppo fuori dal cocktail bar. Il volume delle loro voci era aumentato col consumo di alcol. Adesso arrivava ai livelli del motore di un jet. Delta ed Erin erano le capobanda, da quel che vedeva Jordan, e Gloria si sforzava eroicamente di tenere il loro passo.

Il super yacht era stato un successo. Abby non era affogata, e lei aveva resistito all'impulso di spingerla contro la parete della grotta e baciarla con tutta la passione che aveva in corpo. Probabilmente era stato meglio così. Dopodiché, aveva riportato il gruppo alla villa, si erano cambiate, erano andate a cena, e di seguito in un cocktail bar chic coi muri scintillanti dorati e un menù goffrato d'oro. Gloria l'aveva dichiarato "degno di una principessa". E così, la futura sposa era diventata "la Principessa Abby".

"Cosa c'è adesso nell'agenda della Principessa Abby?" gridò Delta a Jordan.

Controllò sul cellulare. La tappa successiva era una discoteca, il Club Orange, ed era l'unica che forse Abby non avrebbe voluto fare, o almeno così le era sembrato. Inviò un messaggio all'autista perché andasse a prenderle, e guidò il gruppo fino a una piazzola pochi metri più in là.

Il minibus comparve entro pochi minuti; Jordan aprì la

porta scorrevole e disse all'autista dove volevano andare in perfetto francese. La lingua francese le era sempre piaciuta, ed era ben contenta di sfoggiare la sua abilità nel parlarla. Il fatto che riuscisse sempre a impressionare tutte le donne presenti era un felice effetto collaterale. Quella sera non fu un'eccezione.

"Jordan, di solito non frequento persone come te, ma voglio essere sincera: resterei volentieri ad ascoltarti tutta la sera, mentre parli in francese con l'autista. Anche se gli dicessi solo qual è il percorso più breve per arrivare al club, o di fare una sosta per consentirci di andare alla toilette."

Jordan sorrise a Frankie, mentre si sedeva. "Più tardi posso chiedergli anche dove si trova il McDonald's più vicino."

"Ah, no. Io non riesco a mangiare più niente. Tranne forse un francese figo di nome Jacques." Era stata Gloria a parlare, con un sorriso da un orecchio all'altro.

Abby le diede uno schiaffetto. "Mamma! Cosa ti ho detto prima? Smettila di mettermi in imbarazzo! Adesso vuoi anche farti un francese. Ma insomma! Guarda che ti registro e mando il vocale a papà!"

Gloria emise un verso. "Martin non si scandalizza, figurati. Voi giovani siete troppo seri! Rilassatevi, vivete un po'! Al mio addio al nubilato ho limonato con quattro uomini, e non è morto nessuno. È un rito di passaggio." Con l'indice tamburellò sulla spalla di Abby. "Tu non l'hai ancora fatto con nessuno." Sollevò un sopracciglio, mentre Jordan saliva sul minibus e chiudeva la porta scorrevole. "Che ne pensi tu?"

Lei si girò sul sedile a guardare Gloria. "Di cosa?"

"Non sarebbe il caso che Abby pomiciasse con un po' di uomini bellocci stasera? Ce l'hai in agenda?"

Jordan sorrise, guardò Delta, poi Abby. “Non è nella mia tabella di marcia, ma è anche vero che la vita non può essere regolata dalle tabelle di marcia, no?”

Da dietro si levarono gridolini di assenso.

Gloria diede una leggera gomitata ad Abby. “Diciamo un rosso, un biondo e un moro al Club Oraaaaaaange?” Disse l’ultima parola come meglio poteva in francese, facendo ridere tutte.

Ma Abby reagì con un mesto sorriso.

“Ho altra scelta?”

“Noooooo!” fu la risposta collettiva.

“Ma esistono uomini coi capelli rossi in Francia?” Era Martha. “Non ne ho mai visto uno.”

“Sì, che esistono. Di *roux* ce ne sono anche qui.”

“Benissimo!” esclamò Gloria. “Siete pronte, ragazze?”

“Sììììì!” gridarono tutte.

* * *

Il Club Orange era la destinazione preferita dell’élite di Cannes. Ci andavano i reali belga, ci andava l’alta società francese. E adesso, anche Abby Porter e il suo gruppo di addio al nubilato. Le luci erano basse, si erano già sedute nel loro separé, ed era appena arrivata una bottiglia di Grey Goose su un cuscino di raso coi brillantini.

“Le discoteche sono così, adesso? Mille volte meglio il Ritzy di Blackpool, dove ho fatto il mio addio al nubilato. Qui non c’è neanche un cappellino con su scritto *Baciami subito*!” Gloria strabuzzò gli occhi davanti a un tale sfoggio di decadenza. Nel frattempo, i camerieri giravano intorno al tavolo per versare da bere al gruppo, e dopo che ciascuna fu servita, Delta propose un brindisi. Fu costretta a gridare, per farsi sentire sopra la musica che rimbombava nelle loro orecchie.

"A una splendida serata numero due!" Il ritmo assordante pareva scuotere il locale; la pista da ballo pullulava di gente. "E ovviamente, alla Principessa Abby, che si sposa col suo bel principe azzurro. Possa ella avere in regalo un cucciolo di bulldog francese da un francese, prima di tornare a casa!"

Abby scoppiò a ridere, bevve un sorso, poi fissò il gruppo, assottigliando gli occhi. "Andiamo a ballare?"

Delta si rivelò una ballerina che aveva bisogno di parecchio spazio. Con le braccia che saettavano a destra e a manca, spianò la strada al resto del gruppo. Nikita ed Erin si erano assunte il compito di perlustrare la pista in cerca di possibili target per far limonare Abby; le altre orbitavano intorno a Delta, scansandosi di tanto in tanto, per non essere colpite da un suo braccio o da una sua gamba. Jordan era rimasta nel separé, a controllare il cellulare e a organizzare una grandiosa colazione per il mattino seguente. Essendo la domenica il giorno libero dello staff, ordinò la colazione a domicilio su vassoi d'argento con consegna alle dieci.

I suoi occhi spaziarono sulla pista, soffermandosi su Delta. Stava facendo un'altra delle sue energiche mosse.

Taran la schivò appena in tempo.

Delta urtò Gloria sulla guancia, e Gloria diede uno schiaffetto a Delta sulla testa.

Jordan trattenne una risata, pensando che ci volesse una Gloria per ogni addio al nubilato.

Poi vide Nikita ed Erin trascinare un biondo da Abby a tutta velocità. Quando lui fu davanti a lei, i due si diedero una stretta di mano, poi lui si chinò a dirle qualcosa.

Jordan avvertì una stretta allo stomaco.

Era solo un rituale di addio al nubilato. Eppure, stavolta lo percepiva diversamente. Guardò lo stesso, anche se non voleva.

Serrò i denti: dopo aver annuito al biondo, Abby aveva lanciato un'occhiata nella sua direzione.

La stava cercando.

I loro sguardi si allacciarono; Jordan si impietrì.

Voleva chiamarla, voleva dirle a gran voce di non farsi obbligare a baciare il biondo. Anche se non significava niente. Anche se era solo per divertirsi.

"Rilassatevi!" aveva detto Gloria.

Jordan voleva saltare al di là del basso divano di pelle bianca che aveva di fronte, spingere da parte il biondo e proteggere Abby da ciò che non si sentiva di fare.

Ma non poteva. Al contrario, le rivolse un sorriso tiepido e le diede il via libera col pollice in su.

Il pollice in su? Ma sul serio? Aveva forse dodici anni?

Pochi secondi dopo, Abby si chinò e diede al biondo un bacio sulla guancia.

Delta scosse la testa, si avvicinò e li prese a braccetto tutti e due. Anche Erin e Nikita si avvicinarono. Ci furono altre discussioni.

Alla fine, Abby fece no con la testa, ritirò il braccio e venne via quasi di corsa, senza guardarsi indietro. Stava per salire l'ultimo dei quattro gradini che portavano al separé, quando barcollò e cadde lateralmente.

Jordan si precipitò da lei e si inginocchiò per aiutarla; Abby si raddrizzò con una smorfia, tenendosi una caviglia con una mano.

"Stai bene? Cos'è successo?"

L'infortunata trasalì, scuotendo la testa. "Mi sa che si è rotto il tacco." Si tolse la scarpa color crema e la sollevò. In effetti, il tacco era a malapena attaccato, più che altro penzolava dalla scarpa. Abby si sfregò il fianco su cui era caduta. "E mi sono anche fatta male."

"Riesci a muovere il braccio?"

Lei lo fece, sussultando ancora. "Il braccio è a posto. È più la caviglia, che mi fa male. Non voglio che mi rovini il resto del weekend."

Jordan la prese sotto l'ascella con una mano per aiutarla a sedersi. Proprio allora arrivarono al separé Delta, Gloria, Nikita ed Erin.

"Cosa cazzo ti è successo?" Delta era scioccata.

"Il tacco si è rotto e sono caduta." Abby si chinò a tastare la caviglia. La massaggiò, e trasalì ancora. "Non è rotta, ma è meglio se torno alla villa."

"Nooooo!" disse Delta. "Abbiamo appena iniziato. E ho fatto un sacco di richieste per te."

Abby alzò lo sguardo. "Intendi la musica, o gli uomini con cui limonare?"

Delta sorrise. "Tutti e due."

"Non dovete rientrare solo perché rientro io. Ballate con le mie canzoni e spartitevi gli uomini. Probabilmente li apprezzerete più di me, ridotta così."

"Non dire stupidaggini!" disse Gloria. "È il tuo addio al nubilato. Se vai via tu, andiamo via tutte."

"Essendo io la festeggiata, insisto perché rimaniate. Ballate, divertitevi." Indicò la bottiglia. "C'è la vodka, e abbiamo ordinato anche lo champagne. Finiteli, ballate, poi venite a casa." Guardò Jordan. "Puoi portarmi a casa, poi mandare indietro l'autista a prendere le altre?"

"Sì. Come vuoi tu."

Abby annuì fermamente. "Allora facciamo così. E adesso, chi mi aiuta ad alzarmi?"

Capitolo 18

Abby scese dal minibus con un sussulto e percorse il vialetto fino alla porta d'ingresso. In tutta sincerità, non è che le facesse tanto male la caviglia, come aveva fatto credere alle altre, ma le era parsa una buona scusa per non dover baciare altri uomini. In particolare quando Delta le aveva detto che un bacio sulla guancia "non era un vero bacio". Era contenta di essere tornata alla villa. Era contenta soprattutto di essere lì con Jordan, che era l'esatto opposto del resto delle invitate: calma, ponderata e sobria.

Mentre uscivano sulla terrazza, la guardò. "Ti ricordi che mi hai detto che avresti fatto qualsiasi cosa per me, questo weekend?"

Jordan annuì lentamente.

"Mi piacerebbe che bevessimo un calice di vino insieme. Per rilassarci. Così anche la mia caviglia guarisce prima."

Jordan fece una pausa, poi inclinò la testa. "Normalmente non bevo quando lavoro. Ma mi farò un bicchiere con te. Tu però mantieni il segreto, okay?"

Abby mimò il gesto di cucirsi la bocca e poi di gettare via una chiave.

"Siediti e aspettami."

Lei le fece il saluto militare. "Sissignora."

Quando riapparve, Jordan stava portando due calici di vino. "Come va la caviglia?"

Abby la fece ruotare a destra, poi a sinistra. "Molto meglio."

La finta damigella lasciò il vino sul tavolo, poi prese una sedia e vi posizionò il piede della futura sposa. "Tienilo sollevato. Così il gonfiore dovrebbe ridursi." Si accigliò. "Vuoi metterci del ghiaccio?"

Scosse la testa e tirò giù il piede dalla sedia. "So che dovrei farlo. Ma sai cosa ho voglia di fare veramente?" Non aveva idea da dove venisse tutta quell'audacia.

Jordan rimase in silenzio. "Hai già ottenuto che beva del vino con te."

Esitò. Il suo polso aumentò. "E se andassimo a berlo nella vasca idromassaggio? È un peccato sprecare una serata così calda stando sedute qui, quando il panorama dalla vasca è altrettanto magnifico." Valutò la faccia di Jordan. Ritrovarsi di nuovo in acqua con lei quasi nuda era un rischio.

Lo sapeva.

Eppure, non era riuscita a non proporglielo.

"Se non vieni, la mia recensione per il tuo sito web non sarà tra le migliori."

"Non sia mai," rispose Jordan con un mezzo sorriso.

Dieci minuti dopo le porse una mano, e Abby entrò nella vasca di acqua calda, muovendosi con attenzione per non farsi male un'altra volta. Abby non era sicura dei suoi sentimenti.

Jordan indossava un costume intero nero, tutt'altro rispetto al bikini rosso del mattino. Ma era ancora strepitosa. Abby sentì un nodo in gola. Il desiderio non scemava.

Stava ancora cercando di recuperare l'autocontrollo, quando Jordan le passò il vino, che aveva trasferito in bicchieri di plastica, più adatti alla vasca. La finta damigella pensava proprio a tutto. Abby si sporse per premere un grosso pulsante bianco; in pochi secondi, l'acqua iniziò a ribollire.

"Mancano otto giorni al gran giorno." Jordan prese un unico sorso di vino e ricollocò il suo bicchiere sul bordo della vasca. "Farai così anche con Marcus, quando sarete in luna di miele alle Maldive?"

Annuì, ignorando la sensazione di pesantezza allo stomaco. Si concentrò sul delicato flusso di bollicine che le massaggiava la schiena all'altezza dei reni. "Immagino di sì."

"Ho pensato tante volte di fare un viaggio alle Maldive, ma è più una destinazione per chi va in luna di miele. Ho un'amica che ci è andata da sola, ma ha detto che è brutto viaggiare da soli ed essere circondati dalle coppiette. Ha dovuto inventarsi un marito con un'intossicazione alimentare, per evitare che le coppie la invitassero al loro tavolo." Jordan si illuminò con un sorriso. "Ma il test delle coppie in luna di miele, voi lo passate subito: siete un uomo affascinante, più uno splendore di donna."

Sentì una stretta allo stomaco. Jordan pensava davvero che lei fosse uno splendore di donna? "Grazie del complimento."

Si ricordò una recente conversazione con Marcus sul nome da dare al loro primogenito. Marcus optava per ciò che Gloria avrebbe definito nomi "pretenziosi". Abby non aveva voluto litigare, ma sapeva che, una volta sposati, avrebbero dovuto risolvere la questione. Ci sarebbero riusciti? Sarebbe finita con bambini di nome Penelope e Gaspare, anziché Viola e Luca? Non ci voleva neanche pensare. Ma forse stava già iniziando tutto in quel momento, con una luna di miele in un posto in cui non voleva andare.

Piccole decisioni con grandi implicazioni.

"Non sembri tanto felice di andare in luna di miele, se posso dirlo."

Prese il suo bicchiere prima di rispondere. "Sì che sono felice, è solo che non volevo andare alle Maldive. Avevo proposto Parigi, ma Marcus e Marjorie mi hanno detto in coro che non è una destinazione abbastanza grandiosa. Vanno tutti alle Maldive, come hai detto anche tu. Ma le Maldive sono lontane, ci vuole l'aereo per andarci. E io, meno viaggio in aereo, meglio sto."

"Hai detto a Marcus come ti senti?" Jordan si era accigliata.

Annuì. "Sì, ma non mi ha ascoltata. Lui è contentissimo; è convinto che tutte le spose vogliano andare lì. La cosa strana è che mi ha sempre detto di essersi innamorato di me, perché non sono come le altre donne che mi hanno preceduta. Ma non appena ho acconsentito a sposarlo, ha buttato tutto dalla finestra. Adesso sta facendo ogni cosa come da manuale: la sede del matrimonio, la torta, gli addii al nubilato e al celibato. Insomma, si è fatto prendere la mano dai preparativi, e io non me lo sarei mai immaginata. Se penso alla cerimonia, cosa che ho fatto tanto in questi ultimi mesi, mi sarebbe piaciuto di più qualcosa a St Albans, dove stanno i miei genitori. O magari in Scozia, dove sono nata. Magari in un castello in riva al lago."

"E invece sarà nel Surrey."

Le spalle di Abby si afflosciarono. "Sì. La cerimonia, in una chiesa dove va la famiglia di Marcus. Il ricevimento, in un maniero lì vicino. Tutto perché Marjorie e Marcus hanno unito le loro forze. Insieme, sono molto persuasivi."

Lo sguardo di Jordan su Abby era molto intenso. "Non hai

mai avuto una scatola sotto il letto, dove tenevi i ritagli del vestito da sposa che volevi e robe simili?"

Si sentì rivoltare lo stomaco. "Mai. Tanto per cominciare, mia madre l'avrebbe buttata via, esigendo da me che avessi ambizioni più grandi che sposarmi."

Jordan scoppiò a ridere di gusto, una risata gioiosa che si diffuse nell'aria notturna.

"Ma sai che adoro tua mamma?"

"Quasi tutti l'adorano." Anche Abby era grata di avere una madre così. "Mi accompagna lei all'altare, te l'avevo detto? Al mio padre biologico non interessa. L'ho chiesto a Martin, visto che lo chiamo papà, ma lui ha risposto che la mamma mi ha cresciuta da sola per sei anni, prima che loro si conoscessero, dunque, secondo lui, dev'essere lei ad accompagnarmi. Ma no, non ho mai avuto il sogno di un matrimonio fastoso. Non è da me. Eppure, ne farò uno così." Intanto era in una vasca idromassaggio con una donna da cui si sentiva sempre più attratta. Deglutì e guardò il cielo color blu notte. Non si vedevano tante stelle. Ma quando riportò lo sguardo su Jordan, Abby aveva gli occhi che brillavano nel semibuio come diamanti.

"A quanto pare, ho scordato molte cose. Il matrimonio che volevo. Il lavoro che volevo." Espirò. "Quando inizi a fare la project manager, non è facile cambiare strada. La cultura aziendale, i soldi, la gente ti risucchiano. E più ti addentri nella carriera, più è difficile uscirne. Ho sempre voluto fare qualcosa per aiutare gli altri. Pensavo che facendo la project manager sarebbe stato così. Solo adesso, mi rendo conto che questo lavoro non è il sogno che avevo. Mi sarò svenduta, sia per il matrimonio che per il lavoro?" Non appena lo disse ad alta voce, ne fu certa.

Jordan scosse la testa. "Ma no, figurati. Puoi cambiare lavoro, se vuoi. Quanto al tuo matrimonio, essendo innamorata, ti sei adattata alla volontà del tuo fidanzato. Lo fanno quasi tutte. Anche se di solito è l'uomo che si adatta alla donna."

Si mosse nell'acqua, per toccare il piede sollevato di Abby. Prima di prenderle la caviglia tra le mani, le lanciò un'occhiata che la tenne inchiodata al suo posto. "Questa è quella che ti fa male, giusto?"

Abby annuì. Sì. Era proprio quella. Anche se si sentiva già molto meglio, ora che Jordan la stava toccando.

"Dovresti tenerla più in alto. Se l'appoggi sulle mie ginocchia, hai l'inclinazione ideale."

"Va bene."

Le dita di Jordan percorrevano la sua pelle. Abby chiuse gli occhi, immaginandosi quelle dita altrove sul suo corpo. Intente a disegnare oziosi cerchi nel suo interno coscia. A farsi strada a rilento fino alla vita. A tracciare un sentiero dal collo al lobo dell'orecchio.

Chinò la testa indietro, assecondando le sue fantasie, finché una consapevolezza improvvisa non la riportò alla realtà.

Aprì gli occhi, sobbalzando.

Jordan la guardò per un lungo momento, poi gli angoli della sua bocca si curvarono in un sorriso.

Qualcosa cambiò dentro Abby. Qualcosa che la fece sentire ancora più a disagio di quanto si sentisse già.

Forse non era stata una mossa saggia, il relax in vasca. Perché, non appena Jordan la toccava, o la guardava in un certo modo, lei andava in confusione e non riusciva più a pensare a niente.

A niente, tranne che alle mani di Jordan su di lei. Alla sua lingua su di lei. Al sogno in cui lei era dentro Jordan.

Si spostò sul sedile della vasca, guardando altrove. Prese il bicchiere, bevve un lungo sorso. Cosa non avrebbe dato per essere già brilla! Forse il vino avrebbe allentato la tensione scatenata dai suoi sentimenti.

L'idromassaggio si spense. E mentre il silenzio cantava la sua serenata, il desiderio e il panico strisciarono su per la sua colonna vertebrale, come una marea che si alza pian piano.

Frugò nella mente in cerca di qualcosa da dire. Qualcosa che non fosse incriminante.

"Mi piace sentirmi le tue mani addosso." *Oh cazzo. Che autogol.*

Da quando aveva conosciuto Jordan, tutte le sue regole erano andate a farsi benedire.

"Sono contenta." Jordan non incrociò il suo sguardo.

Abby voleva disperatamente tornare a una conversazione equilibrata. Ma non era facile, con Jordan che le teneva ancora il piede. "Dimmi, quante volte hai visto il gioco *Fai baciare alla sposa un sacco di maschi*?

"Un po'," rispose Jordan con voce dolce come il miele, prima di far scorrere la lingua sul labbro inferiore.

Abby fissò le sue labbra, poi la guardò negli occhi.

Boom! Il desiderio esplose nelle sue parti intime.

"Ma non mi sono mai sentita tanto a disagio a guardare la sposa. Perché tu non sei una futura sposa qualunque. Né una donna qualunque. Marcus ha ragione. Tu sei speciale, Abby." Distolse gli occhi. "E non dovrei dirti questo. Non dovrei dirti niente. D'ora in poi starò zitta." Scosse la testa. "Lasciami perdere," disse lentamente, quasi a volersi rimangiare tutto.

Cosa le aveva appena detto, Jordan? Che lei era speciale? Significava che lei piaceva a Jordan? Se sì, cosa sarebbe successo?

"Forse ti consola sapere che non sopportavo l'idea di baciare chiunque, davanti a te."

Jordan rimase immobile, poi sollevò lo sguardo. "Davvero?"

Il battito cardiaco di Abby accelerò: piano piano, Jordan si stava spostando verso di lei, lungo il sedile della vasca.

L'acqua ferma si mosse, come per baciare il bel seno della damigella.

Abby trattenne il respiro e distolse lo sguardo. Quanto le sarebbe piaciuto essere quell'acqua!

"Sentivo che era sbagliato. Era come tradire qualcuno. Come tradire te." Abbassò la testa; il battito cardiaco ruggiva nelle sue orecchie.

Che cazzo stava dicendo? Perché dalle sue labbra cadevano quelle parole come gocce inarrestabili?

Con Jordan che la inchiodava lì con gli occhi, non riusciva a fare altro. Era come sopraffatta. Come se Jordan le avesse messo del siero della verità nel vino.

Seduta nella vasca, sentiva la calda brezza di Cannes che le accarezzava la pelle. D'un tratto, le parole si gonfiarono davanti a lei, galleggiando a pelo d'acqua, come enormi gonfiabili immaginari. Avrebbe voluto sedercisi sopra per cacciarli sott'acqua. Per affondarli. Ma non funzionava così, né per i gonfiabili, né per le parole pronunciate a caldo. Impossibile metterle a tacere. Se cercava di sbarazzarsene, sarebbero solo rispuntate fuori, colpendola forte in testa.

"Tradire?" Jordan pareva confusa, si indicò il petto con un dito. "Tradire me?"

Abby deglutì. La sua prossima mossa sarebbe stata cruciale. Aveva mentito, o aveva detto la verità?

In testa sentì suonare le sirene a tutto spiano. Le ignorò.

Sì, era sospesa su un burrone, ma di una cosa era certa. Organizzare il matrimonio, negli ultimi mesi, era stato come dirigersi all'altare da sonnambula.

Finché non aveva conosciuto Jordan. Jordan l'aveva risvegliata in ogni senso.

Annuì. "Non ha senso, me ne rendo conto," aggiunse. "Sono fidanzata con Marcus, e sono qui per il mio addio al nubilato, ma questa è la mia realtà." Scosse la testa, coprendosi la fronte col palmo della mano sinistra. Fissò Jordan negli occhi.

Una Jordan bellissima e scioccata.

"Provo qualcosa per te, Jordan. Non riesco più a fare finta di niente. Anche se sono fidanzata con Marcus, che è meraviglioso." Con la mano descrisse una spirale nell'aria. "È una tortura, stare qui così. Mezze nude e sole. La caviglia non mi faceva tanto male. L'ho usata come scusa per rimanere sola con te. Quando mi hanno costretto a baciare quel poveretto, l'unica cosa che riuscivo a pensare era 'Vorrei tanto che fosse Jordan'." Si coprì il viso con le mani, riunendo i piedi davanti a sé.

Ecco, aveva rovinato tutto. Avrebbe dovuto tenere la bocca chiusa. Restare al club. Bere più vodka.

Come percependo l'intensità del momento, l'idromassaggio si riattivò.

Rapita dalle sue parole, Jordan le aveva ascoltate tutte e si era sporta verso di lei. Ma con l'improvviso rumore degli ugelli, scattò indietro. La vasca tornò a ribollire.

Abby prese il vino e lo tracannò, giusto per tenere le mani impegnate.

Guardò Jordan con cautela. "Di' qualcosa, per favore. Anche che sono un'imbecille, e che questo ti succede con ogni futura sposa. Dimmi qualcosa che fermi i pensieri che mi turbinano in testa. Perché non sai che casino ho qui dentro." Si tamburellò sul cranio con le dita.

Jordan inspirò profondamente, poi si riavvicinò.

Prese le mani di Abby tra le sue.

Quell'azione la diede uno shock. Tra le bolle, sotto il pelo dell'acqua, Abby era paralizzata.

"Credimi, se ti dico che è la prima volta che mi succede. Sei la prima futura sposa che mi dice che vuole baciarmi." Abbassò gli occhi sulle sue labbra. "E sei anche la prima futura sposa che vorrei baciare. Ma mi trattengo perché ho un lavoro da fare. Un lavoro in cui non è assolutamente previsto baciarti."

Abby si sentì trafiggere in tutto il corpo da frecce infuocate di desiderio, mentre nel suo cervello risuonava un coro di *Alleluia*. Subito dopo però, non appena si rese conto della situazione, in testa le risuonò un coro di *Ma che cazzo?!*

Abby voleva baciare Jordan.

Jordan voleva baciare Abby.

Dunque, l'avrebbero fatto?

"Anche tu vuoi baciarmi?"

Jordan annuì. "Sì. Ieri sera. Oggi al mare. Alla prova dei vestiti da sposa." Sollevò la testa per guardare il cielo. "Ma sai che non possiamo farlo, vero?"

Abby si sentì come un palloncino che si sgonfia all'improvviso, afflosciandosi. "Lo so."

Ma non è giusto! Voleva gridarlo. Ma non lo fece.

Jordan si fece più vicina, si portò la mano di Abby alla bocca. La baciò, poi gliela rimise in grembo.

"Fra noi c'è un'attrazione. E così deve restare. Solo un'attrazione."

Annuì, ammutolita dal baciamano. Le formicolava la pelle. "Sì, va bene." Non era mai stata tanto insincera in vita sua.

"Sono stata assunta dal tuo fidanzato e da te. Il mio lavoro è farti andare all'altare tutta d'un pezzo. Felice. Contenta."

"Hai già mandato tutto a rotoli per il solo fatto di essere qui."

Toccò a Jordan scuotere la testa.

L'idromassaggio si spense ancora.

L'acqua tornò ferma.

Stavolta il silenzio fu anche più assordante.

"Non possiamo farlo," iniziò Jordan, pur avvicinandosi ad Abby.

"Lo so." Anche lei scivolò lungo il sedile, finché non fu di fianco a Jordan.

"Stai per sposarti. Con qualcun altro."

Abby annuì, molto lentamente. Come nella pellicola lenta di un vecchio film.

"Lo so." Portò una mano al viso di Jordan, mentre le loro gambe si toccavano. "Ma allora perché, da quando ci siamo conosciute, quando vado a letto e quando mi sveglio, riesco a pensare solo a te? Ti sogno, Jordan. Ti ho sognata ieri notte."

Non aveva idea da dove le venisse il coraggio. O come l'avrebbe conservato in futuro, perché ne avrebbe avuto bisogno, se fosse andata avanti così.

"Abby," iniziò Jordan.

Col tono di voce diceva una cosa. Con il suo sguardo affamato ne diceva un'altra.

"Non dire altro." Le parole le uscirono come un sussurro, mentre si sporgeva in avanti. Stava per realizzare il suo sogno. Stava per baciare Jordan, la donna che l'aveva risvegliata.

"Abby! Jordan!"

O forse no.

Era la voce della mamma.

Il che significava: fine della festa.

Sobbalzò con tale furia da scattare in avanti prima che indietro.

La craniata che diede a Jordan si riverberò dentro e fuori dal suo cervello. Si afferrò la testa, stordita in tutti i sensi.

"Ahia, cazzo!" sfuggì alla finta damigella.

Quando Abby sbirciò tra le dita, Jordan si era tirata indietro sul sedile della vasca con la testa stretta tra i palmi. Anche lei si spostò, abbassando le braccia. Poi si fissò le mani.

Niente sangue.

Ma adesso doveva tornare in sé. Sentiva già il chiacchiericcio e le risate venire dalla terrazza di sopra.

"Ehi tu! Pensavo fossi zoppa!" le gridò Delta. Si era sporta dal parapetto di vetro. "E invece, eccoti qui, a bere vino nella vasca idromassaggio." Agitò un dito nella loro direzione. "Avrei dovuto saperlo, che avreste fatto di tutto per non ballare!" Le guardò, agitando la bottiglia di Grey Goose. "Abbiamo deciso che non potevamo lasciarvi a secco, e vi abbiamo portato un cicchetto. Che stavate facendo? Un aggiornamento dei vecchi tempi?"

Nel cervello di Abby germogliarono viticci di un mal di testa lancinante. Le ultime parole di Delta celavano forse un'insinuazione? In ogni caso, era troppo stordita per preoccuparsi.

"Restate dove siete!" gridò Delta. "Adesso mi cambio e vengo anch'io!"

"Okay" rispose Abby, guardando Jordan.

Lei era ancora seduta, con la testa rivolta alle stelle.

Avevano iniziato ma non avevano finito.

Forse era stato meglio così.

Chiaramente, nessuno l'aveva detto al cuore di Abby.

Capitolo 19

Jordan si svegliò chiedendosi dove fosse. Il suo cervello ci mise un po' per ricollocare tutto. Era in purgatorio, ecco dov'era.

Altrimenti noto come Cannes, la città dei sogni francese.

Al momento la sua città del ma-che-cazzo.

Si girò nel letto, socchiudendo una sola palpebra. Perlomeno non era rotolata finendo addosso ad Abby. Sarebbe stato un casino di proporzioni monumentali.

Forse la sua abitudine di non forzare le cose era una buona abitudine. O forse Delta, Gloria e le altre, arrivando quand'erano arrivate la sera prima, avevano risparmiato a lei, ma anche ad Abby, di fare uno degli errori più grandi della loro vita. Un errore che a lei sarebbe costato il lavoro.

E che avrebbe potuto rubarle la sanità mentale. Non si era mai trovata in una situazione del genere, ma era chiaro come il sole che fine avrebbe fatto. L'aveva già visto nei libri, nei film, e pure nella vita reale.

Regola numero uno: non essere l'ultima scappatella di nessuno.

Regola numero due: se una delle due è fidanzata e si deve sposare, normalmente le cose non si mettono bene.

Il che, tuttavia, non rendeva i suoi sentimenti meno reali.

E quando Abby l'aveva guardata negli occhi, dicendole che non riusciva a smettere di pensare a lei, be', anche quello le era parso molto reale.

Chiuse gli occhi. Rimpianto e sollievo si agitarono in lei, come bollicine di una vasca idromassaggio interiore.

Il rimpianto di non aver baciato Abby. Il sollievo di non averlo fatto.

Il cellulare fece un *bip*.

Jordan rotolò nel letto e lo afferrò. C'era un messaggio di Karen.

Come va a Cannes? Spero tu abbia fatto buon uso dello strepitoso bikini rosso.

Oh, sì. Karen non ne aveva idea.

Tutto bene. Interessante. Ho quasi baciato la sposa ieri sera.

Il dito rimase sospeso sopra il tasto d'invio. Doveva premerlo? Lo premette prima di ripensarci.

La risposta fu istantanea. *Coooooosa!? Come? Perché?*

Avrebbe voluto rispondere a ogni domanda in modo chiaro e sincero. Non ci riuscì.

Mi ha detto che prova dei sentimenti per me. È un disastro. Eravamo sole in una vasca idromassaggio. Ma non ci siamo baciate. Oggi devo mettere a posto le cose. Augurami buona fortuna.

La risposta arrivò dopo diversi secondi.

Buona fortuna. Ricorda: non è lei, quella con cui dovresti stare. Vai in un bar a pomiciare con una a caso. Escludila dal tuo mondo. Non pomiciare con lei.

Arrossì al pensiero di quanto fosse andata vicino a fare esattamente quello. Di quanto fossero calate le loro barriere nella notte calda, senza nessuno intorno.

Erano state vicinissime. Questione di millimetri. Sentiva ancora sulle labbra il tocco del respiro di Abby.

Con lei, niente pomiciate. Devo andare. Gettò il cellulare sul letto e allungò le gambe sopra il pavimento in parquet. Grazie a Dio c'era l'aria condizionata. Senza, tra il caldo di Cannes e i suoi brividi caldi, sarebbe già arrostita.

Di lì a mezz'ora partiva l'*Operazione 'Limitare i danni'*. Gettò un'occhiata alla piscina. Non c'era nessuno. Essere mattiniera aveva i suoi vantaggi.

Prese il bikini rosso dallo stendino in bagno e lo indossò. Mezz'ora in piscina e sarebbe stata pronta ad affrontare la giornata.

Pronta come non mai.

* * *

Dopo la nuotata le facevano male i muscoli. Entrò in cucina e tirò fuori dal frigorifero il piatto di frutta che lo chef George aveva preparato per loro prima di andarsene il giorno prima. Il grande orologio che faceva tic tac sul muro della cucina immacolata le disse che mancava un'ora alla loro grandiosa colazione. C'era abbastanza tempo perché la frutta tornasse a temperatura ambiente, per farsi la doccia e per mettere su il caffè per tutte. Dispose dieci tazze bianche sul bancone vicino alla macchina del caffè americano, sistemò le posate coi tovaglioli di addio al nubilato in file ordinate, e vi impilò accanto i piatti bianchi di fine porcellana. Soddisfatta del suo operato, uscì dalla cucina.

Giusto in tempo per imbattersi in Abby che stava arrivando. Indossava pantaloncini jeans e una maglietta bianca che lasciava poco all'immaginazione. Ma ce l'aveva il reggiseno?

Doveva smettere di fissarla. Spostò gli occhi sul viso.

Essendo ancora presto, Abby non si era ancora truccata. Ma a Jordan piaceva anche così.

"Ciao." Jordan si era esercitata in quel primo approccio per tutto il tempo che aveva nuotato. Ma con Abby di fronte, la sua preparazione era andata a farsi friggere. Abby aveva quell'effetto su di lei.

"Ciao."

Non badò al saluto. Si era accorta che Abby le stava ispezionando il corpo con gli occhi.

Merda. Aveva pensato di farcela a tornare in camera sua prima che le altre si alzassero. A quel gruppo infatti piaceva dormire fin tardi. Indossava ancora il bikini rosso. In pratica, era come se fosse nuda.

Sembrava che Abby avesse temporaneamente perso il dono della parola.

Jordan ammiccò con la testa verso il corridoio. "Stavo andando a cambiarmi. Prima che arrivi la colazione."

Arricciò le dita dei piedi. I secondi passavano.

Lì immobile, Abby era più alta di lei.

"Scusa..." Jordan le passò di fianco. Proseguì spedita, per non darle modo di fermarla. Giù per il corridoio. Su per la grande scala tirata a lucido. Dei passi la seguirono. Quando si voltò, Abby era dietro di lei.

"Va' avanti." Abby la spinse in camera, chiuse la porta e si appoggiò contro di essa con la schiena e i palmi. Prese un respiro profondo. Sembrava che quello fosse l'ultimo posto al mondo in cui volesse stare. "Sono scesa per parlarti di ieri sera. Siamo andate a dormire lasciando tutto in sospeso. Non volevo che ci trovassimo in imbarazzo oggi."

A Jordan batteva forte il cuore. Essere in camera sua, con Abby, e con quel bikini addosso non era un buon inizio. Andò dall'altra parte del letto, per starle lontana. "È un bene che siamo uscite allo scoperto. Ma come mi fai capire tu, ci siamo solo lasciate trasportare. Non è cambiato niente. Possiamo ancora lavorare insieme come abbiamo fatto finora."

Abby annuì. Come se fosse un buon piano. Non solo parole per nascondere le magagne. Come se entrambe fossero imbianchine esperte, e quel piano fosse infallibile. Si sfregò le mani davanti all'addome, mordendosi l'interno di una guancia. "Allora, siamo a posto? Amiche come prima?"

Annuì a denti stretti. "Ma sì. Amiche e colleghe. Sono la tua damigella professionista."

Abby aveva l'aria di aver appena preso un pugno nello stomaco.

Non era stata sua intenzione turbarla. Ma forse era stata la cosa giusta da dire. Aveva messo se stessa e Abby davanti ai fatti nudi e crudi, in modo che ciascuna sarebbe rimasta al proprio posto.

Fuori sbatté una porta. Sobbalzarono entrambe.

"Devi andare." Jordan incrociò le braccia sul petto. "Prima che tua madre o Delta entrino qui e pensino il peggio."

"La verità è che..." Sembrava che Abby volesse rimangiarsi ciò che aveva detto all'inizio. "Dio, che casino." Scosse la testa.

Fece il giro del letto. "Abby." Le prese una mano. "Non è ancora un casino, né deve diventarlo. Tra qualche settimana, ti guarderai indietro e ti verrà da ridere. Adesso però, devi uscire, perché devo fare la doccia, poi occuparmi del programma di oggi. Dobbiamo fare colazione, poi c'è un tour del vino. Sarà divertente. L'ultima cosa che voglio è rovinarti il weekend di addio al nubilato. Ce n'è uno solo, quindi, per favore, cerca di godertelo. Fallo per te, e per tutte le altre, che sono qui per festeggiarti." Le strinse la mano. "Ci provi, a divertirti?"

Abby annuì. "Ci provo."

Le lasciò andare la mano. Subito dopo, avrebbe voluto prenderla tra le braccia e buttarsi con lei sul letto.

Ma non era nel programma del giorno. Innamorarsi della sposa non era compreso nella tabella di marcia. E lei era schiava delle sue tabelle.

"Allora, io faccio la doccia. Tu esci e fai il caffè per tutte. Alle dieci arrivano i ragazzi in moto a consegnarci la colazione. Ci sono giorni peggiori, anche se in questo momento ti sembra di no."

* * *

Era l'ultima tappa del tour del vino, ed erano tutte un po' alticce.

Inclusa Abby.

Okay, specialmente Abby.

Continuava a guardare Jordan con occhi tristi, anzi no, tristissimi.

A ogni occhiata, Jordan si sentiva sempre più a disagio. Seduta davanti nel minibus, continuava a cambiare posizione sul sedile. Era certa che prima o poi Abby avrebbe detto qualcosa di inappropriato. A volte odiava profondamente l'alcol e il suo effetto scioglilingua.

Appollaiata sull'altro sedile davanti, Gloria riempiva a meraviglia la sua maglietta. Indossavano tutte la stessa maglietta bianca con la scritta a lettere dorate *Squadra della sposa*. Alle loro spalle, il resto del gruppo cantava a squarciagola il coro finale di *Marry You* di Bruno Mars. Era una delle canzoni del weekend, e in quel momento la stavano trasmettendo alla radio. Jordan non ne poteva più di ascoltarla. Ma continuava a sorridere, ligia al suo dovere.

"Quante tappe ci mancano, per finire il tour?" le domandò Gloria.

"Una sola, poi torniamo alla villa. La cena dell'ultima sera è in terrazza sotto le stelle."

"Sìììì! Che romantico!" biascicò Abby. Girò la testa e la fissò. "Voglio sedermi vicino alla mia cara, vecchia amica Jordan."

Sentì irrigidirsi ogni muscolo del corpo. Le tornò in mente la vasca idromassaggio, dove per poco non si erano baciate. Abby stava forse alludendo a quello? Se n'erano accorte anche le altre? Le guardò. No, non le pareva.

"Hai fatto un ottimo lavoro." Gloria le rivolse un sorriso raggiante.

Macché, pensò Jordan, arrossendo. Se Gloria l'avesse saputo...

"La colazione di stamattina era buonissima. Questo tour del vino è spaziale, col minibus e la guida solo per noi. Anche il pranzo è stato spettacolare."

In effetti, era andato tutto oltre ogni sua aspettativa. Si erano fermate a pranzo nella terza cantina, con vista sulle vigne; i piatti della cucina mediterranea erano piaciuti a tutte, come del resto il vino. Si era seduta il più lontano possibile da Abby, cogliendo l'occasione per approfondire la conoscenza delle sue amiche dell'università. Si era quasi rilassata, ma un paio di volte aveva alzato lo sguardo, incrociando quello di Abby. In entrambi i casi, le si era gelato il sangue e le era passata la voglia di parlare.

Non era affatto sorpresa. Avevano iniziato qualcosa. Per quanto l'addolorasse ammetterlo, quel qualcosa di indefinito *c'era*, e stava andando avanti. Era come un masso che rotolava giù da una collina, e lei non aveva idea di come arrestarne l'impeto. Non con una sola settimana di tempo prima del matrimonio. Una settimana in cui avrebbe dovuto lavorare con Abby e Marcus ogni giorno.

Cercava di non pensarci. Non voleva farsi venire un'ulcera da stress. Gliene era venuta una quando i suoi genitori avevano divorziato, e non ci teneva a rivivere l'esperienza.

"Visto che sei tanto brava, dovresti farne una professione," aggiunse Delta, facendole l'occhiolino. Non la smetteva mai con le sue frecciatine.

Ma quel giorno, Delta era l'ultimo dei suoi pensieri. D'altro canto, c'era sempre qualcuno a cui faceva saltare la mosca al naso. Stavolta, se non stava attenta, sarebbe stato l'intero gruppo.

Il DJ alla radio disse qualcosa in francese, poi mise il pezzo successivo.

Jordan si raggelò. *Drops of Jupiter*. Aveva detto ad Abby che era una delle sue canzoni preferite. Sperava che non se lo ricordasse. Con un po' di fortuna...

"Jordan!" strillò Abby.

Macché, troppo tardi.

"Questa canzone ricorda a Jordan il suo primo amore! Me l'ha detto l'altro giorno. Vero, Jordan? Una volta ti sei innamorata anche tu. Come me e Marcus!" biascicò con tono beffardo.

Chiuse gli occhi, come per bloccare l'effetto di quelle parole. Non funzionò.

Abby non sapeva il testo, ma cantò comunque come meglio poteva dietro alla radio. Stava per lanciarsi nel coro, quando il minibus si fermò all'ultimo vigneto.

Jordan si sporse, spense la radio e diede ad Abby una severa occhiata. Che però non le fece né caldo, né freddo.

Scesero dal minibus. Il morale era alle stelle. Davanti a Jordan, Taran si era appoggiata al veicolo con gli occhi raggianti e il cellulare incollato all'orecchio – senza dubbio, stava ancora parlando con Ryan. Nikita, Frankie, Delta ed Erin erano intente a ricordare con Abby quella volta all'università in cui lei era brilla e aveva rovesciato un calice di vino rosso, centrando in pieno una sconosciuta.

"Vino rosso?" chiese Arielle, corrucciandosi. "Spero tanto che non indossasse una maglietta bianca."

Nikita annuì. "Invece sì!"

Abby fece un largo sorriso, mentre prendevano posto al bancone della degustazione. C'erano cinque sgabelli da un lato e cinque dall'altro. "Ma non l'avevo ancora combinata abbastanza grossa. Mi dispiaceva tanto di aver fatto un casino con la maglietta della ragazza. Avevo letto che il vino bianco è un ottimo rimedio per togliere le macchie di vino rosso. E allora, col cervello stordito dall'alcol, ho portato la ragazza alla toilette e le ho versato addosso un calice di vino bianco."

Gloria si era presa la testa fra le mani. "Te ne avrà dette di tutti i colori."

Abby si accigliò. "Non ricordo le parole esatte, ma se fossi stata al suo posto, io l'avrei fatto."

"Ripeto: ci sono cose che una madre non dovrebbe mai sapere."

"Allora non dobbiamo parlare delle conquiste di Abby all'università!" Riecco Delta, la provocatrice.

Jordan si raddrizzò sullo sgabello.

Abby lanciò un'occhiata a Delta, prima di scuotere la testa. "No, infatti. È il mio weekend di addio al nubilato. Perciò dico: beviamo altro vino!" Tirò su una mano. "Chi vuole altro vino?"

Gridolini e applausi si levarono lungo il bancone, mentre il barista, che aveva appena messo in fila dieci calici brillanti davanti a loro, ne versò una generosa quantità per ciascuna. In fondo alla fila c'era Jordan. Quando arrivò il suo turno di essere servita, mise una mano sul bordo del calice, scuotendo la testa.

"Siamo all'ultima cantina. Adesso puoi anche farti un bicchiere." Abby la guardò di traverso.

Ma lei non era tipo da lasciarsi influenzare. Anche perché erano solo le quattro del pomeriggio. "Questo giro lo salto."

"Chi è la sposa?" Abby la fissò col sorriso di chi la sa lunga. "Non eri così santarellina, quando andavamo alle elementari." Tamburellò sulla base del calice di Jordan. Il barista esitò con la bottiglia in mano. "Un sorso. Fallo per me."

Lei avvampò, infastidita, ma Abby l'aveva messa all'angolo. "Okay. Solo un goccio. Per te."

Il barista versò poco vino nell'ultimo calice, e lo spinse nella sua direzione.

Girandosi sullo sgabello, Abby si aggrappò al sedile con la mano destra, giusto in tempo per non cadere. "Oops!" disse. "Dondolo!"

Jordan mise una mano sul suo braccio per tenerla ferma. "Okay?"

Abby alzò lo sguardo e annuì, prendendo il proprio calice.

Jordan sospirò. Prima finivano e tornavano alla villa, meglio era.

"Tutte!" Abby fece ondeggiare il calice in aria.

Jordan trasalì, scostandosi di un passo.

"Volevo solo dire, grazie a tutte per essere venute al mio ultimo weekend da single." Si tirò la maglietta. "E poi, che adoro le mie magliette. Salute!"

Dal gruppo si levò un coro di gridolini e un tintinnio di calici, mentre Abby passava a brindare con ciascuna.

Quando arrivò da Jordan, fece una pausa, prima di toccare il suo calice col proprio. Poi fece per bere, ma mancò la bocca, e si rovesciò gran parte del vino rosso sulla maglietta bianca, che diceva semplicemente *Sposa*.

Saltò su con l'angoscia scolpita sul viso, ma il repentino movimento fece schizzare altro vino fuori dal calice, sui suoi avambracci e altrove. Se prima aveva il viso contorto, adesso pareva stesse per piangere.

Jordan le tolse il calice di mano, mentre il barista le offriva dei tovaglioli per asciugarsi.

"Vuoi che ti versi addosso del vino bianco, Abs?" gridò Delta dal suo sgabello.

Abby le lanciò un'occhiataccia, seguita dal barlume di un sorriso. "Proprio un bel no." Le sue spalle si afflosciarono. "Guarda la mia maglietta da sposa!"

Intanto Jordan le stava tamponando le braccia con un tovagliolo; quando passò al petto, Abby la fissò.

Jordan inspirò profondamente. "Andiamo in bagno?"

Abby annuì. "Mi sa che è meglio, sì."

"Vuoi appoggiarti al mio braccio?"

Abby si accigliò. “Non sono così tanto ubriaca.”

Jordan fece un enorme sforzo per non dirle che non era d’accordo.

Gloria balzò su dallo sgabello. “Volete che vi aiuti?”

Jordan scosse la testa. “Rimanga qui e si goda il vino. Torniamo fra un minuto.”

Nella spaziosa toilette di lusso c’erano morbidi asciugamani bianchi e candele profumate accese. E specchi enormi, sicché il danno fu subito evidente.

Non appena si vide, Abby mise il broncio. “Vabbè, è solo la mia maglietta di addio al nubilato.”

Jordan prese una sedia e la fece sedere. Poi inumidì l’angolo di un asciugamano. “Esatto. Adesso vediamo di limitare i danni. Le macchie di vino rosso vengono via più facilmente, se si mettono a bagno subito.”

Si sporse avanti e prese a tamponarle il petto, cercando di non toccarla. Era un’impresa impossibile. Nel frattempo, Abby iniziò a toccarle i capelli.

“Sei così bionda, così bella.” Abby si arricciò una ciocca di Jordan intorno alle dita. “Una donna bellissima è entrata nella mia vita nel momento sbagliato.”

Jordan rimase immobile. Cosa doveva fare? Era un territorio inesplorato.

“Abby.” Aveva usato un tono di avvertimento, sperando che lei le desse retta. “Non è il momento. Sto cercando di tirarti via le macchie.”

Abby le fece un sorrisetto. “Se non mi tocchi, non ci riesci, ti pare?” Coprì la mano di Jordan che reggeva l’asciugamano con la propria e se la premette sul seno. “Devi fare così a pulirmi.” Premette più forte. “Serve una mano ferma.”

Un brivido di passione la scosse, risvegliando il suo centro del piacere. Serrò i denti.

Doveva soffocare il desiderio e fare il suo lavoro. Specialmente quando Abby ricominciò a toccarle il viso, con le dita sulla punta del suo naso.

"Sei perfetta, come una modella." Lo disse come cantando una ninnananna. "Ma non sei per me. Tu sei vietata, per me." Mise il broncio.

Jordan afferrò le mani di Abby e gliele abbassò lungo i fianchi. Poi si chinò, in modo che il proprio viso fosse di fronte al viso di Abby. "Ascoltami. Adesso ti pulisco per davvero. Ma smettila di toccarmi, okay? Le altre non sono lontane e io ho un lavoro da fare."

Abby annuì con un sorriso, che si allargò mentre alzava le mani coi palmi aperti. "Prometto di non toccarti più! Non mi è consentito. Anche se sei tanto bella. Tu e i tuoi capelli." Fece per ricominciare a toccarla.

"Abby!" Jordan quasi gridò.

Abby raddrizzò la schiena, mise una mano sul fianco e con l'altra le fece il saluto militare. "Sissignora!"

Scosse la testa. Bagnò ancora l'asciugamano, e stavolta non armeggiò intorno al punto dolente, ma fece del suo meglio per ripulirla. Abby la guardò tutto il tempo come se fosse Dio in terra. In un altro momento, in un altro luogo, avrebbe potuto trovarlo divertente. Ma non lì, non in quel bagno.

"Sei molto seria," disse Abby.

La ignorò, facendo scorrere lo sguardo sul suo petto. No, non doveva fissarle il seno.

Ma ovviamente Abby aveva altre idee, perché mise una mano sulla sua guancia sinistra. "Sei così seria anche a letto?

Mi sa che non lo saprò mai. Se lo facessimo, sarei una brutta persona." La fissò negli occhi.

Stavolta, Jordan glielo lasciò fare.

"Io non sono una brutta persona, Jordan."

Sentì un tuffo al cuore. "Lo so."

"Voglio solo baciarti. È così terribile?" Abby inclinò la testa, gli occhi tristi, le labbra invitanti.

Jordan si sentì pervadere dal desiderio.

Indietreggiò e le porse la mano. Abby la prese e restò a fissare le loro mani intrecciate.

Jordan non aveva intenzione di lasciarla fare. La tirò per rimetterla in piedi.

"Andiamo. Dobbiamo riportarti sul tuo sgabello, prima che mandino una squadra di ricerca."

Capitolo 20

Abby si svegliò di soprassalto. Strizzò gli occhi. Cazzo che mal di testa. Mise il palmo sulla fronte e premette. Magari fosse bastato fare così, per stare meglio!

E infatti non bastò. Con un sospiro recuperò il cellulare, che aveva abbandonato lì di fianco, sulla coperta. Erano le due e mezzo del mattino. Il giorno prima aveva bevuto fin troppo. Passare una giornata a bere non era mai una buona idea. Comunque la si definisse – tour del vino o attività culturale – la sostanza non cambiava: era solo una scusa per ubriacarsi un po'. Non che si fosse lagnata quando l'aveva fatto. Solo adesso, qualche ora dopo, svegliandosi con una sete pazzesca, dubitava delle sue scelte.

Rotolò fuori dal letto, barcollò, poi prese una maglietta e i pantaloncini di jeans. Su una sedia vide appesa la maglietta sporca di vino.

Oh Dio. La macchia di vino. La toilette con Jordan. Aveva solo un vago ricordo. Non si ricordava cosa le aveva detto. Ma si ricordava di averla toccata un sacco. Sul viso. E sui capelli.

Cazzo.

Chiuse gli occhi, sentendosi prendere dalla nausea.

Un bicchiere d'acqua le avrebbe fatto bene. Forse due.

Si mise le infradito e andò in cucina al buio, cercando di fare meno rumore possibile. Non è che ci riuscisse tanto, procedendo a tentoni lungo i muri. Quando andò a sbattere contro i faretti sopra il tavolo da pranzo, decise che era meglio illuminare la cucina. Non voleva troppa luce. In fondo, si era alzata solo per prendersi un bicchiere d'acqua.

I resti della sera erano ancora sparsi ovunque: calici, bottiglie vuote, patatine e noccioline in fondo alle ciotole. Sentì brontolare lo stomaco. Avevano fatto una gran cena, che aveva preparato per loro uno chef a domicilio, ma lei aveva ancora fame. Aprì il frigorifero e sbirciò le patate a fisarmonica – non si chiamavano patate Hasselback? O come l'attore di *Baywatch*? No, quello era Hasselhoff. Erano patate Hasselhoff?

Scosse la testa ridendo da sola, e se ne mise una fettina in bocca. Mentre masticava, iniziò ad aprire armadietti, riuscendo a trovare i bicchieri al terzo tentativo. Non sapeva dove fossero le cose in quella cucina. Principessa Abby. Era stata servita e riverita tutto il weekend. Da tutta la sua ciurma, abilmente guidata dal capitano Jordan.

Le ultime parole evocarono in lei un'immagine della sua damigella in succinta uniforme da marinaio, tutta cinture strette e tessuto bianco aderente. Sussultò. Meglio concentrarsi sull'acqua da bere. Se non fosse stata tanto presa da Jordan, non si sarebbe ubriacata. D'altronde, una futura sposa non poteva che ubriacarsi al suo addio al nubilato, o no? Stava solo seguendo il protocollo. Allo stesso modo in cui avrebbe seguito gli ordini di Jordan, se se la fosse trovata davanti in uniforme.

Quando sollevò lo sguardo, il suo cuore si fermò. Per poco non smise di respirare. Jordan era sulla soglia della cucina. Per fortuna, non in uniforme da marinaio. Sarebbe stato troppo difficile non saltarle addosso. Invece, la sua figura assonnata era abbellita da una canottiera arancione e pantaloncini blu navy.

"Che ci fai alzata?" Guardò l'orologio. "È ancora notte fonda." Se possibile, la trovava ancora più attraente nel semibuio. Quando le venne incontro, vide che aveva una piega del cuscino su una guancia. Se l'avesse toccata, probabilmente avrebbe sentito la sua pelle ancora calda.

"Lo so." Jordan andò dritta all'armadietto a destra. "Acqua," disse, riempiendosi un bicchiere. Ne bevve un po', prima di spostarsi al di là dell'ampia isola bianca della cucina.

Si era messa a distanza di sicurezza.

"Come va la testa?" Jordan la guardò di sottecchi.

"Ho visto tempi migliori. Meno male che ho bevuto tanta acqua, quando siamo tornate a casa, altrimenti sarei stata molto peggio."

"Come Delta e Nikita?" suggerì Jordan. Trovò un panno e lo usò per tirare via una macchia dall'isola.

Abby sorrise. "Sì, come loro." Fece una pausa. "Sono andate ciascuna in camera sua?" Erano sempre state il ripiego l'una dell'altra dai tempi dell'università, ma per quel che ne sapeva, non andavano a letto insieme da un paio d'anni.

"Mi stupirebbe."

Sorrise ancora. Almeno qualcuno aveva avuto fortuna al suo addio al nubilato. Buon per loro. "Mi sono svegliata pensando di essermi resa ridicola alla toilette, con te, al vigneto. Dopo aver rovesciato il vino." Le si contorse lo stomaco, non appena incrociò il suo sguardo. Rimase immobile, come se tutto ciò che stava ai margini del proprio campo visivo si fosse sfocato.

Sentiva solo il tic tac dell'orologio della cucina e il rombo del proprio cuore.

Jordan scosse la testa. I capelli biondi sfiorarono una clavicola. Chissà come sarebbe stato leccarla lì...

Basta.

"Non hai fatto la figura dell'idiota. Eri solo un po' ubriaca." Fece una pausa. "E pure tanto carina, se devo essere sincera." Trasalì. "Cosa che io sto cercando in tutti i modi di non essere."

Si leccò le labbra. Jordan pensava che lei fosse "tanto carina". L'aveva detto in senso ironico, cioè di "antipatica"? O nel senso di "sexy"? "Siamo tutte e due troppo sincere, è il nostro problema. Quasi tutti gli inglesi si sarebbero risparmiati tutto questo, o sbaglio?"

Jordan le rivolse un mezzo sorriso. "Indubbiamente. Non è nella nostra natura. Chissà cosa farebbero i francesi."

Abby diede una manata all'isola della cucina. "Farebbero sesso qui, e poi si fumerebbero una sigaretta!"

La risata di Jordan fu come un proiettile che perforò le sue difese. "Probabilmente hai ragione. Sono un popolo più *carpe diem* del nostro. Invece noi nascondiamo tutto sotto il tappeto, sperando che sparisca."

Abby annuì. Le sembrava terribilmente familiare. "Il mio problema è che l'ho fatto per quasi tutta la vita." Nel momento stesso in cui le pronunciò, si rese conto di quanto fossero vere quelle parole.

Tracannò dell'altra acqua. Si sentiva ancora la testa ovattata.

"Mi mancherai, quando saremo a casa."

Jordan sorrise. "Ma no. Lavoro con te fino al matrimonio."

"Lo so. Ma non è lo stesso che nuotare insieme al mattino. Bere qualcosa insieme la sera tardi. Chiacchierare nella vasca idromassaggio."

Jordan alzò un sopracciglio. "E vogliamo tralasciare le sessioni di idratazione notturna?" La guardò. "Probabilmente sarà meglio così."

Abby avrebbe *dovuto* pensare lo stesso.

Ma non ci riusciva.

Jordan si riempì di nuovo il bicchiere, poi si avvicinò, fermandosi quando le arrivò di fianco. "Torniamo a letto?"

Abby sollevò gli occhi nei suoi: un'esplosione di desiderio la fece rabbrividire all'istante. Nella luce fioca, gli occhi di Jordan non la invitavano più a tuffarsi nel mare. Ma erano ancora vibranti di vita. E le parlavano. L'intero corpo di Jordan le parlava. Abby ne sentiva il calore, sentiva l'elettricità che rimbalzava tra loro due.

Con fare furtivo allungò una mano. Stava agendo d'impulso. Non poteva lasciar perdere. Doveva scoprirlo. Che sapore aveva Jordan. Come ci si sentiva ad abbracciarla. Con quella mano, l'afferrò per la vita e la trasse a sé.

Carpe diem.

Il viso di Jordan lasciò trapelare sorpresa. Lei però, non disse una parola.

Abby la fissò negli occhi. Abbassò lo sguardo sulla bocca. E subito, prima di dissuadersi dal farlo, si sporse in avanti e premette le proprie labbra sulle sue.

L'effetto fu simile a un tuono interiore: non appena fece scivolare le labbra su quelle di Jordan, dissetandosi di lei, Abby fu scossa da un boato che l'attraversò in tutto il corpo.

L'aveva sognato. La realtà era dieci volte migliore.

Jordan la prese per la vita, avvicinandosi di più.

I loro seni si fusero l'uno con l'altro.

Abby gemette, sentendo il desiderio scivolare nella propria intimità. E quando la lingua di Jordan le serpeggiò in bocca, volle di più.

Prima, non era sicura di cosa volesse ottenere. Nella sua testa voleva solo finire quello che avevano iniziato nella vasca idromassaggio. Un bacio. Solo uno. Giusto per saperlo. Per mettersi il cuore in pace.

Macché. Adesso sapeva che era stata tutta una bugia. Perché, laddove prima covava sotto la cenere, adesso la scintilla era accesa e ardeva luminosa.

Il suo cuore scalciò. Il suo corpo si eccitò, preso da una fame totale, soverchiante. Quel bacio era pura dinamite. Pura libidine. Lei allo stato puro. Far scivolare la lingua nella bocca di Jordan era *tutto*.

Le strinse i seni tra le dita, stuzzicando i capezzoli attraverso il tessuto di cotone aderente. Inspirò il suo odore caldo, assonnato. Non voleva lasciarla andare mai più.

Si stavano baciando da due minuti, o forse da un giorno. Abby non ne aveva idea. Ogni senso dello spazio e del tempo l'aveva abbandonata nel momento stesso in cui le loro labbra si erano toccate.

L'intensità iniziale cedette il passo a un bacio lento, sensuale. Abby si sentì naufragare. Il suono delle loro labbra, il battito del suo cuore, la lenta, sicura intensità del tutto. Quasi quasi, era troppo.

Doveva averlo percepito anche Jordan, perché si ritrasse.

Rimasero lì ferme, con le bocche socchiuse, ansimando l'una di fronte all'altra per quel che sembrò un'altra eternità.

Finché Jordan sbatté le palpebre e arretrò appena. Così l'incanto si ruppe. Erano di nuovo nella stanza. L'isola della cucina. Le ciotole di stuzzichini. I loro bicchieri d'acqua abbandonati.

Mentre si districavano l'una dall'altra, Abby abbassò lo sguardo. I suoi piedi erano diventati all'improvviso molto interessanti. Deglutì. Il suo cuore sembrava ancora sbattere contro la cassa toracica. Il torrente di farfalle nel suo stomaco vorticava senza sosta, senza un posto dove andare. Quando alla fine sollevò gli occhi, il viso di Jordan era arrossito, la piega del cuscino sulla guancia era più evidente.

A cosa stava pensando? Abby voleva saperlo, ma anche no. La fissò negli occhi per alcuni secondi, prima che fosse troppo per lei. Se avesse continuato a fissarla, si sarebbe avvicinata. Se si fosse avvicinata... Già, non poteva succedere ancora.

L'aveva fatto.

Si era tolta il pensiero.

Doveva ripeterselo all'infinito.

"Non so che dire." Strisciò con le infradito sul pavimento.

Jordan era a piedi nudi. Aveva dei piedi molto belli. Era tutta bella.

Abby alzò gli occhi al cielo mentalmente.

"Dovremmo andare a letto." Jordan si morse un labbro. "Parlare è inutile, adesso. Non credi?"

Scosse la testa. Si erano spinte oltre le parole. Erano entrate in un territorio totalmente nuovo.

Jordan si avviò, ma lei le mise una mano sul braccio. Non appena la toccò, sentì brividi in tutto il corpo.

"Mi dispiace. È stata tutta colpa mia. Sistemiamo tutto quando arriviamo a casa."

Jordan le diede un'occhiata talmente infuocata da lasciarle un marchio sulla pelle. Poi lasciò la stanza.

Si aggrappò all'isola. Era a un crocevia. O l'inizio di qualcosa, o un punto fermo. Un rumore statico iniziò a riempirle il cervello. Si trascinò fino alla porta e spense la luce.

Era successo davvero?

Salì le scale, guardando la porta di Jordan quando ci passò davanti.

Si toccò le labbra ancora roventi con la punta delle dita.

Sì, era successo davvero.

Capitolo 21

La colazione era stata uno dei pasti più imbarazzanti che avesse mai sopportato. Jordan si era impegnata affinché fossero tutte ben rifocillate, a parlare con lo staff, a distribuire le mance e a restare affascinata dalle storie di Gloria. Per fortuna, volare sotto il radar era stato facile per lei e Abby. Primo, perché nessuno sospettava di niente. Secondo, perché il fatto che Delta e Nikita avessero passato la notte insieme si era rivelato l'argomento caldo della conversazione. Non appena Jordan l'aveva appreso, Delta era diventata il suo nuovo idolo.

Con Abby, si era comportata in modo amichevole ma professionale. Anche se dentro di sé era tutta un fascio di terminazioni nervose logore ed emozioni contrastanti.

Jordan sapeva cosa voleva.

Ed era anche ben consapevole di voler qualcosa d'impossibile.

Stavano tornando a casa. Mentre saliva la scala di accesso al piccolo aereo che le avrebbe riportate a Londra, si aggirò mentalmente tra le varie tessere del weekend. Quando però cercò di disporle e di rimettere insieme il puzzle, non le uscì niente.

O meglio, le tessere si combinavano, sì. Ma solo e sempre in un modo.

Aveva conosciuto molto meglio Abby.

Aveva condiviso speranze e sogni con lei.

E l'aveva baciata. Aveva baciato una futura sposa. Non era il caso di metterlo come servizio extra nel suo sito web.

Si aggrappò al corrimano, seguendo il favoloso fondoschiena di Gloria. Tale madre, tale figlia.

Non le era di nessun aiuto.

"Buon pomeriggio, signore!" Il capitano Michelle le accolse con un largo sorriso. "Mi auguro che abbiate trascorso un fantastico weekend a Cannes, e che sia stato un bell'addio al nubilato." L'ultima parte era rivolta ad Abby, che stava in cima alla scala, di fronte alla madre.

Abby annuì. "È stato incredibile," disse, guardandosi dietro. "Mamma, Delta, Jordan, tutte sono state incredibili." Quando il suo sguardo si posò su Jordan, le sue guance si tinsero di rosa. "È stato un weekend che sicuramente mi ricorderò." Poi entrò nell'aereo.

Sulla conclusione, Jordan non aveva nulla da ridire. Dovevano solo arrivare in fondo al viaggio di ritorno a casa, poi finalmente avrebbero potuto trascorrere del tempo separate dalle altre, in cerca di un modo per gestire la situazione. Non c'era un manuale. Dovevano scriverselo da sole.

Accennò un saluto a Michelle, mentre le passava accanto, notando l'uniforme inamidata e le scarpe lucide. Era stata nelle forze armate, prima di diventare una pilota normale? O anche alla scuola di volo per civili insegnavano a presentarsi sempre in ordine? Era bello concentrarsi su una faccenda diversa da quella che l'aveva sopraffatta per tutto il weekend. Ma una volta a bordo, non appena inspirò il profumo floreale di Abby che aleggiava nell'aria, tutto le ripiombò addosso.

Si fermò prima della cabina di pilotaggio, esitando nel corridoio fra Abby e Gloria.

"Se vuoi, per il ritorno, siediti vicino a tua mamma." Poi sorrise a Gloria, e si girò un istante a guardare Delta vicino a Nikita. Sembravano in tutto e per tutto la coppia che proclamavano di non essere. "A quanto pare, la sua compagna di viaggio l'ha abbandonata."

Gloria ricambiò il sorriso, mentre sprimacciava il suo cuscino da viaggio. "Io stessa non prenderei posto vicino a me." Sollevò il cuscino. "Ho qui il mio fidato amico, intendo tirare su il bracciolo e stendermi per tutto il volo." Diede un buffetto al braccio di Jordan. "Siediti tu vicino ad Abby. Lo sai come sta al decollo. Tienila per mano." Le fece l'occhiolino e si apprestò a mettersi comoda.

Okay. Avrebbe dovuto fare appello a tutte le sue qualità professionali. Guardò Abby. Era indaffarata a sistemare il bagaglio a mano nella cappelliera. E la stava ignorando di proposito.

Forse potevano risolvere così. Col tacito accordo di ignorarsi tutto il tempo, potevano superare il volo senza problemi.

"Vuoi stare vicino al finestrino o al corridoio?" Persino rivolgersi a lei era diventato faticoso. Come se parlassero una lingua diversa. Come se non avessero nulla in comune.

Abby restò immobile. "Al corridoio." Prese posto e puntò gli occhi dritto davanti a sé.

Jordan sistemò il proprio bagaglio a mano e si sedette. Smanettò col telefono, senza badare ai messaggi di Karen, che le chiedeva come stava andando con la "sposa sexy". Voleva risponderle con una faccina urlante, poi però avrebbe dovuto spiegarsi. Meglio evitare finché non fosse arrivata a casa, dove ci sarebbe stato tutto il tempo di raccontare.

Che aveva fatto la cosa sbagliata. Che non sapeva come rimediare. Che non sapeva se volesse rimediare.

Mise il cellulare in modalità aereo e lo infilò nella tasca sulla parete di fronte. Distese le gambe, mosse le dita dei piedi. Il silenzio tra lei e Abby era assordante. Dopo tutte le chiacchierate che avevano fatto. Tutte le risate.

Poi un bacio.

Adesso, non c'era più niente.

Una forte emozione la colse di sorpresa. Già le mancava ciò che avevano avuto. Ciò che avevano costruito tra loro nel weekend, anche se era durato poco. Perché c'era stato qualcosa. Anche prima del bacio, avevano avuto un'intesa, un brivido. Una connessione. Che dopo il bacio era aumentata. Anche se non poteva esistere.

Aveva il cuore a pezzi. Non c'era lozione, né pozione che potesse usare per sentirsi meglio. Coi cuori infranti andava così, grandi o piccoli che fossero. Bisognava sopportare il dolore. Una cura non c'era.

Essere seduta vicino a chi l'aveva ridotta in quel modo non era di certo un bene. Ma lei non aveva avuto altra scelta.

Michelle fece l'annuncio che erano pronti a partire; l'aereo iniziò a spostarsi verso la pista di decollo.

Lanciò un'occhiata ad Abby. Il viso era pallido; lo sguardo, ancora incollato avanti. Stringeva il bracciolo talmente forte che si era fatta venire le nocche bianche. All'andata, l'aveva presa per mano. Adesso, tra loro c'era una barriera invisibile. Non era altrettanto facile.

Ma lei era ancora in servizio. Veniva ancora pagata affinché

Abby trascorresse un buon weekend – se era per quello, aveva già passato il segno. Forse era il caso di superare la loro barriera invisibile adesso, in modo che per Abby il volo fosse più tollerabile. Potevano comunicare anche senza bisogno di parlare.

Dopo aver inspirato profondamente, avvolse le dita di Abby con le proprie.

Abby sollevò la testa di scatto e ritirò la mano.

Jordan la lasciò andare. Se Abby non voleva, lei non intendeva forzarla.

Ma pochi secondi dopo, Abby si voltò, e i loro sguardi si allacciarono.

Colta da desiderio e disperazione, Jordan le rivolse un mesto sorriso.

Abby lo ricambiò, poi avvolse le dita di Jordan con le proprie e strinse forte. Tenne la presa finché l'aereo non fu decollato. Le strinse al punto che Jordan sentì quasi interrompersi il flusso del sangue. Eppure, non disse una parola. Quando furono in volo, Abby smise di stringere forte, ma continuò a tenerle la mano.

C'erano molte meno chiacchiere rispetto all'andata. Erano tutte stanche per il fantastico weekend. Quando si voltò, Jordan vide che avevano tutte gli occhi chiusi; il dolce ritmo del motore faceva l'effetto di una ninnananna. Gavin andò da lei e le sfiorò un braccio.

"Volevo chiederle, vuole che faccia il servizio bar? Dormono, o si riposano con gli occhi chiusi. Non vorrei disturbarle."

Scosse la testa. "Non si preoccupi. Se vogliono qualcosa, usano il pulsante per chiamarla."

Lui annuì. "Vi porto qualcosa, già che sono qui?"

Guardò Abby, che scosse la testa. "Siamo a posto, grazie."

Mentre lei appoggiava la testa allo schienale, Abby prese ad accarezzarle con il polpastrello del pollice il dorso della mano destra.

Il suo desiderio, che era stato come una macchina indolente sul ciglio della strada, salì di giri. Il movimento del pollice di Abby a sinistra e a destra scatenò in lei un brivido, che dal clitoride si propagò nel resto del corpo. Cazzo, se era nei guai.

La guardò, soffermandosi sugli occhi. Poi sulle labbra, poi ancora sugli occhi. Le fece di no con la testa.

Non doveva eccitarsi così. Ma era stata Abby a iniziare, no? O era stata lei?

Alla fine, non importava. A giudicare dai suoi occhi roventi, Abby provava lo stesso. Qualsiasi cosa ci fosse tra loro, stava crescendo di secondo in secondo.

Jordan si sentiva avvampare. All'improvviso, ebbe troppo caldo.

Il segnale che indicava di tenere le cinture di sicurezza allacciate si spense.

Slacciò la cintura e si alzò, lanciando ad Abby uno sguardo addolorato. Doveva darsi una calmata e starle lontano. Era troppo.

Inspirò profondamente, e si avviò lungo il corridoio, barcollando. Il resto del gruppo dormiva o giù di lì.

Quando si guardò indietro, Abby era in piedi e la fissava. A un certo punto, le venne incontro.

* * *

Ma che cazzo stava facendo?

Abby non ne aveva idea. Era come se le sue gambe la

stessero spingendo a un'azione di cui lei non aveva il controllo, e la sua coscienza si fosse assentata senza chiederle il permesso.

Qualcosa più grande di lei si era messo in moto. Una forza maggiore. Qualcosa che ne sapeva molto più di lei.

Jordan aveva aperto la porta della toilette. Voltandosi, rimase a bocca aperta. "Cosa stai..." iniziò.

Ma le parole le morirono sulle labbra, poiché Abby la seguì dentro e chiuse la porta a chiave.

Un desiderio pulsante si era impadronito di lei. Aveva fatto scivolare il chiavistello in sede con un netto clic. Il rumore era stato assordante. Ma anche decisivo. Poiché quel chiavistello suggellava il loro destino.

Le loro bocche non si erano ancora toccate, ma lei era terribilmente consapevole di Jordan. Dei suoi occhi celesti che la guardavano. L'aria grondava di deliziosa tensione. Stava commettendo un errore? Non lo sapeva. Sapeva solo che era stanca di sentirsi male. Specialmente quando si sentiva così bene con Jordan.

Si guardarono negli occhi, e come due calamite che si attraggono a vicenda, si mossero all'unisono, fondendo le loro bocche in un bacio rude e bellissimo.

Jordan le divorava le labbra, proprio come voleva lei.

Al diavolo la cautela. Se non avesse agito ora, non l'avrebbe fatto mai più. Era il suo addio al nubilato. L'ultima occasione per sognare. L'ultima occasione per andare oltre i suoi limiti prima di sistemarsi.

Stava facendo una gloriosa uscita di scena.

"Abby."

Il modo in cui Jordan pronunciò il suo nome le fece venire i brividi sulla schiena.

La zittì con un bacio rovente, famelico. "Ti voglio," le sussurrò. "Mi vuoi anche tu?"

Jordan annuì.

Si volevano entrambe.

Le tirò su la maglietta e le slacciò il reggiseno. Rieccolo, il suo bel seno. Come nella vasca idromassaggio. Solo che stavolta intendeva giocarci.

Afferrò un capezzolo in bocca e lo succhiò, lasciandosi inondare dal proprio desiderio.

Puntò i piedi, per impedirsi di prendere il volo. Perché era così che si sentiva. La sua passione cresceva alla velocità di un razzo, portandola a livelli inesplorati. Proseguì facendo scorrere la lingua intorno al seno.

Jordan trattenne il respiro.

Abby sollevò la testa e incrociò il suo sguardo.

Poi le sue mani si mossero rapide: le slacciò i pantaloncini beige e glieli tirò giù, lungo le gambe. Jordan indossava delle mutandine di pizzo nero. Abby non se l'aspettava. Il che tuttavia non fece che gettare benzina sul fuoco.

Infilò un dito al loro interno, fino a sfiorare l'intimità rovente di Jordan.

Un altro gemito.

La baciò ancora, poi le tolse anche quelle e le fece allargare le gambe con la propria coscia. Stava agendo d'istinto, e per pura attrazione animale. Voleva conoscere Jordan intimamente. Dentro e fuori. C'era un solo modo di farlo.

Si scostò temporaneamente per guardarla negli occhi.

Poi scivolò dentro di lei con due dita. Proprio come aveva fatto nel sogno.

Nulla avrebbe potuto prepararla per quel momento. Jordan

era pronta, bagnata. Come lei. Avevano lottato contro la loro attrazione per tutto il weekend, e per una buona ragione. Ma in quel preciso istante, non c'era niente di più giusto. Mentre sprofondava in lei e le loro bocche si ritrovavano, Abby abbandonò ogni intenzione di avere il benché minimo controllo su se stessa, o su ciò che stava accadendo.

L'aveva perso del tutto.

Con le dita dentro Jordan e la lingua di Jordan dentro di lei, quel momento le sembrò l'apice della vita che aveva vissuto fino ad allora. Il traguardo verso il quale era stata guidata per tutto il tempo, pur essendone totalmente inconsapevole. Jordan si aggrappò a lei, sollevò la gamba destra, l'avvolse intorno al suo corpo, e si misero a dondolare insieme, come un unico essere. Abby, scivolando dentro e fuori. Jordan, muovendo i fianchi, inarcando la schiena, e soffocando grida di piacere, nella consapevolezza di dove si trovava.

I loro sguardi si allacciarono.

Un pensiero fugace attraversò la mente di Abby. Dovevano fermarsi prima che qualcuno le scoprisse. Poi guardò i loro corpi intrecciati sul grande specchio della toilette. Non poteva fermarsi. Era troppo coinvolta. Letteralmente e metaforicamente.

Jordan la prese per le scapole e la tirò vicino, per appoggiare la testa sulla sua spalla.

"Sei brava," le disse. Poi abbassò una mano, prese il pollice di Abby e lo guidò a tracciare piccoli cerchi sul proprio clitoride. Chiudendo gli occhi, emise un gemito impercettibile. "Ecco, così", la istruì, prima di togliere la mano.

Abby non ebbe bisogno di farselo dire due volte. Continuava a meravigliarsi dell'effetto che aveva su Jordan mentre se la scopava. E della bellezza assoluta di Jordan in quel momento. Abby non si era mai sentita così viva. Così nel momento presente. Così se stessa. Mosse il pollice intorno al clitoride come da istruzioni, aumentando la velocità e la pressione in base alle reazioni di Jordan. Nelle sue mani, Jordan era la perfezione.

Pochi istanti dopo, insinuò ancora le dita in lei e la guardò andare in estasi.

Jordan afferrò quella mano.

E la perfezione fu riscritta.

Ansimante, con le guance arrossate, i capelli biondi squisitamente drappeggiati intorno al viso: eccola, la Jordan che aveva sognato. Abby non ci credeva, che il suo sogno si fosse avverato. Né di essere appena entrata nel Mile High Club, il club di chi fa sesso ad alta quota.

Ancora una volta, premette le proprie labbra sulle sue. L'elettricità sfavillò in lei. Ecco cosa le era sempre mancato. Poi ritirò le dita, senza distogliere gli occhi dai suoi. Non aveva idea di cosa significasse il suo sguardo, ma era intenso – carico di desiderio, di passione, di domande. Lei non aveva risposte da darle. Ma sapeva cosa voleva adesso. Voleva essere spogliata e presa subito.

Poco dopo, Jordan si tirò indietro, guardandola. Era quasi tutta nuda, con le mani appoggiate al lavandino. Lasciò cadere la testa all'indietro. "Porca troia, Abby. Cosa mi stai facendo?"

Lei non aveva parole.

Non ne aveva più idea.

Con una mano riprese a palpeggiarle la coscia, la natica soda, poi la schiena, prima di baciarle il seno.

Jordan riportò il suo sguardo su di lei.

"Non ne ho idea", rispose Abby. "Ma è stato incredibile. Voglio farlo ancora. E poi ancora."

Qualcuno bussò alla porta.

Jordan trasalì.

Abby si raggelò. Una sirena si mise a suonare nella sua testa. Guardò Jordan, e vide la propria espressione inorridita allo specchio della toilette.

"Abby? Sei lì dentro?" Era la mamma.

Jordan si abbassò e si tirò su pantaloncini e mutandine sbattendo la testa sul lavandino.

Doveva essersi fatta male, ma non aveva emesso un suono. Probabilmente stava trattenendo il respiro.

Abby ne era certa. "Arrivo!"

Aveva risposto con voce disinvolta. In totale contrasto col suo mondo interiore, che le stava crollando addosso. L'esperienza che aveva appena vissuto era già stata declassificata dalla miglior decisione alla peggior decisione in assoluto della sua vita. Si era appena scopata una sua damigella al suo addio al nubilato. Con le persone che conosceva e amava a portata d'orecchio. Chi diavolo era lei? Che diavolo stava facendo? E come avrebbe fatto a spiegarlo alla mamma, quando sarebbero uscite?

"Tutto bene?" chiese Gloria, con la preoccupazione impressa nella voce. "Sei via da un po'."

Ma non era andata a dormire? "Sì. Non mi sentivo bene. Jordan è venuta a darmi qualcosa per lo stomaco." La bugia cadde dalle sue labbra con una tale facilità che persino lei rimase scioccata.

Quando alzò lo sguardo, Jordan le fece un cenno. Sembrava

quasi troppo spaventata per parlare. Sembrava aver paura di ciò che avrebbe potuto dire.

"Usciamo tra un minuto. Torna pure a sederti."

Qualche secondo di silenzio. "Sei sicura?"

"Sì, mamma." *Oh Dio, oh Dio, oh Dio, oh Dio.*

Che cosa aveva fatto? Ed era un male che, nonostante tutto, volesse rifarlo? Si voltò, appiattendosi contro la porta. L'avevano fatta franca? Non l'avrebbe saputo finché non avesse guardato la mamma negli occhi.

"Ci avrà creduto?"

Jordan annuì. Si voltò verso lo specchio e si sistemò i capelli. "Non ha motivo di non farlo. A meno che non hai l'abitudine di scopare donne a novemila metri d'altezza."

"No." Abby emise un lungo sospiro. "Stai bene?"

Jordan si volse, prendendole la mano. "Sto..." Fece una pausa. "Non so come sto. Eccitata. Confusa. Distrutta. Era esattamente quello che abbiamo cercato di evitare tutto il weekend, vero?"

"Sì." Non poteva negarlo. Ci erano anche riuscite, poi però il pensiero di perdere Jordan era stato insopportabile per lei.

Era stata colpa sua. Adesso doveva trovare un modo di rimediare. Prese del sapone dal dispenser e si lavò le mani. Si sentiva male a farlo così presto. Ma la riportò alla realtà.

"E adesso? Possiamo continuare a lavorare insieme?" Il volto di Jordan si era rannuvolato.

"Spero di sì." Ma non ne aveva idea. Non si sarebbe mai aspettata una cosa simile. Prese un po' di asciugamani di carta. "Non lo so. Dobbiamo tornare fuori, adesso. Parliamo domani. Vieni a Londra?"

Jordan annuì. "È già previsto che venga."

"Okay. Be', andiamo a pranzo." Si sporse avanti e la baciò. Delicatamente. Poi con forza. Finché non si ritrovò con le mani intrecciate nei suoi capelli, e dovette obbligarsi a rimetterle a posto.

"Non voglio lasciarti andare. Non posso lasciarti andare."

Jordan chiuse gli occhi. "Devi uscire."

Abby annuì. "Lo so. Ma voglio che tu sappia che non è finita."

"Dobbiamo finirla qui, Abby. Io e te non possiamo andare da nessuna parte."

Scosse la testa. Si rifiutava di crederci. I suoi sentimenti erano troppo forti. "Mi sono innamorata di te. Non possiamo fare finta di niente. So che provi lo stesso per me."

Jordan la fissò. "Sì," rispose in un sussurro.

"Solo che sto per sposarmi, ed è questo il problema, vero?"

Jordan non rispose.

Non ce n'era bisogno.

Capitolo 22

Abby entrò nel suo appartamento al primo piano e chiuse la porta sbattendola. L'unico suono era il suo respiro, insieme alla televisione dei vicini di sotto. Erano una vecchia coppia la cui televisione andava sempre a tutto volume. Lei ci era talmente abituata che ormai non le dava più fastidio. Ma non ne avrebbe sentito la mancanza, quando si sarebbe trasferita da Marcus, dopo il matrimonio.

Il suo cuore vacillò al pensiero.

Non adesso.

L'appartamento odorava di chiuso, anche se era stata via solo quattro giorni. Le tazze di caffè vuote da prima di partire erano ancora sullo sgocciolatoio, insieme a due piattini. Andò al divano grigio, prese i cuscini e li sprimacciò. Poi mise i tre telecomandi sul tavolino e impilò ordinatamente accanto ad essi le copie di *BBC Good Food*. Aveva fatto l'abbonamento nella speranza di seguire alcune ricette. Non era ancora successo, ma la rivista restava comunque una lettura che le ispirava grandi ambizioni.

Raggiunse la cucina a vista nel soggiorno, tirò via le briciole sparse sullo sgocciolatoio. Mise su il bollitore, aprì il frigorifero. Niente latte. Doveva bersi un caffè nero. Far finta di essere rientrata dall'Italia. Poteva anche farcela.

Dieci minuti dopo era spaparanzata sul divano, col caffè che si raffreddava. Non lo voleva. Non voleva niente. Be', a parte una cosa in particolare. Si mise la testa fra le mani, poi si strofinò il viso.

Sentiva ancora lievemente l'odore di Jordan sulle dita. Ricordava ancora come si era sentita dentro di lei.

Eccitata. Sexy. Gloriosa.

Scosse la testa.

Per tutto il viaggio in taxi verso casa, si era chiesta cos'avrebbe fatto. Aveva preso il cellulare un po' di volte, aveva fissato il numero di Jordan, poi l'aveva rimesso via. Cosa intendeva scrivere? "Fantastico scoparti sull'aereo. Adesso, a proposito dei fiori per il mio matrimonio..." Non andava proprio bene, vero?

Non andava bene niente, quello era il problema.

Evitava in continuazione di chiamare Marcus, per chiedergli se potesse passare da lei per fare una chiacchierata. Il solo pensiero di chiamarlo le sembrava strano. Loro due non erano *affatto* come Taran e Ryan.

Forse potevano rimandare il matrimonio, per darle il tempo di pensare. Ma lui ne avrebbe sofferto. Avrebbe voluto sapere il perché. Lei non poteva dirglielo. "Perché mi sono innamorata della mia damigella professionista, quella che hai assunto tu."

No, quello l'avrebbe ucciso. E avrebbe ucciso anche lei. Poi avrebbe dovuto affrontare Marjorie. E tutti gli altri.

Emise un lungo respiro. Che casino. L'indomani doveva vedersi con Jordan per il discorso. Ma ce l'avrebbe fatta? Se si rivedevano, doveva essere per lavoro. Ma sarebbe stato così? Poteva fidarsi di se stessa? Non si era mai considerata una persona inaffidabile. Una persona che non fosse in grado di controllare le sue azioni. E invece, le era capitato proprio quello.

Era l'effetto che le faceva Jordan.

Jordan le aveva fatto vedere il mondo con occhi diversi. Nel weekend si era stabilito un legame tra loro. Abby le aveva parlato di cose di cui non parlava da anni. Cose che aveva dimenticato di volere, persa com'era nella sua vita frenetica. Ad esempio, lavorare per un ente di beneficenza. Fare la differenza. Non essere intrappolata nel mondo aziendale. Quando le era sfuggita di mano, la sua vita?

Prese il cellulare aziendale e controllò le email. Ce n'erano centocinquantadue. Non male per quattro giorni di assenza. Una in particolare in cima alla lista attirò la sua attenzione. Era del suo capo. L'aprì con un clic: diceva di presentarsi l'indomani all'ora di pranzo per parlare di "una cosa importante". Forse si trattava del progetto che lei sperava di poter gestire.

Raddrizzò la schiena. L'indomani? Quando doveva incontrare Jordan?

Cazzo.

Prima di conoscerla, Abby sarebbe stata contentissima di ricevere quell'email. Adesso, mica tanto. Doveva vedere se Jordan poteva venire di sera. Sentiva già la sua mancanza.

Sobbalzò: qualcuno aveva bussato alla porta.

Quando l'aprì, le cascò il cuore. Era ben consapevole che non doveva essere quella la sua reazione nel ritrovarsi col fidanzato. La testa di Marcus si vedeva appena dietro il bouquet di rose rosse che reggeva con una mano. Con l'altra, teneva una borsa regalo. Il cuore di Abby sprofondò un altro po'. Merda, le aveva portato un regalo dall'addio al celibato? Lei non gli aveva portato nulla, a parte una vagonata di sensi di colpa.

Si sentiva una brutta persona.

Marcus si fece avanti, l'abbracciò e le diede i fiori con un bacio sulla guancia. "Ciao, futura signora Montgomery." Sorrise, le passò accanto e prese un vaso dal bancone della cucina. Lo riempì d'acqua, poi le tolse di mano i fiori per sistemarli. Tra loro due, era Marcus il miglior allestitore floreale. L'avevano stabilito quasi subito. Da lì le frecciatine di Delta sulla sua sessualità. Ma lui non era gay. Solo creativo.

Abby, invece...

"Com'è andata? Non è spettacolare la villa?"

Lei annuì con un finto sorriso. Aveva dei continui flash di quando aveva baciato Jordan, ma li respinse. Doveva farlo, se voleva sopravvivere. "È stato meraviglioso. Ci siamo divertite un mondo. Jordan ha fatto in modo che si svolgesse tutto senza intoppi." Quasi vero. Gli mise una mano sul braccio, mentre lui iniziava a sfoltire le foglie e a spuntare i gambi in fondo.

Preciso. Marcus era fatto così.

"E tu? Com'è stato il tuo weekend?"

Lui fece spallucce, senza guardarla negli occhi. "Normale, sai com'è. Troppo alcol, e comportamenti sconci. E..." Fece una pausa, dandole un'occhiata, poi lasciò giù i fiori sul bancone della cucina e inspirò profondamente. "Hanno fatto venire anche una spogliarellista. Avevo detto di non farlo, ma sai com'è Philip, quando si mette in testa qualcosa. Anche Johnny. Hanno fatto delle foto, quindi, nel caso venissero fuori, volevo che tu lo sapessi da me. Mi sento malissimo." Si interruppe per porgerle la borsa di carta. "Ti ho comprato un regalo. Non è per riparare a una colpa. Te ne avrei comunque preso uno."

Abby deglutì. Era basita. Marcus se la menava tanto per una spogliarellista?

Aprì la confezione regalo. Dentro c'era un bellissimo braccialetto d'argento tempestato di cristalli, probabilmente diamanti. Non se lo meritava, ma non poteva darlo a vedere.

Lo guardò in viso. "È bellissimo, ma non dovevi." Si sentiva una bruttissima persona.

"Lo so, ma ho voluto regalartelo lo stesso. Anche se ero al mio addio al celibato, mi mancavi. È da sdolcinati?" Alzò le mani e le fece un sorriso. "Non mi interessa, se è da sdolcinati. Io mi sento così. Tra l'altro, se non puoi fare lo sdolcinato quando stai per sposare la tua migliore amica, quando puoi farlo?"

Abby sorrise, pur sentendosi sprofondare nello stomaco. Non era facile. Era come strofinarsi lo stomaco e darsi dei buffetti sulla testa contemporaneamente.

"L'altra ragione per cui te l'ho comprato, oltre che per dirti che ti amo, è perché ho un favore da chiederti. I miei genitori ci hanno invitato a cena domani sera. Non c'è un programma preciso, è solo una cena per passare del tempo insieme, per conoscere la loro futura nuora. Ho già detto di sì, perché ho dato per scontato che per te andasse bene. Va bene?"

Il suo stato d'animo finì sotto i piedi. "Domani sera?" Aveva sperato di rivedere Jordan, ma adesso non era libera né per l'ora di pranzo, né per l'ora di cena.

Non poteva dire di no a Marcus, vero? Non quando la guardava come un cagnolino scodinzolante. Risucchiò il labbro superiore tra i denti. "Sì, domani va bene."

Marcus studiò il suo viso. "Bella recita. Stai migliorando." Sorrise. "Grazie."

Il cellulare fece un bip; Abby andò al divano a guardare chi fosse, mentre Marcus riprendeva a sistemare i fiori. Era un messaggio di Jordan.

Trasalì. Doveva schermare il cellulare con la mano, o portarlo in camera da letto?

Si stava comportando da stupida. Fece clic per aprirlo.

Spero che il rientro a casa sia andato bene. Siamo ancora d'accordo per il pranzo di domani? Per parlare del tuo discorso e di tutto il resto?

Serrò i denti. Jordan avrebbe pensato che la stesse prendendo in giro, ma non poteva farci niente.

Mi dispiace tanto, ma ho un imprevisto. Ti scrivo in settimana per riorganizzarci. Studiò il messaggio. Sembrava freddo? Lo cancellò, diede un'occhiata a Marcus, poi lo riscrisse. Non aveva tempo per preoccuparsi. Le avrebbe spiegato tutto quando si sarebbero viste. Fece clic su *Invia*. Avvertì un brutto presentimento, che si tradusse in un malessere allo stomaco. Aveva appena rimandato l'incontro con lei, e adesso le toccava andare a cena con Marcus e i suoi genitori.

"Tutto okay?" chiese Marcus. Si avvicinò e la baciò sulle labbra.

Ci volle tutta la sua forza per mantenere il controllo. "Sì."

Ma adesso lo sapeva.

Non voleva più essere baciata da nessuno, tranne che da Jordan.

Capitolo 23

Jordan non ricordava di aver mai corso così tanto, o così velocemente, ma quel giorno ne aveva bisogno. Correva da sola sul lungomare di Brighton; Karen c'era, ma era rimasta indietro. Persino i gabbiani la evitavano, preferendo restare in cielo a girare in tondo. Tutti avevano capito che non voleva essere disturbata. Benché la temperatura di giugno avesse superato i ventisette gradi, correre col sole in faccia era ancora piacevole grazie alla brezza marina; ma neppure quello riusciva a farle cambiare umore. Correva per dimenticare.

Fu il suo corpo a ricordarle che la corsa non faceva per lei: quando si fermò, iniziò ad annaspare in cerca d'aria. E quando Karen la raggiunse, alcuni minuti dopo, era ancora piegata in due col fiato corto. L'amica la condusse verso una delle panchine rovinate dalle intemperie sul lungomare. Si sedettero entrambe, in attesa che lei tornasse a respirare normalmente.

"Cosa ti succede?" le domandò poi Karen. "Non ti vedo da cinque giorni. E quando ti rivedo, non solo vuoi che andiamo a correre, ma spicchi il volo, manco fossi Paula Radcliffe. E guardati un po': è chiaro che non lo sei. Allora? Com'è che sei tornata dal weekend all'estero con l'intento di battere i record mondiali di velocità?" Si schermò gli occhi dal sole con una mano. "Non è che c'entra una certa sposa sexy?"

Lei si accigliò. "Non chiamarla così."

"Come dovrei chiamarla?"

Ci pensò un istante. "Un sacco di guai."

"Oh, mamma." Karen si sporse e la fissò. "Racconta."

"Ci siamo baciate," disse con tono pratico, come se fosse stata una cosa da niente.

Di fatto, era il contrario. Poi continuò senza dare modo all'amica di commentare.

"E mi ha scopata nella toilette dell'aereo." Il suo corpo reagì come si era aspettata. Come se Abby fosse stata lì, con le dita ancora immerse nella sua intimità. Era un evento ancora troppo recente. Troppo eccitante. Troppo tutto. "Adesso sta annullando gli accordi, e io non so se ho ancora un lavoro, o un'attività. Forse ho mandato tutto a puttane. E per cosa?" Si chinò, mettendosi la testa fra le mani.

Aveva passato la notte cercando di autoconvincersi che la situazione non era poi così grave. Ma dopo averla raccontata ad alta voce, le sembrava che fosse irrecuperabile.

"Porca troia," disse Karen. "Lasciamo perdere la parte del 'Ci siamo baciate'. Ma lei ti ha scopata nella toilette? *Lei ha scopato te?* Com'è possibile?" Non avrebbe potuto sembrare più sorpresa neanche se ci avesse provato. "Vuoi dire che *Little Miss Sunshine* non è etero?"

Anche per Jordan era stata una sorpresa. "A quanto pare, no." Sospirò. "Ma non è questo il punto. Il punto è che c'è una donna che deve sposarsi fra...," tirò su una mano e fece ondeggiare le dita, "cinque giorni. Una donna con cui ho un contratto di lavoro. Una donna che ora è nella mia collezione di avventure una-botta-e-via. Anche se non era affatto mia intenzione aggiungerla. Non è il massimo."

Karen scosse la testa. "Eh no, direi proprio di no. Ci abbiamo scherzato su, prima che andassi via, ma non mi aspettavo che succedesse davvero. Cos'ha di speciale?"

Se l'era chiesto di continuo anche lei, da quando era venuta via dall'aeroporto. Per tutto il tragitto verso casa. Per tutta la notte, mentre stava sdraiata nel letto, senza riuscire a dormire. Perché si era lasciata baciare in cucina? D'accordo, anche sull'aereo l'aggressore era stata Abby, ma avrebbe potuto dirle di no. Avrebbe potuto fermarla. Ma non aveva voluto.

Aveva voluto Abby, tanto quanto Abby aveva voluto lei.

Voleva ancora Abby.

Basta. Doveva smetterla di pensarci.

"Non lo so. Siamo state benissimo nel weekend. È stato bello parlare, bello conoscerci. Ha fatto breccia nel mio cuore. Mi sentivo attratta da lei, ma non sapevo se l'attrazione fosse reciproca. Finché non siamo state insieme nella vasca idromassaggio. C'è mancato poco che ci baciassimo. Siamo riuscite a evitarlo. Sono riuscita a mantenere un comportamento professionale. Poi però c'è stato il bacio dell'ultima notte. E poi l'aereo... Non te lo so spiegare. È successo e basta."

Sembrava un cliché. Non le serviva guardare in faccia Karen per averne conferma. La frase "E poi, non so come, mi sono ritrovata a letto con lei" l'aveva già sentita abbastanza volte. Tutte scuse. La cosa le era sfuggita di mano giusto alla fine, e non se n'era neanche accorta.

"Adesso che siamo tornate, abbiamo un lavoro da finire. Un matrimonio. Lei però mi manda un messaggio, e dice che c'è stato un imprevisto, per cui non possiamo vederci. Non so cos'ha in mente." Guardò in alto nel cielo, strizzando gli occhi. "È un casino. Quello è sicuro."

"Wow!" Karen allungò le braccia sopra la testa e le lanciò un'occhiata. "Hai mandato tutto a puttane per bene."

Sempre senza peli sulla lingua, la sua coinquilina.

"Baciare la sposa è una cosa," proseguì Karen. "Non una *bella* cosa. Ma entrare a far parte del Mile High Club è tutt'altra faccenda."

Si alzò. Stare lì seduta a parlarne non faceva che incrementare il volume dei pensieri nella sua testa. Meglio correre. Così si concentrava soltanto sul sole sulla pelle e sul venticello tra i capelli. In situazioni come la sua, la natura poteva essere di grande conforto.

"Continuiamo a parlare mentre camminiamo. O mentre corriamo."

Karen annuì, e ripartirono con una marcia veloce. Davanti a loro, una donna faticava a tenere buono il suo husky. Alla loro destra, un bambino con una maglietta rossa era felicissimo di mangiarsi il gelato, piantandovi dentro la faccia.

"Guarda il lato positivo. Almeno hai fatto sesso."

Sorrise. "Già, dovrebbe essere così. Le storielle una botta e via di solito mi lasciano indifferente. So come gestirle. So controllarmi. Ma stavolta no. Tra l'altro, ora che ci sono di mezzo la mia reputazione e il mio lavoro, una scopata non può stare in cima ai miei pensieri." Accelerò il passo e si mise a correre. Aveva la testa fin troppo piena di pensieri. Le serviva distrarsi.

"Come sei rimasta con Abby?" Stavolta Karen teneva il passo.

Buona domanda. Nella sua mente balenò una serie di immagini. Lei che accarezzava Abby nella vasca idromassaggio. L'orgasmo sull'aereo, quando era venuta intensamente, tirando indietro la testa. Le labbra di Abby che divoravano le sue.

Sentiva ancora le scintille elettriche di quell'esperienza. Sentiva ancora Abby. E se invece la quasi-disperazione di Abby sull'aereo fosse stata solo il suo ultimo urrà, prima di vincolarsi con Marcus? Abby l'aveva usata per prendersi un ultimo sfizio? Sul momento non le era sembrato, ma ripensandoci adesso, la verità era palese.

Si fermò all'improvviso, boccheggiando, con le mani sulle cosce. Le batteva forte il cuore, talmente forte da sentirlo in gola.

Come aveva potuto essere tanto stupida?

Alzò lo sguardo verso Karen. No, non c'era speranza con Abby.

"Non so come siamo rimaste. Aveva detto che ci saremmo riviste a pranzo. E che avremmo continuato a lavorare insieme. Ma adesso si sta tirando indietro, sta cambiando le carte in tavola."

Karen le accarezzò la schiena. Era rilassante. Ne aveva bisogno. Nulla aveva senso in quel momento. Il mondo le girava intorno vorticosamente, ogni cosa era fuori controllo.

Lei era fuori controllo. Odiava sentirsi così.

"C'è qualcosa che posso fare per aiutarti?"

Scosse la testa. Era il suo casino. Doveva trovare da sola il modo di uscirne.

"Allora ti do un consiglio. Poi facciamo una gara a chi arriva prima a casa. Pronta?"

Jordan si rimise in posizione eretta. "Sono tutt'orecchi."

"Devi vederla e parlarle. Devi scoprire cos'ha in testa e poi riflettere sul da farsi. Sia che continui a lavorare con lei, o meno. Se continui, stabilisci dei limiti e una strategia d'uscita. Se non continui, stabilisci con lei una scusa – un'emergenza di famiglia o una roba del genere. Succede. L'importante è fare chiarezza. Per te, ma anche per lei. È lei quella che si sposa."

"Lo so."

"Allora andiamo a casa, la chiami e vi organizzate per vedervi. Se non ti risponde, vai lo stesso a Londra. Non spetta a lei decidere tutto. La posta in gioco è alta anche per te. Quindi, devi riprendere il controllo. Okay?"

Karen aveva ragione.

Doveva rimettersi in carreggiata.

Doveva ricominciare a gestire lei la sposa, anziché il contrario.

Capitolo 24

Abby era seduta di fronte a Neil, il suo capo, nella sala riunioni verde dell'azienda. Lui continuava a sorriderle in modo strano; lei non capiva il perché. Si era messo ancora troppo dopobarba, oltre a una cravatta rosa cerasuolo che era a dir poco orribile. Chissà cosa faceva Neil per divertirsi. Le sarebbe piaciuto saperlo.

Neil non aveva niente di sbagliato. Non era cattivo. Non le parlava sopra, alle riunioni, né si prendeva il merito per il lavoro svolto da lei. Ma da circa un anno, ce l'aveva con lui solo perché pretendeva che lei andasse in azienda ogni giorno, a fare il lavoro per cui era pagata. Ripensò a quando ne aveva parlato con Jordan, a quando Jordan le aveva detto di non lasciare i suoi sogni nel cassetto, ma di fare ciò che sognava di fare quando aveva otto anni, ai tempi della loro finta infanzia.

Finta l'infanzia; fin troppo vero il presente. Per la prima volta, dopo tanti mesi, era contenta di essersi recata al lavoro. Era un'ottima distrazione dai suoi pensieri.

Era passato un giorno intero da quando era rientrata da Cannes. Non aveva risposto alle chiamate e ai messaggi di Jordan. Aveva evitato di pensare a lei e a ciò che era successo.

Neil parlava, ma Abby non l'ascoltava. La cravatta rosa

cerasuolo era bella davvero, secondo lui? Quando si era guardato allo specchio al mattino, si era forse detto 'Ti sta una favola!'? Gli guardò il dito anulare. Neil non era sposato. Non usciva con nessuna. Avere una relazione gli avrebbe fatto bene, se non altro, per ricevere un secondo parere sulle sue scelte di abbigliamento. Abby però doveva ammettere che la scelta di Neil di non sposarsi era la più azzeccata. Perché *bisognava essere sicuri* di volersi sposare con l'altra persona coinvolta nel matrimonio. *Bisognava essere sicuri* che l'altra persona non assumesse una damigella da cui si era attratti. E *bisognava essere doppiamente sicuri* che non ci fosse l'occasione di fare sesso con la damigella sul volo di ritorno.

Chiuse gli occhi.

Quando li riaprì, Neil le stava ancora sorridendo. "Allora, cosa ne pensi?"

Raddrizzò la schiena. Di cosa? Merda, doveva stare concentrata sul colloquio. "Va bene. Mi ripeti per favore i punti principali?"

Sembrò contento della risposta. Meno male. "Fantastico!" Si sporse avanti, giungendo le mani sul tavolo ovale da otto persone. "Quindi, ti piacerebbe dirigere il progetto?"

Sbatté le palpebre. Dirigere che? Doveva fare più attenzione. "Vuoi dire il progetto della divisione Asset Management?"

Neil si accigliò. "Ovvio. Ce n'è un altro per cui ti stai preparando?"

Wow! Le stava affidando il progetto. Le stava dando la promozione. Forse poteva sorvolare sulla scelta della cravatta, almeno per una volta.

"No! È grandioso! Cioè, sì. Mi hai colto di sorpresa. Sì che mi piacerebbe."

"E ti andrebbe bene fare tutti i viaggi necessari? E le conferenze telefoniche di notte? Saresti a capo del progetto, Abby. Il progetto sarebbe solo tuo. Solo tua anche la responsabilità."

Si morse l'interno della guancia. Aspettò che l'agognata vittoria sul lavoro scatenasse in lei una reazione euforica.

Niente.

Ebbe piuttosto la sensazione di annegare. La sensazione che la sua bella vita non fosse più tanto bella.

Due mesi prima, alla notizia della promozione, si sarebbe messa a ballare in ufficio. Le avrebbe fatto un immenso piacere assumersi la responsabilità e affrontare la nuova sfida.

Ma adesso? Adesso si prefigurava solo le conferenze telefoniche di notte che l'avrebbero privata del sonno. L'inutile stress. L'impegno maggiore per un lavoro che in realtà non aveva mai desiderato.

E i viaggi in aereo senza qualcuno che la tenesse per mano.

Perlomeno, non come aveva fatto Jordan.

Ecco a chi era dovuta la sua reazione scialba. A Jordan.

Neil stava ancora aspettando una risposta.

Non le importava niente, ma annuì comunque. "Certo, va benissimo. Me ne assumo la piena responsabilità."

Neil si alzò. Intendeva forse abbracciarla? Sì. *Oh Dio.* Neil era così *gentile.* Si lasciò abbracciare. Il dopobarba era davvero asfissiante.

Poi lui aprì la porta dell'ufficio e le fece cenno di uscire per prima.

Ad accoglierla ci fu un botto, poi un altro, e una confusione di stelle filanti nell'aria.

Lei gridò, portandosi le mani al petto. Odiava le sorprese.

Ma tutto l'ufficio la stava fissando, per cui dovette assumere un'espressione sorridente. Ci volle qualche istante, ma ci riuscì.

Non fu facile.

Anche perché sulla sua scrivania c'era una torta enorme, ricoperta di glassa bianca e brillantini commestibili, con su scritto *Congratulazioni!* in rosa. Sul monitor del suo computer c'era una foto sua e di Marcus. Era stata scattata l'anno precedente, a Capodanno; lei aveva gli occhi rossi per aver bevuto troppo. La sua poltrona d'ufficio era piena di cuoricini rosa brillanti. E vicino alla torta, c'era un biglietto. Un biglietto d'auguri per il matrimonio. Senza dubbio firmato da tutti i colleghi. E magari contenente anche un buono per fare acquisti ai grandi magazzini John Lewis o Selfridges.

Si morse l'interno della guancia. Si sentiva ribollire di emozioni.

Che piega stava prendendo la sua vita? Nella stessa settimana, stava per sposarsi e aveva ottenuto una promozione.

Il guaio era che non voleva né l'una, né l'altra cosa.

Tirò su col naso e si asciugò il viso col dorso della mano.

Aveva le guance umide.

Oh, merda. Stava piangendo in ufficio.

Che cazzo le era preso?

"Oh Abby! Spero che siano lacrime di gioia!" Era la sua capo ufficio, Maisy.

Neil le cinse di nuovo le spalle con un braccio e la strinse a sé. "Abbiamo pensato che questo fosse il momento perfetto. Stai per dirigere il nostro grande progetto e stai per sposarti. Una tappa fondamentale della tua vita. Ci sembrava giusto festeggiarti." Il suo sguardo vagò sul team. Erano tutti visi raggianti. "Facciamo un applauso alla nostra fantastica Abby!"

Partì un applauso assordante.

Ma a lei veniva solo da piangere.

Capitolo 25

Neil aveva insistito che lei se ne andasse un paio d'ore prima della chiusura dell'ufficio. Ci teneva che arrivasse a casa presto. Probabilmente, dandole qualche ora libera, intendeva prepararla ai lunghi giorni e alle lunghe notti di lavoro che l'aspettavano. Qualunque fossero le sue motivazioni, lei gli era grata. Ma fu assurdo varcare la soglia di casa con una torta enorme con scritto *Congratulazioni!* Be', a dire il vero, mezza torta, dopo che i colleghi in ufficio si erano serviti. Adesso la scritta era *Congratu*. Ma il concetto era lo stesso.

Al momento non se la sentiva di festeggiare un bel niente.

Mise la torta sul bancone della cucina, si diresse al divano e vi sprofondò.

Il suo, non era il conto alla rovescia al gran giorno di cui aveva letto nelle riviste da sposa. D'altronde, era più che certa che in nessuna di quelle riviste fosse scritto che la sposa andava a letto con la damigella. Si sporse avanti e raccolse *La sposa perfetta* dalla pila di riviste sul tavolino. L'aveva comprata subito dopo che Marcus le aveva chiesto di sposarlo, decisa a fare in modo che il loro fosse il matrimonio perfetto. Ma dopo un po' aveva perso interesse. Allora era subentrato Marcus. Lui era lo sposo perfetto. Si meritava la sposa perfetta. Lei poteva esserlo ancora?

Il cellulare vibrò con un messaggio in arrivo. Era di Jordan.

Il familiare brivido la percorse in tutto il corpo. Ormai si era quasi abituata.

Dobbiamo parlare. Sono qui nella tua via. A che numero abiti?

Si sentì il cuore in gola. Come una molla si alzò dal divano, andò dritta all'enorme finestra a golfo e guardò giù. Dall'altro lato della strada, Jordan guardava in giro, poi il cellulare, poi ancora in giro, spostando il peso da un piede all'altro. Non poteva evitarla, se era proprio lì fuori.

Poi Jordan sollevò gli occhi. I loro sguardi si incrociarono.

Abby sentì il cuore riempirsi di gioia. Che gran traditore, il suo cuore.

Non era Jordan, la persona con cui stava per sposarsi. Doveva metterci una pietra sopra. Doveva accettare la promozione e diventare la signora Montgomery. Era già tutto organizzato. Lo doveva a se stessa e a tutti i suoi sogni per il futuro. Doveva andare fino in fondo secondo i suoi piani. Tra l'altro, sposare Marcus non era affatto un brutto piano. Tutti quanti, in tutto il vasto mondo, le avrebbero detto che sposarlo era il piano migliore del mondo.

Doveva guardare le cose in prospettiva.

Jordan però aveva ragione. Forse parlare l'avrebbe aiutata a chiarirsi le idee.

Le indicò la sua porta d'ingresso. Prese un respiro profondo. Sprimacciò i cuscini, pur essendo sicura che Jordan non ci avrebbe fatto caso. Corse allo specchio, si lisciò i capelli. Era ancora in tenuta da ufficio. Un vestito rosso era una buona armatura? Ne dubitava. Aveva ancora gli occhi gonfi, ma si era rimessa a posto il trucco a lavoro. Aveva dovuto farlo.

Quando andò ad aprire la porta, la logica e il buon senso l'abbandonarono. Come faceva a pensare, se Jordan era tanto bella da mozzare il fiato? I capelli come un'estate dipinta intorno al viso. Le labbra da baciare. Abby non pensava più ad altro. Voleva sporgersi e rifarlo.

Voleva solo quello.

Invece, rimase al suo posto.

Le labbra di Jordan erano serrate.

"Vieni, entra. Dritto su per le scale." Non che si potesse andare altrove, ma lo precisava sempre.

Vedere lì Jordan era strano. Non c'entrava niente. L'appartamento era la sua tana. Non aveva niente a che fare con lei *e* Marcus. Né con lei *e* chiunque altro. Era il *suo* santuario. Ma con Jordan lì, non si sentiva più a suo agio. Non alla vista dei jeans blu che fasciavano in modo delizioso il bel culo rotondo.

"Prego, siediti."

Jordan si sedette sul bordo del divano.

"Come hai fatto a trovarmi?"

"Mi hai detto tu che abiti in Charity Street, dunque ti ho cercato qui."

Trasalì. "Ti sei ricordata."

Jordan la guardò negli occhi. "È stato di recente. Ricordo tutto."

Avvertì un forte imbarazzo. Ricordava tutto anche lei. "Una tazza di tè?" Non aveva idea di cosa stesse dicendo. Andava col pilota automatico.

Jordan fece no con la testa. "Credo che dobbiamo parlare. Quando hai finito coi convenevoli, vieni qui e siediti sul divano con me, per favore."

Così ferma. Così insistente. Il che non smorzava affatto il suo desiderio di lei. Se si fosse presentata piangendo, respingerla sarebbe stato più facile.

Ma così no.

Fece come le era stato detto.

Jordan la fissò. Il suo, non era uno sguardo affettuoso. O pieno di desiderio. Era uno sguardo duro. Faceva sul serio.

Abby si sedette con la schiena dritta. Non doveva più distrarsi.

"Stai ignorando le mie chiamate e i miei messaggi."

"Ti ho risposto con un SMS per annullare il pranzo."

"Quello e basta. Non si tratta solo di noi, Abby, o di quello che è successo nel weekend. Si tratta anche del mio lavoro. Della mia reputazione professionale. Non posso fare scemenze, col tuo matrimonio alle porte. La gente parla. Quindi, anche se non vuoi più avere niente a che fare con me personalmente, dobbiamo comunque decidere cosa fare professionalmente. O andiamo avanti fino in fondo, oppure ci mettiamo d'accordo per svincolarci e ci inventiamo una balla."

Annuì. Tutto ciò che aveva detto Jordan aveva perfettamente senso. Ma lei si sentiva comunque lacerata.

Doveva fare la cosa giusta.

Ma qual era la cosa giusta?

Gliel'avevano detto tutti: sposarsi con Marcus sarebbe stato un vero affare.

Mica potevano sbagliarsi tutti!

"Lo so. È solo che ho avuto molto da fare, da quando siamo tornate. Poi Marcus è rimasto qui stanotte." *Perché dirlo?* Non avevano fatto sesso, dopotutto.

Troppo tardi.

Il labbro di Jordan tremò, ma il resto del viso si indurì. Le nubi si addensarono nei suoi occhi. Una volta erano celesti come il cielo; adesso erano di ghiaccio.

Le si contorse lo stomaco. Mai e poi mai avrebbe voluto farla soffrire, ma non sapeva come evitarlo. “Poi sono andata al lavoro e ho avuto la promozione. Quella di cui ti avevo parlato, ricordi?”

Jordan annuì. “Congratulazioni.”

“Grazie.” Si sentiva un’ipocrita. “I miei colleghi mi hanno dato una torta per festeggiare. Marcus passa a prendermi alle sei per andare a cena dai suoi genitori.” Alzò le mani e le lasciò ricadere. “Non ti sto evitando, Jordan, ma non posso cambiare la direzione che ha preso la mia vita. È troppo tardi. Va tutto secondo i piani, non posso impedirlo.” Fece per prenderle una mano, poi ci ripensò. Meglio non toccarsi.

Aveva la gola secca. Ma ci credeva, alle parole che diceva? Non importava. Doveva dirle. Non aveva altra scelta.

“Il weekend è stato un errore.” Deglutì a fatica. “Sto per sposare Marcus. Mi dispiace farti star male. Mi dispiace davvero. Ma non posso voltare le spalle alla vita che ho costruito in questi ultimi anni. All’uomo che devo sposare. Al lavoro per cui ho faticato tanto.”

Jordan la fissava ancora. Prese un respiro profondo, si alzò e andò alla finestra a golfo. Si fermò dov’era stata lei pochi minuti prima. Proprio lì, dove il suo cuore si era riempito di gioia quando l’aveva vista. Basta. Non ci doveva pensare.

“E che mi dici di tutti i discorsi di Cannes?” Jordan si voltò.

Si sentì trafitta dal suo sguardo.

“Quando dicevi di volere una nuova carriera? Quando

dicevi che ti sei innamorata di me? Stai già dimenticando tutto? Riesci a dimenticare cos'è successo tra noi?"

Anche lei si alzò. "Non posso buttare all'aria la mia vita per una scopata." Non appena le furono uscite di bocca, desiderò rimangiarsi quelle parole. Chiuderle a chiave in uno scrigno e riporlo su uno scaffale in alto, dove nessuno avesse modo di sentirle o di vederle. Ma non poteva. Ormai aleggiavano nell'aria e avevano lacerato l'anima di Jordan. Lo capì dal modo in cui lei abbassò il viso.

"Mi dispiace." Trasalì. "Mi sono espressa male."

Jordan scosse la testa. "Hai ragione. È stata solo una scopata. Una botta e via. Chi cambierebbe la sua vita per una scopata? Io no."

Abby provò lo stimolo di alzare la mano, ma si controllò e la tenne ferma lungo il fianco. Non poteva rischiare.

Jordan si mise a braccia conserte. "Ci resta comunque il problema di cosa fare per il matrimonio. Adesso sono anche la wedding planner. Non posso mollare tutto. O forse sì, posso fare un passo indietro? Ti do una lista di quello che bisogna finire. Forse può subentrare Delta."

Il pensiero della sua assenza la fece sentire male. Ma sapeva di essere ingiusta. "C'è una qualche possibilità che tu rimanga? Se è per i soldi, ti pago di più."

Un'espressione disgustata saettò sul volto di Jordan. "Davvero? Non è per i soldi, Abby. Non lo è mai stato. Almeno, non per me."

Abby guardò per terra, mordendosi il labbro. Non riusciva a dirne una giusta. Non era stata sua intenzione dirle così.

"Cosa posso dire per convincerti? Marcus gradirebbe che

tu rimanessi. Marjorie anche. Tutti. Jordan, ti abbiamo adorata all'addio al nubilato."

"Lo so. Qualcuna più di altre."

Si sentiva svuotata. "Mi dispiace che sia andata così, ma per favore, ci pensi? Se molli, ti capisco. Farò in modo che Marcus ti paghi fino alla fine, come concordato. Ma per favore, puoi restare anche gli ultimi giorni? Se non per me, lo fai per Marcus? Altrimenti, non saprei che scusa inventarmi per la tua assenza. Ti prometto che parlerà bene di te con tutti."

* * *

Jordan voleva avvicinarsi e gridarle in faccia i suoi pensieri. *"Non si tratta di affari o di soldi. Si tratta di sentimenti. Di noi. Di non buttare via tutto!"*

Ma aveva ancora un lavoro da svolgere, e lei era sempre professionale.

Sempre.

Poteva portarlo a termine? Fare in modo che Abby andasse all'altare, come aveva promesso a Marcus? Nonostante tutto, lui le piaceva ancora. E ci teneva ancora a fare un buon lavoro. Era nei suoi geni.

Suonò il campanello. Abby si voltò, ruotando su un piede, poi si voltò indietro, col panico scolpito sul viso. Controllò l'orologio e imprecò sottovoce. "Dovrebbe essere Marcus." Sussultò ancora. "È in anticipo. Meglio che risponda."

Jordan annuì. Ovvio che era Marcus. Quel giorno andava di male in peggio.

Marcus era ancora in tenuta da ufficio, proprio come Abby. Jordan dovette ammettere che erano la coppia aziendale perfetta. Lo erano sempre stati. Ma il problema non era quello.

Il problema era che Abby le aveva detto di essersi innamorata di lei. Ma adesso si atteneva al piano originale di sposare Marcus.

Jordan sapeva benissimo che i sentimenti non cambiano dall'oggi al domani.

Deglutì e atteggiò il volto a un sorriso di plastica. Fuori, appariva normale. Dentro, il suo cuore stava andando a pezzi.

"Jordan! Come stai?" Marcus si avvicinò, tendendole la mano.

La strinse. "Bene. Com'è andato il weekend?"

Marcus le fece un gran sorriso. "Sai com'è. Alcolici, donne, vino. E voi?"

"Decisamente simile," rispose lei, guardando Abby.

Abby distolse gli occhi.

"Bene. Ora che ce lo siamo levati di mezzo, possiamo concentrarci sulla settimana finale. Solo cinque giorni al grande evento." Si sfregò le mani. "Stai aiutando Abby col discorso, vero?"

Abby scosse la testa, intromettendosi. "Jordan ha già fatto tanto. Il discorso posso anche scrivermelo da sola."

"Ma lei è una professionista!" Marcus la indicò. "Immagino che avrai un archivio di battute con risate garantite."

"Sì." Serrò le mascelle, sempre sorridendo.

Marcus diede una leggera gomitata ad Abby. "Prendi appunti. Se non lo fai tu, lo faccio io."

Abby sgranò gli occhi. "Lei è la mia damigella, non la tua. Mi farò dare qualche dritta." La fissò, poi guardò altrove.

Lei tenne botta. Che tipo di suggerimenti intendeva farsi dare Abby, per l'esattezza?

"Vero che ci sei alla cena di prova, venerdì?"

Storse il viso. Si era dimenticata della cena di prova. Ce l'aveva sulla tabella di marcia, sicuro. Ma dopo l'atterraggio, il giorno prima, si era dimenticata di tutte le cose che doveva ancora fare per quel matrimonio.

Nella settimana più importante.

In effetti, non poteva mollare adesso. Sarebbe sembrato strano. Aveva promesso a Marjorie di andare alla cena di prova. L'aveva promesso a tutti. Poteva farcela? Sentì la tensione diffondersi in tutto il corpo, sotto lo sguardo carico di aspettative di Marcus.

"Non ne sono sicura. Stavo giusto dicendo ad Abby che ho avuto un imprevisto." Detestava mentirgli.

Marcus fece la faccia lunga. "Mi dispiace tanto. Possiamo fare qualcosa per aiutarti? Ci teniamo che tu venga, ma solo se sei tranquilla."

Era davvero l'uomo più gentile del mondo. Talmente gentile da farla sentire uno schifo.

Ma sì. Poteva lavorare anche negli ultimi giorni. Abby voleva che lei ci fosse. Marcus pure. E se voleva che la sua attività continuasse ad andare bene, doveva farcela.

"Come non detto. Ci sono. Mi occupo io di tutto." Ruotò le spalle. "Non avevamo concordato di far andare questa donna all'altare? Ci penso io, è compito mio."

Marcus fece un largo sorriso. "Favoloso. Anche se spero che lei venga di sua spontanea volontà, non solo perché glielo fai fare tu!"

Lanciò un'occhiata ad Abby: il suo viso si era irrigidito in una maschera che non riusciva a decifrare. Sarebbe stata una tortura, ma di soli cinque giorni. Dopodiché, Marcus e Abby sarebbero stati sposati, e lei avrebbe messo in banca l'assegno del compenso e si sarebbe rintanata a leccarsi le ferite. Se non altro, da quell'immenso sfacelo aveva imparato qualcosa. Mai più avvicinarsi troppo alla sposa. Mai più abbassare la guardia.

"Farò in modo che nel vostro gran giorno vada tutto come volete voi. Sarà un piacere."

Abby le voltò le spalle.

Marcus guardò da Abby a Jordan, e viceversa. Si accigliò. "Va tutto bene? Avverto strane vibrazioni tra voi due. È successo qualcosa che dovrei sapere, nel weekend?"

Jordan si sentì gelare il sangue, ma tenne la bocca chiusa.

Abby stava per parlare, ma Marcus sollevò una mano. "Sapete che c'è? Di qualsiasi cosa si tratti, non mi serve saperlo. Più che altro, non voglio saperlo." Sorrise ad Abby con un'espressione talmente carica di amore che a Jordan venne la nausea. "Se c'è stato uno spogliarellista, o anche se hai sbaciucchiato un altro, ci sta, fa parte del gioco. Basta che adesso sei pronta a sposarmi, quello è l'importante."

Jordan smise di scrutare Abby. Perché non era più rilevante leggere l'espressione sul suo viso, o capire cosa le passasse per la testa.

Abby aveva scelto Marcus.

A lei non restava che finire il lavoro e tirare avanti.

Capitolo 26

Jordan entrò in Turnbull House, il maniero trasformato in hotel dove si sarebbe tenuto il ricevimento del matrimonio. Non ci fu bisogno di chiedere in reception dove fosse il ristorante, perché c'era già stata più volte nelle due settimane precedenti. Si era occupata di coordinare i lavori dell'ultimo momento coi fioristi, con l'azienda di catering, con la banda musicale e coi maestri di cerimonia. Perlomeno, essersi fatta carico anche dell'organizzazione del matrimonio implicava non doversi più concentrare su Abby e basta. Era sicura che Abby non avesse nulla in contrario.

Le riunioni in presenza erano state brevi e cordiali. Abby adesso preferiva fare molte cose via email e SMS, per ridurre al minimo i contatti personali.

Ogni volta che si erano ritrovate nella stessa stanza, c'era stata un'atmosfera tesa. Del resto, come avrebbe potuto essere altrimenti? Erano trascorsi solo quattro giorni, da quando Abby si era insinuata in lei.

Ora dovevano fingere che il loro fosse solo un legame professionale.

Jordan era riuscita a mantenere la sua compostezza. Anche prima, alle prove generali della cerimonia, era stata la Jordan che tutti si aspettavano: una professionista competente.

Ma quella sera era diverso. Non riusciva a stare ferma. Non riusciva a rilassarsi. In fondo, aveva senso sentirsi irrequieta. Perché alla cena di prova, lei e Abby sarebbero state sotto gli occhi di tutti. Perché la cena di prova sarebbe stata la prima celebrazione della coppia felice Marcus & Abby. E lei, come avrebbe reagito? Be', stava per scoprirlo. Si lisciò l'abito da cocktail rosa, spostò al centro il fermaglio d'argento e prese un respiro profondo.

La prima persona che incontrò fu Marjorie. Come al solito, sprizzava glamour da tutti i pori. Ma il trucco e le perle se li teneva anche quando andava a letto? Jordan si sarebbe meravigliata del contrario. Marjorie la salutò con un sorriso misurato e un cenno d'approvazione.

"Mia cara, tu sì che sei capace di vestirti! Perché non dai qualche consiglio ad Abby? Ha una spiccata tendenza a mettersi il colore sbagliato, o il modello sbagliato, non pensi anche tu?"

No, lei non lo pensava affatto. Ogni volta che aveva visto Abby, le era parsa a dir poco strepitosa. "Secondo me, si veste bene."

Ma era difficile far cambiare idea a Marjorie. "È la sua pelle scozzese pallida. Non si abbina bene con niente. Le ho suggerito di fare la lampada dalla mia estetista, ma non mi ha dato retta. Volevo solo rendermi utile, soprattutto perché il gran giorno deve vestirsi di bianco, che non è il massimo per lei."

Jordan sorrise. Ah, le farneticazioni della suocera! Buono a sapersi che la donna rientrasse perfettamente nel ruolo. L'aiutava a rimettersi in carreggiata, a ricordarsi cosa ci faceva lei a quel matrimonio.

Al di là di Marjorie, scorse Abby e Marcus che venivano loro incontro. I suoi muscoli si irrigidirono.

Eh sì. Perché, di Abby, lei si era fatta un'idea ben più accurata rispetto a Marjorie.

Non appena si guardarono negli occhi, tra le due passò qualcosa. Qualcosa che le fece male.

Erano anni che non incontrava una donna che le facesse quell'effetto. Provava qualcosa per lei. Abby la faceva ridere – non era da tutti. E avevano una visione della vita simile. Se solo Abby si fosse fidata del proprio istinto!

Ma non intendeva farlo. E stava per sposare Marcus.

A Jordan non restava che lasciar correre.

"Eccoli! La coppia del momento!" Marjorie li salutò coi baci nell'aria e i non-proprio-abbracci, alla maniera dei ricchi. "Pronti per esercitarvi col ricevimento?"

Abby annuì, rivolgendo tutta l'attenzione alla futura suocera. "La cerimonia è andata bene. Adesso proviamo la cena e i discorsi."

"Il segreto è non bere troppo vino," disse Marjorie.

Marcus scosse la testa. "Sciocchezze. Il vino non è mai abbastanza. Vero, Jordan?" Le rivolse un sorriso. "Sei splendida. Il rosa shocking è senza dubbio il tuo colore." Mise un braccio intorno alle spalle della madre e si allontanarono insieme. Abby rimase indietro a fissarla.

"Ha ragione." Si avvicinò, abbassando lo sguardo sulle sue labbra. "Sei splendida."

Lei la fissò a sua volta. "Anche tu."

Abby le toccò il braccio, poi proseguì dietro Marcus. Ma dopo pochi passi si girò, e l'occhiata che le rivolse ardeva di desiderio.

Jordan chiuse gli occhi e prese un respiro profondo. Ancora due giorni, e sarebbe tutto finito.

* * *

Due ore dopo, erano alla portata principale della cena di prova.

Le brontolò lo stomaco, ma non ci badò. Aveva perso l'appetito. Sentì la risata di Delta, che era seduta lontano da lei, fra Taran e Gloria. Aveva insistito per prendere posto in fondo, in modo da essere facilmente raggiungibile dallo staff, in caso di problemi.

Ma così, ogni volta che si girava a destra, coglieva istantanee di Abby che chiacchierava e agli occhi del mondo intero pareva strafelice di sposarsi. Aveva iniziato a crederci anche lei. Desiderava accettare le cose come stavano. Ma non ci riusciva. Man mano che la serata proseguiva, voleva solo andarsene.

Il testimone di Marcus, Philip, batté sul suo calice con una posata: tutti gli occhi dei presenti si rivolsero a lui.

"Mi preme dire solo una cosa: non mi viene in mente nessuna donna più adatta a Marcus di Abby. È gentile, premurosa. E ha fatto la scelta giusta, decidendo di non trasferirsi da lui fin dopo il gran giorno. Lo sta tenendo sulle spine. Le ho chiesto se anche lei non vede l'ora di consumare il matrimonio, ma è schiva e non risponde."

Bevve un altro sorso di vino. Avrebbe dovuto smettere. Doveva guidare per tornare a casa. Carrie la Capri era fuori ad aspettarla, con grande costernazione dello staff dell'hotel, che avrebbe preferito di no. Aveva sempre pensato che gli snob apprezzassero le cose antiche. Evidentemente, non valeva per le macchine.

Ora in piedi c'era Marcus. Si stava rivolgendo a Philip. "Se Abby avesse deciso altrimenti, sarei stato comunque d'accordo. Purché acconsentisse a sposarmi. E l'ha fatto." Guardò Abby con adorazione, prendendole una mano.

Jordan distolse gli occhi.

Ma non poteva tapparsi le orecchie.

"Abby, non vedo l'ora di pronunciarti il mio voto nuziale. Di dirti quanto ti amo. Di prometterti che sarò tuo per il resto della nostra vita. Non c'è nessuna donna, tranne te, con cui vorrei continuare il viaggio della mia vita, e sono l'uomo più fortunato del mondo a sapere che è così anche per te."

Si sentì rivoltare lo stomaco. Spinse via il piatto. Era un po' troppo, persino per una abituata ai matrimoni come lei. Aveva bisogno di prendere aria. Si alzò. Ebbe un senso di vertigine, forse dovuto al mix di mezzo calice di vino, piatti minimali e un cuore spezzato.

"Volevo anche dire un enorme grazie alle damigelle, che hanno reso epico il viaggio dei preparativi. Ovviamente, vi farò un brindisi come si deve al matrimonio, con regali per tutte."

Si rimise a sedere con un tonfo.

"Ma soprattutto, volevo dire un enorme grazie alla migliore amica di Abby, Delta, e alla sua più vecchia amica, Jordan. In particolare a Jordan, che si è fatta avanti e ha reso i preparativi del matrimonio un gioco da ragazzi. Anche adesso è lì, modestamente seduta in fondo al tavolo, col suo bel vestito rosa shocking, per intercettare ogni eventuale problema e farlo scomparire. Jordan, questo brindisi è per te!" Marcus alzò il calice nella sua direzione.

Tutto il tavolo si girò per farle un applauso. Lei rispose con un sorriso stanco.

Poi colse lo sguardo di Abby.

Era così bella.

Non ne poteva più di quella serata.

Quando l'applauso si concluse e Marcus cambiò argomento, prese la borsetta e sgattaiolò fuori dalla sala, usando la porta laterale. Tornò alla reception e uscì sullo spiazzo all'ingresso del maniero. La luce del tramonto imminente si riversava sui prati ben curati. Era un posto magnifico per una coppia magnifica. Così andava il mondo. Ne aveva viste abbastanza per capirlo. Semmai un giorno si fosse sposata, non sarebbe successo in un posto del genere. Ma neanche l'avrebbe voluto. Quel maniero non era fatto per gente come lei.

Stava per scendere i gradini che portavano al parcheggio e al giardino, quando il portone d'ingresso si aprì.

Era Abby, con le belle spalle in vista. Le stesse spalle cui lei si era aggrappata in aereo.

La fissò, immobile. "Ti sei persa?" le domandò.

Abby scosse la testa. "Ti ho vista andare via. Sono venuta a vedere se stai bene."

Jordan si girò e scese i gradini quasi fuggendo. "Sto bene, sì."

Dei passi sulla scala le segnalarono che Abby la seguiva. "Jordan." Abby le toccò il braccio. Era svelta, quando voleva.

Girandosi, se la scrollò di dosso. "Torna alla tua cena di prova. Hai sentito Marcus. È l'uomo più fortunato del mondo. Non vorrai mica rovinargli la festa."

Abby la guardò. "Mi dispiace, okay? Per tutto. Per averti baciato. Per aver fatto sesso con te. È tutta colpa mia; tu ti sei solo lasciata coinvolgere."

"Non sei dispiaciuta quanto me." Sentì crescere la rabbia,

mentre iniziava a batterle forte il cuore. "È facile per te." Sollevò un braccio dal fianco. "Hai questo bel mondo di comodità in cui rifugiarti. Un uomo ricco e altolocato da cui correre. Io invece non ho un bel niente. Tu mi hai fatto sentire delle cose. *Volere delle cose.*" Il suo petto si sollevava e si abbassava. "E adesso butti via tutto, come se non fosse stato niente."

"Non è vero!" gridò Abby. "È stato il contrario di niente!" Si guardò intorno, scioccata per aver alzato la voce. "Lo sai che non è vero," ripeté, sussurrando. "È stato il massimo di tutto. Ma è successo al momento sbagliato e nel posto sbagliato. Non posso cambiare idea adesso. Lo vorrei tanto, ma proprio non posso." Afflosciò le spalle, sconfitta. "Tu non hai idea di come sto. La mia vita non è facile come credi. Non ho dormito tutta la settimana, il mio lavoro è sempre più impegnativo, e non riesco a pensare ad altro che a te."

Le venne da ridere. "Ma smettila! Puoi cambiare tutto, se vuoi. Ma tu non vuoi." Raddrizzò la schiena, incerta sul da farsi. Cosa preferiva, rimproverare Abby o baciarla? Nessuna delle due alternative avrebbe comunque fatto la differenza. Forse era vero, forse Abby aveva dei sogni su loro due insieme, ma se avesse voluto fare qualcosa per realizzarli, l'avrebbe già fatto.

"Sì che voglio! Ma non è così facile." Stavolta fu Abby a sollevare il braccio. "Questo per te sarà pure un rifugio. Ma può anche essere una prigione. Una prigione che mi impedisce di fare ciò che voglio."

"Ma tu non sei di questo mondo ricco e superficiale! Cosa direbbe tua madre?"

Abby abbassò la testa.

Jordan alzò le mani e iniziò a fare avanti e indietro. "Non

so se ce la faccio ad andare avanti così. Pensavo di riuscire a fingere, ma le bugie mi restano bloccate in gola."

"E infatti non lo sono!" rispose Abby a scoppio ritardato. "Questo matrimonio, il mio lavoro, non sono da me."

"Sembra di sì, per come la vedo io." Fece una pausa. "Finirò il lavoro, come promesso. Ma non aspettarti che ti stia intorno, il gran giorno, per brindare alla coppia felice."

Abby annuì. "Sì, è ovvio. Vorrei che le cose fossero andate diversamente. Che ci fossimo conosciute in circostanze diverse." Le sfiorò il braccio con la punta delle dita.

Fu un tocco leggero, ma sufficiente per scatenare in lei un fremito di desiderio. La guardò negli occhi.

"Non ho mai voluto farti soffrire, Jordan. Ci tengo a dirtelo. Mi sento a pezzi per averlo fatto."

Lei sussultò. Le emozioni la stavano travolgendo. Non poteva più tornare dentro. Non poteva più dare una stretta di mano a Marjorie, né far finta che fosse tutto a posto davanti a Marcus.

Doveva andare via.

Abbassò la borsetta dalla spalla e rovistò all'interno, per prendere le chiavi della macchina. Si morse un labbro, ricacciò indietro le lacrime. Non voleva che Abby la vedesse piangere. Deglutì a fatica. Inspirò l'aria della sera. Doveva essere forte.

"Non posso restare." Agitò le chiavi. "Puoi dire che ho avuto un'emergenza?"

Abby le rivolse uno sguardo gentile. Fin troppo gentile. Ci mancò poco che le facesse perdere il controllo.

"Ma certo."

La ringraziò con un cenno del capo. Era in un vortice di confusione. Cosa le aveva fatto Abby? Un minuto, avrebbe voluto rimproverarla; il minuto dopo, stringerla a sé e non lasciarla mai più.

Cercò di scuotersi di dosso quei pensieri, mentre camminava inciampando sulla ghiaia. Per fortuna la macchina era vicina. Salì e sbatté la portiera arrugginita. La quiete all'interno generò in lei un senso di sconfitta.

Si aggrappò al volante. Fece respiri profondi. Doveva andare. Fuggire da lì, dalla strana vita che si era costruita e che adesso la stava facendo a pezzi. Doveva trovare un altro lavoro. Un lavoro che non la esponesse a quella follia.

Girò la chiave. Il motore tossì, poi si spense. Riprovò. Stessa cosa. Riprovò ancora.

Niente.

Sbatté le mani sul volante, stavolta con le lacrime agli occhi. Era sempre stata leale a Carrie. E allora perché Carrie la stava lasciando a piedi, proprio in quel momento?

Perché la sua vita la stava lasciando a piedi?

Perché non riusciva mai a tenersi una ragazza?

Le lacrime le rigarono le guance; non poté fare nulla per fermarle. Ben presto, scoppiò in un pianto a dirotto. Non le importava più trattenersi.

La disperazione s'impadronì di lei: la Jordan che di solito era seria e composta, la straordinaria damigella professionista, stava crollando. Che ironia: era pure sul sedile del conducente. Di norma, era lei a condurre la sua vita. Era lei ad averne il pieno controllo. Ma da quando aveva conosciuto Abby, il controllo le era stato tolto. Ora non sapeva che fare.

Abby stava per sposare Marcus.

Lei era innamorata di Abby.

Un rumore alla sua destra la indusse a drizzare la schiena.

Avevano bussato al finestrino. Chiuse forte gli occhi e li riaprì. Bussarono di nuovo. Girò la testa a destra.

Era Abby.

Non voleva farsi vedere in quello stato. Non voleva far sapere ad Abby che si era lasciata andare.

Altri colpetti al finestrino, poi una folata d'aria calda, con la portiera che si apriva.

Abby si chinò sulle ginocchia e le prese una mano.

Era troppo. Non dovevano fare così. Abby per lei era come una droga di classe A. Una sniffata non era mai abbastanza.

"Lasciati aiutare." La sua voce era calda, suadente.

Scosse la testa. "Torna alla tua festa."

"Non se sei ridotta così. E se la tua macchina non parte."

Prese un fazzoletto di carta e si soffiò il naso. I pensieri su come era conciata erano spariti. Era in modalità sopravvivenza. "Sto bene. Devo solo chiamare un taxi e lasciare qui la macchina."

Abby si alzò, porgendole una mano.

Lei fissò la mano, poi la prese, e un istante dopo la ghiaia scricchiolò sotto i suoi piedi. Quando ebbe il viso all'altezza del viso di Abby, barcollò.

Istintivamente Abby la prese tra le braccia e la strinse a sé.

Jordan non aveva più la forza di resistere. Al contrario, sprofondò nell'abbraccio. Ogni parte del suo corpo gioì. E lei lo permise. Ormai non poteva più fare diversamente.

Trascorsero istanti di beatitudine. Quasi credette che fosse tutto okay. Che lei e Abby fossero insieme. Ma no, non lo erano. Con quella consapevolezza, si tirò indietro; i loro visi si staccarono di una spanna.

"Mi dispiace, sono un disastro. Normalmente non succede. Normalmente non vado a letto con la sposa." Si sforzò di sorridere.

"Dai, su." Abby le rivolse un sorriso triste. "Anch'io ho il cuore a pezzi." Fece una pausa. "Mi piace... la tua macchina. È magnifica. Unica. Proprio come te."

Jordan l'afferrò per le braccia. Abby stava tremando. Il che rendeva più difficile andare via. La guardò, avvicinandosi alle sue labbra, mentre Abby faceva altrettanto.

Cos'era che non capiva? Doveva fermarsi. Non poteva, né voleva essere solo l'altra, tra Abby e Marcus.

Le loro labbra si toccarono. Il mondo per un attimo si aggiustò. Con le labbra di Abby sulle sue, tutto era possibile.

Ma anche no.

"Che cazzo fate?" Delta si era materializzata dal nulla.

Jordan scattò indietro; Abby pure.

Non sapeva chi o da che parte guardare. Non Delta. Men che meno Abby.

"Non è come sembra," disse Abby, sollevando una mano.

Delta si mise una mano su un fianco. "Ah no? Allora spiegami com'è! Per come la vedo io, vi stavate baciando. E non sembrava neanche la prima volta!" Il suo sguardo passò da Jordan ad Abby.

Entrambe distolsero gli occhi.

Delta rimase immobile a osservarle, mentre il puzzle si ricomponeva nel suo cervello. "Oh. Mio. Dio. Non è la prima volta, eh? Lo sapevo che non me la raccontavate giusta, a Cannes. Ma non l'avevo capito, che era una tresca. Da quanto..."

"Eccovi! Mi stavo appunto chiedendo dove fossero sparite

la mia sposa e le sue damigelle!" Marcus si avvicinò tutto sorrisi. Finché non vide i loro volti.

"Cos'è successo? State bene?" Guardò Jordan, poi Abby, poi Delta. Infine si soffermò su Abby. "Cos'è successo? Jordan piange e voi due siete sclerate."

Jordan scosse la testa. "Ho avuto brutte notizie. Purtroppo devo andare. Entro domenica starò bene. Devo tornare a casa adesso, ma la mia macchina non va. La mia coinquilina direbbe che è solo colpa mia, perché ho un'auto vecchia come il cucco." Provò a sorridere, ma non ci riuscì.

Marcus la scrutò, poi prese il cellulare dal taschino interno della giacca. "Ti aiuto io. Adesso chiamo un taxi, e vai a casa con quello. Domattina faccio venire il nostro meccanico a sistemare Carrie."

Ma Marcus era uscito dall'utero già galantuomo?

"Non devi," disse Jordan.

"Lo so, ma ci tengo ad aiutarti. Sei sconvolta, e vuoi un gran bene alla tua macchina." Marcus accarezzò il tetto di Carrie. "Lascia che ci pensi io. Nelle ultime settimane hai risolto ogni cosa per noi, e l'hai fatto in grande stile."

"Puoi dirlo forte," sbottò Delta.

"Infatti," concordò Marcus, sorridendole. "Ha soddisfatto ogni esigenza di Abby." Guardò Jordan. "Ora te lo risolvo io un problema. Okay?"

Una cascata di sensi di colpa la investì. "Grazie, sei molto gentile."

Capitolo 27

Era la notte prima del matrimonio. Abby era rimasta a Turnbull House. Marjorie era passata per augurarle buona fortuna; si era fermata solo cinque minuti, ma erano bastati per snervarla. Il modo in cui l'aveva guardata... Be', era come se sapesse che aveva bisogno di tutta la fortuna del mondo.

Il che era ridicolo. Marjorie non sapeva un bel niente.

Fino al giorno prima, *nessuno* sapeva un bel niente.

Ma ora Delta sapeva. Ed era incazzata, perché non le aveva detto niente. L'amica aveva cercato di farla parlare la sera prima, ma lei era rimasta incollata a Marcus, poi aveva evitato di guardare il cellulare fino al pomeriggio. Adesso mancavano meno di ventiquattro ore al matrimonio. Non poteva più sfuggire a Delta, né a Taran. Era cosa normale che la sposa e le damigelle stessero insieme la notte prima del matrimonio. A bere vino e a spettegolare. Peccato che i pettegolezzi di Abby fossero tutto tranne che normali.

Delta versò a tutte e tre un altro calice di prosecco, poi si sedette sul divano color oro in fondo al letto. Con occhiate significative, Abby le aveva intimato di non tirare in ballo Jordan quando c'era Taran; Delta le aveva dato un tacito cenno di assenso.

Invece di chiederle di Jordan, l'amica le aveva applicato

una maschera antibrufoli sul viso. Perché un altro delizioso effetto di tutto lo stress che Abby aveva addosso, era stato un fiorire di brufoletti sul mento. Poi Delta aveva aggiornato lei e Taran su come andavano le cose con Nikita. Risposta: bene. Nel giro di una settimana, le due si erano persino dette che potevano essere una vera coppia. Per Delta, un grande passo avanti. Di sicuro non soffriva più per essere stata scaricata.

"Io e lei siamo in sintonia. Ero sconvolta per Nora. Per quello, Nora veniva sempre prima di te. Scusami, Abby. Dopo una sola settimana con Nikita, ho capito che i sei mesi con Nora non sono stati niente. Non è strano, come si possa stare con una persona, mettendoci tempo ed energia, e quando è finita, chiedersi cosa si stava a fare con lei?" Lanciò ad Abby uno sguardo tagliente.

Abby chiuse gli occhi.

"Da quando Nikita è in tutto e per tutto nella mia vita, è come vivere sotto un cielo senza nubi."

Quelle parole andarono dritte a segno. Lo stava facendo anche lei con Marcus? Acconsentire e fingere? Anche solo parlare con Jordan, o toccarle la mano, la faceva sentire più viva di quanto si fosse mai sentita con Marcus. Provò un impeto di calore al ricordo del bacio in cucina a Cannes. Eh sì, Jordan aveva proprio lasciato il segno. Quand'era scappata a casa, dopo la cena di prova, Abby avrebbe voluto precipitarsi da lei, ma era rimasta inchiodata dov'era.

Suonò il cellulare di Taran. Lei lo guardò e sorrise. "È Ryan." Si alzò. "Torno subito."

"Come no," le gridò dietro Delta. Quando la porta si chiuse, si rivolse ad Abby. "Ora che siamo sole, dobbiamo parlare di un paio di cosette." Alzò un sopracciglio. "Di quello che ho detto prima, ti suona vero qualcosa? Non so che cazzo ti succede, Abby, ma devi affrontare la realtà."

"Lo so."

"È successo qualcosa con Marcus, che ha provocato il resto?"

Scosse la testa. "No, lui non sospetta niente. O almeno, spero di no. Per lui va tutto bene. È tutto normale."

"A me non sembra affatto che vada tutto bene." Fece una pausa. "Me lo dici o no, cosa ti è successo? Ieri sera ti ho sgamata che baciavi una donna. Altro non so."

Non c'era un modo facile per dirlo, per cui decise di vuotare il sacco e basta. "Ho baciato Jordan a Cannes. Poi ho fatto sesso con lei. E adesso la sto evitando, perché non so che fare."

Delta si bloccò a metà sorso di Prosecco. La guardò come fosse ammattita. "Che hai fatto?" Si accigliò. "Ti sei scopata Jordan? E quando cazzo ti sei scopata Jordan?"

Lei abbassò la testa. "In aereo."

"In aereo!?" La voce di Delta si era alzata di diverse ottave.

Abby mise giù il calice e agitò una mano. "Smettila di gridare. Non voglio che lo sappiano tutti."

"Eh certo!" Delta scosse la testa. "E io che pensavo di essere stata l'unica fortunata del weekend." Corrugò la fronte. "Ma non è una bella notizia. O sbaglio?"

Appoggiò la testa indietro. "Non quando sto per sposarmi. No."

"Tu e Jordan." Delta era perplessa. "Allora è per questo, che stasera aveva tanto da fare e non è venuta."

Annuì. "Le ho mandato un messaggio per dirle di venire solo domani."

Delta alzò un sopracciglio: Abby capì al volo cosa ne

pensava. "Ma com'è possibile? Sei stata a letto con una ragazza una sola volta, all'università. Poi hai frequentato solo uomini. O almeno è così, per quanto ne so io."

Infatti. Fino a Jordan. "Senti, è successo e basta. Abbiamo parlato tanto, nel weekend. Lei mi piace. Non so come, ci siamo baciate. Poi l'aereo."

"Non ci credo che l'avete fatto in aereo. Come ci siete riuscite, senza farvi scoprire?"

"Eravate tutte stravolte, al ritorno. Adesso la stravolta sono io. Non dormo più. Mi hanno appena affidato un grosso progetto in ufficio, e domani mi sposo. Dovrei essere felicissima. Invece non penso ad altro che alla mia finta damigella. Che però evito più che posso. Come ho fatto a incasinarmi la vita così?"

"Sinceramente non ne ho idea." Delta si appoggiò allo schienale. "Ma scusa, cosa significa? Pensavo volessi un gran bene a Marcus." Si indicò il petto col pollice. "Io voglio bene a Marcus. *Tutti* vogliono bene a Marcus."

Non voleva più sentirselo dire. "Lo so che tutti vogliono bene al fottutissimo Marcus. Perché Marcus è fottutamente adorabile. Credimi, io *amavo* Marcus." Il lapsus la spaventò. Si affrettò a correggersi. "Io *amo* Marcus." Fece spallucce. "Non so più cosa penso."

Delta si sporse avanti. "Stai per sposarlo, Abby. Se hai dei dubbi, dillo pure." Fece una pausa. "Adesso sei gay? Bisex?"

"Non lo so. Mi piace Jordan. Ma amo Marcus."

Delta la fissò. "Ti piace, o ami Jordan?"

Si prese la testa fra le mani. Non intendeva mettersi a piangere. Era la domanda che aveva evitato di farsi a ogni costo.

"Non lo so. Ero felice, tiravo avanti, facevo le mie cose. Poi ho conosciuto Jordan, qualcosa è cambiato. Lei ha innescato un detonatore in me, e io non riesco a disinnescarlo."

Delta si sedette più avanti. "Abby, ascolta. Per me va benissimo sperimentare. Per me fa benissimo chi lo fa per capire chi è veramente. Ma qui la faccenda è seria. Ti sposi tra meno di ventiquattro ore."

"Non c'è bisogno che me lo dici in continuazione."

"Mi sento in dovere di farlo. Stai andando alla deriva. Non è da te. Normalmente sai quello che vuoi e ti impegni finché non lo ottieni. Volevi il matrimonio. Volevi i bambini. Me l'hai sempre detto."

"Non è cambiato niente."

"Ma li vuoi con Marcus? Perché se non è così, se il matrimonio è già spacciato, non è giusto sposarlo."

"Non posso annullare tutto adesso."

Delta le prese la mano. "Ami ancora Marcus? Pensi di riuscire a far funzionare il vostro rapporto?"

Lei si impietrì. "Sì." Le si rivoltò lo stomaco. "No." Tirò su le mani. "Non lo so."

Delta scosse la testa, tornando ad appoggiarsi allo schienale del divano. "Abs, cosa mi diresti di fare, se i nostri ruoli fossero invertiti?"

Aveva centrato il punto. "Ti direi esattamente quello che hai appena detto a me. Che non è giusto fare questo a Marcus, né a me stessa, se non sono del tutto sicura."

Bussarono alla porta. "Abs?"

Era Marcus.

Abby balzò in piedi. "Ci avrà sentito?" Le venne paura. Le sembrava già di aver fatto una gaffe.

Delta scosse la testa. "No. I muri sono spessi."

Sperò che avesse ragione. Andò alla porta, ma non l'aprì. "Non possiamo vederci. Porta sfortuna."

"Lo so. Volevo solo dirti che Jordan è venuta a prendere la macchina. Oggi le ho mandato un messaggio per avvisarla che era pronta. Ha voluto venire stasera. Ma le chiavi le hai tu. Lei è in reception. Gliele porti giù?"

Jordan era lì? Barcollò. Le gambe erano diventare di gelatina. "Sì, va bene."

"Ottimo." Una pausa. "Ci vediamo domani, quasi-moglie!"

Aspettò un momento, prima di girarsi verso Delta. Era certa che le si leggesse in faccia ciò che provava nelle viscere. E infatti, Delta lo espresse a parole prima di lei.

"Non puoi scendere tu."

"Lo so."

"Ci vado io."

"Okay." Andò a prendere le chiavi nel borsone. Aveva i nervi tesi come le corde di un violino. Sì, da Jordan poteva andarci Delta. Lei l'avrebbe vista l'indomani, e solo per poco. Si sarebbe sposata e avrebbe archiviato la faccenda come un episodio dello sclero pre-matrimoniale.

O forse no. Forse era meglio tagliare i ponti subito. "Ci ho ripensato. Vado io. Sistemo tutto adesso."

Delta fu lesta ad afferrare le chiavi ciondolanti dalle sue dita. "Eh certo. Perché l'ultima volta hai sistemato tutto alla grande." Le diede un'occhiataccia. "Lascia fare a me. Per il tuo bene."

Abby trasalì.

Delta uscì dalla camera.

Fissò la porta. Sembrava che custodisse la chiave del suo futuro. E in un certo senso, era così. Spostò il peso da un piede all'altro. Forse le serviva solo vedere Jordan. Vedere la sua reazione. Dunque non era meglio vederla subito, anziché l'indomani?

Prima di ripensarci, spalancò la porta, corse sulla moquette lungo il corridoio e poi giù dalla maestosa scala di legno.

Arrivò fino in fondo, dove si trovavano Delta e Jordan. Entrambe la fissarono. Solo allora si ricordò di avere in faccia la maschera antibrufoli. Scosse la testa. Era irrilevante.

"Ciao," disse Abby. Scrutò il viso di Jordan alla ricerca di un segno, ma Jordan non lasciò trapelare nessuna emozione.

"Ciao. Sono passata solo per prendere la macchina. Così domani vengo, e poi me ne vado senza creare fastidi."

Abby annuì. "Hai fatto bene." La tensione fra loro si poteva tagliare col coltello.

"Senti, Jordan," si intromise Delta, "è davvero opportuno che tu venga? Con tutto quello che è successo?"

Jordan abbassò la testa. Prese un respiro prima di rispondere. "Dipende da Abby. Ha pagato per un servizio."

"E tu hai fatto anche troppo, mi è parso di capire," la rimbeccò Delta.

Abby sussultò, ma non disse niente.

"Se non vuole che venga, Abby deve solo dirmelo. Il mio compito è aiutare la sposa, non remarle contro. Se non mi dice diversamente, ci sarò e farò il mio dovere, come stabilito. Anche se venire lì mi uccide."

Jordan sussultò come per trattenere le lacrime. Lanciò ad Abby uno sguardo incandescente.

Poi si girò sui tacchi e andò via.

Capitolo 28

Jordan spense il motore e rimase seduta in macchina sotto casa. Si aggrappò al volante.

Cazzo. Cazzo. Cazzo.

Che diavolo doveva fare? Ci era dentro fino al collo. Abby lo sapeva. Lei lo sapeva. Per tutta la settimana avevano cercato di contenersi, ma era stato impossibile. Il genio era uscito dalla lampada.

La portiera del passeggero si aprì con un cigolio. Jordan sobbalzò. Un istante dopo, Karen si sedette e richiuse la portiera sbattendola.

"Dovresti abbassare la sicura, dico davvero. Un maniaco col coltello potrebbe aprire e farti la festa."

"O peggio ancora, tu." A dispetto di se stessa, Jordan sorrise.

Karen accese la luce dell'abitacolo e si girò a fissarla. "Allora, l'hai vista?"

Annuì.

"E...? Tutto risolto?"

Jordan le lanciò un'occhiata. "Sì. Abbiamo fatto una scopata di addio, e adesso è finita."

Karen sbuffò. "Pub, allora?"

Sospirò. "Magari."

Karen sbatté un palmo sul cruscotto. "Cos'è successo, veramente?"

"Sono andata lì per prendere le chiavi. Ho visto Marcus. Poi è scesa Delta. Poi Abby. È stato tutto molto imbarazzante." Sospirò. "C'è... Ogni volta che siamo vicine, c'è una tensione nell'aria. Non riesco a capire bene cos'è. Quando ho intorno Abby, faccio fatica a respirare."

"Si chiama desiderio, Jordan. È quando baci qualcuno, ci fai del sesso illecito, poi non riesci più a pensare ad altro, finché non succede ancora."

"È fottutamente snervante. Altroché se lo è. Come fai a finire un lavoro, se ti succede una roba del genere? Non riesco a concentrarmi su niente. Penso solo a lei. Ad Abby. Tutto il santo giorno."

Karen le mise una mano sul ginocchio. "Si chiama 'innamorarsi'."

Jordan sollevò le mani. "Non ho tempo di innamorarmi. Soprattutto di una che devo far sposare. Abby dirà *Sì, lo voglio* domani, e io sono qui seduta in macchina a chiedermi se cambierà idea. Sinceramente, chi sto prendendo in giro? Sono io l'esperta di matrimoni, giusto? Ne ho fatti quasi trenta. In quanti, la sposa, o anche lo sposo, se l'è data a gambe?"

Karen storse la bocca da un lato, poi dall'altro. "Neanche uno?"

"Esatto. Neanche uno. Le spose non scappano mai, neanche se non amano lo sposo. Neanche se sono andate a letto con un altro. Neanche se lei mi ha detto che si è innamorata di me."

Rimasero in silenzio. Fuori passò una coppia sul marciapiede; camminavano ridendo.

Cos'avrebbe dato lei, per essere altrettanto spensierata!

Si trovava sul filo del rasoio: che saltasse da una parte o dall'altra, si sarebbe comunque fatta male.

"Domani devi andare al matrimonio? Se Abby non intende farci niente, andare a vedere che si sposa è un'inutile crudeltà."

"È il mio lavoro. Mi ha assunto per quello."

"Ma le circostanze sono cambiate. Ci sarà pure una scappatoia, se tu hai finito per innamorarti della sposa, e la sposa di te?"

Jordan fu scossa da un brivido. "Nessuno ha mai parlato d'amore."

"Allora cos'è, secondo te? Un'infatuazione? A me non sembra proprio. Da quando sei tornata, sei fuori come una mina. Lei pure, da quello che mi dici."

"Ha importanza? No. Entro domani non cambierà un bel niente."

"A meno che qualcosa o qualcuno lo faccia cambiare."

Si voltò verso Karen. "Cosa vuoi dire?"

"Che non ci si innamora di persone a caso. Tu, Abby, ce l'hai sotto pelle, e non riesci a ignorare come ti senti. Se anche lei si sente così, forse dovreste parlarne, prima che vada all'altare. Proprio così. Vai e diglielo."

"Sei matta? So che i miei sentimenti sono veri. Anche i suoi, credo. Ma se mi sbaglio? O peggio ancora, se ho ragione, ma lei non è disposta a far saltare le nozze?" Perché fino ad allora era stato così.

"Almeno ne sarai sicura, e non passerai l'anno prossimo a chiederti cosa sarebbe successo se."

"No, ma lo passerò a cercarmi un altro lavoro, visto che non mi vorrà più nessuno come damigella professionista."

Karen fece ondeggiare una mano. "L'hai detto tu, che non

puoi fare quel lavoro per sempre. O potresti farlo ancora, magari non nello stesso ambiente sociale."

"Si spargerebbe la voce sulla damigella che si scopa la sposa."

"Non pensarci. Pensa invece a cosa provi per Abby." Karen indicò il petto di Jordan. "Cosa succede qui, quando la nomino?"

Sussultò. "Inizia a battermi forte il cuore."

"Come ti senti, se ti dico che sposerà Marcus?"

"Devastata." Si appoggiò allo schienale, allontanando la mano di Karen. La risposta ai suoi dubbi arrivò in un lampo. "Credo che smetterò comunque, di fare la damigella professionista, anche se Abby si sposa. Questo lavoro me la ricorderebbe troppo."

"Wow!" Karen tamburellò con le dita sul cruscotto. "Quindi: se si sposa, cambi lavoro; se non si sposa, cambi lavoro. Togliendo il lavoro dall'equazione, cos'hai da perdere? Sei la sua damigella. La vedi domattina prima che entri in chiesa. Dille cosa provi per lei. E se poi preferisce ancora sposarsi, vuol dire che non valeva la pena correrle dietro sin dal principio. Perché tu, Jordan, meriti qualcuno che vuole te e solo te."

Fissò la sua migliore amica.

Karen aveva ragione. Era una questione di cuore. In quanto tale, non poteva ignorarla.

Il cellulare si illuminò con l'arrivo di un messaggio. Jordan guardò il display.

Era Abby.

Iniziò a tremare. Che avesse pensato la stessa cosa e avesse preso l'iniziativa? Le aumentò il battito cardiaco. Prese il cellulare e premette il tasto per leggere il messaggio.

Ciao Jordan. Ho pensato a quello che ha detto Delta. Forse ha ragione. Non devi venire domani. Sarebbe troppo dura per entrambe. Grazie di tutto. Abs

Fissò il messaggio. Tutte le stelle dell'universo esplosero. Il sole perse tutto il suo calore. Il suo cuore si sgretolò in un milione di pezzetti.

Abby aveva preso la sua decisione.

Appoggiò la fronte al volante, le sfuggì un leggero singhiozzo, contrasse il viso.

Lo sapeva che sarebbe andata a finire così.

Ma una volta successo, la verità era molto più dura da accettare.

Capitolo 29

Abby salì sulla Jaguar bianca d'epoca con l'aiuto della mamma. Gloria era strepitosa; indossava un abito in tinta unita, con un fascinator bianco e nero perfettamente posizionato sulla chioma rossa fresca di parrucchiere. La portiera della macchina si chiuse, e le due rimasero sole. Il cofano era decorato con festosi nastri color crema. Le damigelle erano già andate con un'altra macchina. Davanti c'era l'autista, con tanto di cappello con visiera. Le ricordava Michelle.

L'aereo.

Jordan.

Basta.

La Jaguar percorse la strada principale del paese. Superò la banca HSBC. Superò il parco con gli alberi in fiore.

Il sole era un bottone giallo brillante attaccato al cielo. Eppure, ovunque volgesse lo sguardo, Abby vedeva il mondo come attraverso un filtro scuro. Aveva un'acconciatura perfetta, un trucco perfetto, un vestito perfetto. Ma sotto il vestito, le sembrava che le ossa e la carne non fossero più attaccate a lei. Le sembrava di essere nel corpo di un'altra persona. "Sei sicura che a papà va bene non essere venuto in macchina con noi?"

Gloria annuì. "Sì, non gli scoccia. Ci voleva qualcuno che

accompagnasse sua madre; così abbiamo risolto." Fece una pausa. "Sorridi, tesoro. Stai per sposarti, ricordi? Non dovrebbe essere un evento felice?"

Abby le rivolse un sorriso teso. "Così si dice. Ma sarà vero che la gente non vede l'ora di sposarsi? Con tutti i preparativi, e poi la tensione di pronunciare i voti davanti a tutti? Ma che idea di divertimento è?"

Gloria le prese una mano e la strinse. "È snervante, sì. Ma anche emozionante. Oggi dichiari a tutti che ami Marcus. Che hai scelto lui come compagno di vita. È logorante, ma è anche l'inizio della tua nuova vita." Le diede un'altra stretta.

Sussultò. Non osava guardare la madre per paura di rivelare cosa sentiva. Cioè che non era affatto sicura di volerla, quella nuova vita.

Rimase in silenzio a osservare una motocicletta che procedeva di fianco alla macchina. La donna dietro era vestita di pelle. Quando girò la testa e la vide col vestito bianco e il velo, le fece il pollice in su.

Ricambiò con lo stesso gesto. Non era la cosa più assurda che faceva, quel giorno.

Gloria le accarezzò la mano.

Abby sbatté le palpebre e si voltò, incrociando il suo sguardo. Quando vide la preoccupazione nei suoi occhi, guardò altrove.

"Dicono tutti che il giorno del matrimonio è il giorno migliore della tua vita. E hanno ragione, dovrebbe esserlo. Ma a volte è tutt'altro."

Abby prese un respiro profondo. Che la mamma le avesse letto nel pensiero?

"Se per te non è il giorno migliore, e neanche un giorno

semi-bello, fai ancora in tempo a cambiare idea. Non è troppo tardi, Abby."

Si sentì contorcere lo stomaco. Le venne la nausea. Cosa stava dicendo la mamma?

"Al contrario, è il momento perfetto per cambiare idea. Meglio adesso che dopo esserti sposata. Ricorda: parli con una che lo sa. Il mio primo matrimonio era buono solo sulla carta; la realtà era ben diversa."

Si voltò. Non era la prima volta che sentiva quella storia. Ma adesso era molto più coinvolgente.

"Ricordo ancora quando sono andata al primo matrimonio, anche se cerco in ogni modo di dimenticarlo. Ero spaventatissima, nella macchina nuziale. Pioveva a dirotto. Come se il cielo lo sapesse. Una sensazione opprimente mi diceva *Non farlo*, ma non l'ho ascoltata." Fece oscillare una mano davanti ad Abby. "Guardati. Sei splendida. Il tuo vestito è perfetto, proprio come te, ma ho i miei dubbi che questo sia il giorno più felice della tua vita. Di certo non voglio che finisca per essere il peggiore. Ma ho paura che lo sarà."

Non credeva alle sue orecchie.

"Ho visto come guardavi Jordan all'addio al nubilato. Ho visto come ti guardava lei. Non so se è successo qualcosa. Sono cose vostre. So anche che lei non c'era stamattina, e guarda caso, non viene al matrimonio. I due fatti sono correlati?"

Prese un respiro profondo e si girò a guardare la mamma. Non poteva mentirle.

Le disse di sì con la testa; subito dopo, portò una mano alla bocca. Non doveva piangere. Si sarebbe rovinata il trucco.

"Ho fatto un passo indietro e ti ho lasciata fare, ma ora non posso restare a guardare mentre fai l'errore più grande della tua vita. E credimi, non ha niente a che fare con Marcus. Voglio bene a Marcus. Tutti vogliono bene a Marcus. Ma non è un motivo sufficiente per sposarlo. Devi seguire il tuo cuore, Abby. Segui sempre il tuo cuore. Non so se ami o non ami Jordan. O se quello che c'è tra voi può evolvere in qualcos'altro. Solo tu lo sai.

"Qui però si tratta di te e di Marcus. Se non lo ami, non sposarlo. Qualunque sia la tua decisione, hai tutto il mio sostegno." Fece una pausa. "Lui ha dei sospetti?"

Il petto di Abby si alzò e si abbassò. "Non penso."

Gloria lasciò passare alcuni secondi. "È successo qualcosa fra te e Jordan?"

Il respiro di Abby accelerò. Annuì. "Sì." Fu un sussurro. Impregnato di vergogna e di desiderio.

"Potrebbe esserci qualcosa di più?"

Sospirò. "Non lo so. Sì. Forse. Se vorrà ancora avere a che fare con me, dopo che l'ho trattata malissimo." Se avesse potuto viaggiare indietro nel tempo, l'avrebbe fatto. Ma adesso, ce l'aveva il fegato di cambiare le cose?

"Basta dirlo, Abby." La madre le prese di nuovo la mano. "Questo giorno può essere ciò che vuoi tu. Può essere l'inizio di una vita nuova. Insieme con Marcus, oppure no. Papà e io ti vogliamo bene. Ti staremo accanto, qualunque sia la tua decisione."

Capitolo 30

"Non ci credo che lo stiamo facendo! È come essere in un film di Richard Curtis. O in un revival di *Carry On Wedding*. È una puntata della serie *Carry On*, o sbaglio?"

Jordan chiuse le mani intorno alle ginocchia, mentre Karen inchiodava al semaforo con uno stridore di freni. Controllò l'orologio. Quasi l'una e quaranta. Il matrimonio era alle due. Avevano poco tempo.

"Se non lo è, dovevano farne una intitolata così. Se invece lo è, vedrai che in chiesa troviamo l'attrice Barbara Windsor."

Si era svegliata al mattino con lo stomaco chiuso e il cuore dolente. Aveva rigirato il toast nel piatto e fissato il caffè, finché Karen non l'aveva costretta a riflettere su ciò che voleva, o che non voleva. Voleva Abby? Perché se la risposta era sì, non aveva altra scelta. D'accordo, lei normalmente non si comportava così. Non prendeva mai l'iniziativa, non dichiarava mai i suoi sentimenti. Ma visto che le relazioni avute in passato non erano state un successone, forse era arrivato il momento di cambiare tattica.

Karen si era offerta di guidare; lei aveva accettato. Stava rincorrendo ciò che voleva. Voleva sapere al di là di ogni dubbio se con Abby era finita. Non voleva lasciarsi alle spalle dei 'cosa sarebbe successo se'. Ma non aveva idea di che situazione avrebbe trovato quando si sarebbero riviste. Abby l'avrebbe ascoltata? O l'avrebbe presa a schiaffi? Entrambe le reazioni avrebbero comunque dimostrato che tra loro c'era qualcosa.

Il semaforo diventò verde. Sentì un fremito nel petto. Sussultò guardando il cellulare. Secondo il navigatore, erano a due minuti dalla chiesa. La Chiesa di San Cristoforo. Il santo patrono dei viaggiatori. Chissà se Abby aveva preso la strada meno trafficata.

"Sei pronta? Siamo quasi arrivate."

Annuì; il suo ginocchio coperto dai jeans andava su e giù. Aveva preso in considerazione di mettersi l'abito da damigella, per finire comunque il lavoro. Ma non era masochista, né c'era un premio per diventarlo, come le aveva ricordato Karen. Alla fine si era infilata dei jeans puliti, scarpe brogue, una camicia bianca e un blazer blu. Perché doveva avere tutto l'aspetto della persona per cui Abby sarebbe stata disposta a buttare all'aria il matrimonio.

Abbassò l'aletta parasole per guardarsi allo specchietto. Il trucco era a posto. I capelli pure. Le mancava solo il lieto fine che desiderava tanto. O almeno la possibilità di adoperarsi per un lieto fine. Almeno quella. Stava facendo la cosa giusta? Non ne aveva idea. Ma non poteva ignorare il tuffo al cuore che sentiva ogni volta che pensava ad Abby.

Non era stata solo opera sua. Anche Abby aveva fatto la sua parte. Per Jordan era arrivato il momento di scoprire se era capace di assumersi il ruolo di guida, e se sì, di farlo per sempre.

"Sai che macchina nuziale ha?" Karen lanciò uno sguardo allo specchietto retrovisore. "Per caso, una Jaguar bianca?"

Annuì. "Sì, d'epoca. L'ho prenotata io."

"Come quella che abbiamo dietro?" Karen la indicò col pollice.

Si girò, e le scoppiò il cuore dall'emozione.

Istintivamente sprofondò nel sedile. "Merda. Mi sa che sono loro."

Karen guardò a sinistra, mise la freccia e si fermò davanti alla chiesa; sul sagrato si aggiravano gli ultimi ritardatari.

Dopo aver spento il motore, si girò e le prese una mano. "Inizia lo spettacolo. Sei pronta?"

Lei annuì con determinazione, nonostante le farfalle nello stomaco. "Andiamo." Sollevò lo sguardo: sul viale della chiesa c'erano Delta e Taran. Venivano nella loro direzione. Doveva ignorarle. Doveva pensare solo al motivo per cui era lì.

Scese dalla macchina mentre la Jaguar parcheggiava alle loro spalle. Nella sua testa, le ruote stridettero. L'aria calda di giugno le accarezzò il viso. Suonarono le campane della chiesa. Al di là della strada, sul prato, un bambino diede un calcio a un pallone verso la mamma. Per loro era un giorno normale. Per lei no. Era il giorno più importante della sua vita.

L'autista fece il giro della macchina nuziale e aprì la portiera.

Gloria scese per prima. Aveva un'espressione pensierosa.

Poi l'autista tese una mano, e scese Abby, avvolta nell'abbraccio del suo elegante abito da sposa.

Jordan sussultò.

Abby era a dir poco stupenda. E stava per sposarsi. Forse l'avrebbe fatto lo stesso, anche dopo averla ascoltata. Il che non significava rinunciare a parlarle. Andò da lei a gran passi, proprio nel momento in cui la fotografa iniziava a istruirla su come mettersi in posa davanti alla macchina nuziale.

Riconobbe subito Heidi. L'aveva già vista ad altri matrimoni.

"Abby?"

Abby si girò, e non appena la vide, emise un sussulto udibile. "Jordan..."

Che meraviglia, il proprio nome pronunciato dalla sua voce. "Prima di fare le foto, posso dirti una cosa?"

Abby la guardò, confusa. "Okay," rispose con tono interrogativo. Poi si rivolse alla fotografa. "Ci dà due minuti?"

Heidi controllò l'orologio. "Dobbiamo fare subito le foto, è tardi."

"Non era una domanda," si corresse Abby con freddezza.

Heidi indietreggiò, annuendo.

"Abby, senti." Era Delta. "Non devi farlo."

Gli occhi della sposa si indurirono. "Sì, invece." Guardò storto la damigella d'onore. "Non è una decisione che spetta a te."

Jordan trattenne il respiro.

Delta tese la mano. "Almeno dammi il bouquet."

Abby glielo consegnò.

Ecco. Ora lo spettacolo iniziava per davvero.

Inspirò profondamente e tirò indietro le spalle. Si era esercitata tanto, ma lì, su quel marciapiede, col pubblico vicino, si sentiva sotto pressione. Si sforzò di smettere di tremare. Sarebbe riuscita a farsi uscire le parole di bocca?

Doveva riuscirci. Non aveva altra scelta.

"Mi dispiace essermi ridotta all'ultimo momento." No, non era così che doveva dire. Cercò di recuperare il copione che aveva provato e riprovato fino allo sfinimento. Era lì da qualche parte nel suo cervello; doveva solo concentrarsi per ripescarlo. "Non posso lasciarti sposare Marcus senza dirti niente." La guardò negli occhi, ammirando i suoi zigomi strepitosi, i suoi capelli perfetti. Abby era bella da morire.

Se non fosse andata come sperava, le si sarebbe fermato il cuore.

"In queste settimane, è stato meraviglioso e straziante lavorare con te. Meraviglioso, perché ho potuto conoscere la bellissima persona che sei. Straziante, perché ti dovevi sposare."

Abby sbatté le palpebre. La stava ascoltando. Non era scappata.

"Per questo, ho chiuso l'idea di stare insieme nella scatola *Momento sbagliato, posto sbagliato*. Ho deciso di interpretare il mio ruolo di damigella professionista alla perfezione. Di sorridere, nonostante la sofferenza. Di farti sposare, come avevo promesso, e poi di dimenticarti. Ci stavo anche riuscendo bene, finché non siamo andate a Cannes. Finché non ci siamo baciate. Finché i miei sentimenti non mi hanno costretta a tirarli fuori dalla scatola." Chiuse gli occhi, sentendosi pervadere da un calore nervoso. Quando li riaprì, Abby stava fissando le sue labbra.

"Da allora è cambiato tutto. Come ti avevo detto, io non faccio queste cose." Con la mano destra fece un gesto circolare, indicando lo spazio di fronte a loro. "Io non mi lego a nessuno. Punto. Men che meno alle mie clienti. Ma da quando ci siamo conosciute, c'è un non so che nell'aria tra noi. Più avevo modo di conoscerti, più volevo conoscerti. Sei speciale, Abby. Hai occupato un posto nel mio cuore. Oggi non potevo lasciarti andare all'altare, senza prima chiederti se ti senti come me."

Si fece avanti e le prese una mano.

Fu un piccolo gesto, ma le parve tanto audace.

Tanto audace, sì, ma anche *tanto giusto*.

Il desiderio si riversò nella sua intimità come miele caldo.

La mano di Abby tremava. Ora Jordan non si ricordava più una sola parola del discorso che si era preparata. Doveva continuare parlando col cuore.

"So benissimo che questo non è il momento ideale per dirtelo. Ma dovevo provarci. Perché dirtelo dopo il matrimonio sarebbe stato peggio." Prese anche l'altra mano di Abby e la guardò negli occhi.

"Ho iniziato questo viaggio nei panni della tua damigella professionista. Ma ho finito per innamorarmi di te." Prese un respiro profondo. "Ti amo, Abby." L'emozione la travolse, ma proseguì. "Non mi sarei mai aspettata che succedesse, e mi dispiace se questo scombussola i tuoi piani per oggi. Se provi lo stesso per me, anche minimamente, forse possiamo costruire qualcosa partendo da lì. Forse possiamo creare una realtà fatta da me e te. Una realtà in cui non ti sposi con qualcun altro."

Non smise di guardarla negli occhi per quel che le parve un'eternità. Alla fine, Abby iniziò a scuotere la testa.

Jordan si sentì mancare la terra sotto i piedi.

Non doveva andare così.

Abby avrebbe dovuto gettarsi tra le sue braccia.

"Neanch'io me lo sarei mai aspettata," sussurrò la sposa. "Ho fatto fare all'autista il giro dell'isolato tre volte, perché se ci fossimo fermati, sarei dovuta andare all'altare. O quello, o spezzare il cuore a Marcus. Non mi piaceva nessuna delle due alternative. Non volevo più uscire dalla macchina. Alla fine però, ho deciso di non sposarmi. Poi sei comparsa tu. Appena ti ho visto, mi è venuto il batticuore. Anch'io ho cercato di ignorare i miei sentimenti, ma non posso più farlo."

Per poco Jordan non svenne.

Un briciolo di speranza era lì a portata di mano, ma non volle stringerselo subito al petto.

Abby lasciò cadere le mani. "Scusa per averti detto di non venire. Non potevo averti davanti senza lasciar trapelare i miei veri sentimenti. Ma hai ragione. Non devo sposarmi con Marcus, se il mio cuore mi dice di non farlo." Diede un'occhiata a Gloria, che si stava tamponando gli occhi con un fazzoletto. "La mamma mi stava giusto dicendo la stessa cosa. Che dovrei stare con una persona che amo davvero, non con una che dovrei amare."

Jordan trattenne il respiro.

"Sono felice che tu abbia corso il rischio di tornare da me. Hai avuto coraggio. E mi stai dando coraggio." La fissò. Prese un respiro profondo. "Ti amo anch'io. Scusami per non avertelo detto prima. Scusami per essere arrivata fino a questo punto, prima di dirtelo." Abbassò lo sguardo, poi lo risollevò. "Ma eccomi qui, col vestito da sposa, a dichiarare il mio amore a una persona che non intendo sposare." Scosse la testa e la fissò ancora dritto negli occhi. "Non ancora, perlomeno."

Il cuore di Jordan spiccò il volo.

Per alcuni secondi, tutto fu perfetto.

"Abby!"

Era la voce di Marcus.

Entrambe indietreggiarono, voltandosi nella sua direzione. Marcus stava arrivando lungo il viale della chiesa. Puntava dritto verso il gruppetto: oltre ad Abby e Jordan, c'erano Gloria, Karen, l'autista, Heidi, Delta e Taran. Il testimone principale dello sposo, Philip, gli stava alle calcagna.

Marcus indossava un elegante completo blu con la cravatta

rosa. Guardò da Abby a Jordan e viceversa. "Cosa succede? Perché Jordan non ha l'abito da damigella?" Aveva tutta l'aria di non capirci niente, pur sforzandosi parecchio.

"Che ci fai qui?" lo rimproverò Abby. "Porta sfortuna vedersi prima del matrimonio!" Subito dopo si rese conto di averlo detto in automatico, e assunse un'aria perplessa come gli altri.

"Ho voluto rischiare, perché un testimone mi ha detto che sembrava esserci un contrattempo." Fece una pausa. "Qualcuno vuole dirmi cosa succede?"

Abby lanciò un'occhiata a Jordan. "Te lo dico io," gli rispose con voce spezzata. Lo prese per mano e si allontanarono dal gruppo, ma non tanto da essere fuori portata d'orecchio di Jordan.

"Marcus, sappi che non avrei mai voluto che accadesse una cosa del genere. So che è difficile, ma tienilo presente." Fece una pausa, prendendo un respiro. "Sappi che ti voglio bene davvero. Una parte di me ti amerà sempre. Sei un uomo meraviglioso, e non ho dubbi che sarai un marito perfetto per un'altra."

Le spalle di Marcus si afflosciarono. Il suo volto si accartocciò. "Per un'altra?"

Jordan sperò che non si mettesse a piangere. Quello doveva essere l'incubo peggiore di Marcus. Di sicuro, lo sarebbe stato per lei.

Abby annuì. "Non per me. Mi dispiace." Fece una pausa e gli afferrò il braccio, chiaramente per fargli mantenere la calma. "So che questo è un momento terribile per dirtelo. Spero che un giorno riuscirai a perdonarmi. Ma credo che sia la decisione migliore per entrambi." Gli prese una mano. "Non posso sposarti, perché provo dei sentimenti per un'altra persona." Abbassò la testa. "Mi sono innamorata di Jordan."

Fu come se gli avesse dato un cazzotto. Marcus si scostò da lei e si infilò le dita tra i capelli. "Jordan? Ma è la tua damigella!"

Guardò Jordan, incredulo.

Abby prese un respiro profondo. "Lo era. Adesso è qualcosa di più. Non posso mettere da parte quello che provo per lei. Non posso sposarti, sapendolo. Tu e io siamo amici da tanto tempo. Non ho mai voluto ferirti. Credimi."

Lui continuava a scuotere la testa. "Tu e Jordan? Ma tu non sei gay!?"

Abby ignorò l'ultima frase. Non era il momento per le spiegazioni. "Ero felice con te. Credimi, per favore. Ma negli ultimi mesi mi sono venuti dei dubbi. Avrei dovuto dirtelo. Me ne rendo conto solo adesso."

Marcus si rivolse a Jordan. "Lo sapevo che eri troppo perfetta per essere vera."

Jordan trasalì. Era davvero un brutto colpo per lui. Gli si avvicinò. "Mi dispiace davvero, Marcus. Neanch'io avrei mai voluto che succedesse."

Lui continuò a fissarla. "Lo sapevo che in te c'era qualcosa che non andava. Ma questo!? Tu dovevi sistemare le cose! Tu dovevi solo togliere lo stress ad Abby! Se tu fossi un uomo, ti prenderei a pugni." Chiuse una mano e la riaprì.

Lei non si mosse. "Ne avresti tutto il diritto."

"No, per favore," disse Abby alzando la voce.

"Basta così! Niente risse." Delta si mise in mezzo tra Marcus e Jordan. "Marcus, sali sulla macchina nuziale e di' all'autista di portarti a casa. O al pub. Dove ti pare. Philip, vai con lui. Ci penso io a dire a tutti che il matrimonio è annullato."

Delta era passata all'azione. Jordan le avrebbe dato volentieri un bacio in fronte.

"Grazie, Delta," disse Abby.

"Allora è così? È finita?" gridò Marcus.

Jordan sussultò.

Gloria lo raggiunse e gli strinse un braccio. "Mi dispiace, Marcus. Hai ragione, non è giusto nei tuoi confronti. Ma per favore, sali in macchina e allontanati da qui, come ti ha suggerito Delta. Se resti, è peggio."

"Per favore," lo pregò Delta.

Marcus divenne tutto rosso in faccia. Si scrollò di dosso Gloria, andò alla macchina nuziale, salì e sbatté la portiera.

Jordan si sentiva male per lui.

"Guidi tu l'altra macchina?" chiese Delta a Karen.

Lei annuì.

"Okay. Porta via Gloria, Abby e Jordan. Meglio se sciogliamo il gruppo."

"Lo faccio subito," rispose Karen, dirigendosi verso la sua macchina.

Gloria mise un braccio intorno alle spalle di Abby proprio mentre arrivava Marjorie.

"Cosa succede? Perché state tutti fuori?" Si guardò intorno e si accigliò. "Dov'è mio figlio?"

Gloria la prese per un braccio e la tirò in disparte, come aveva fatto prima Abby con Marcus. Stavolta Jordan non riuscì a sentire le parole, ma poté leggere il linguaggio del corpo.

Marjorie guardò Abby malissimo. Il suo volto era sconvolto dalla rabbia. Fece per andare da lei, ma Gloria la trattenne, dicendole qualcos'altro e indicandole la macchina nuziale con Marcus sul sedile posteriore.

"Lo sapevo che non andavi bene per lui," sibilò ad Abby, prima di precipitarsi verso la Jaguar e salire dietro.

Gloria batté le mani per attirare l'attenzione. "Okay, gente. Lo spettacolo è finito. È ora di andare via." Guardò Delta. "Allora, ci pensi tu a dirlo in chiesa?"

Delta annuì. "Sì, faccio io."

Gloria guidò Abby alla macchina di Karen, la fece salire dietro e si sedette davanti.

Jordan guardò Delta e Taran, poi la chiesa. "Mi dispiace tanto," disse, senza rivolgersi a nessuna delle due in particolare.

Poi si precipitò a sedersi sul sedile posteriore e sbatté la portiera.

Nell'abitacolo regnò il silenzio per alcuni secondi. Erano tutte scioccate.

Premette la testa sullo schienale, mentre prendeva la mano di Abby. Era molle. Le baciò le dita. Si sarebbero riprese tutte e due, ma ci sarebbe voluto del tempo. Soprattutto per Abby.

Karen accese il motore e si girò indietro. "Andiamo a casa?"

Jordan guardò Abby, poi Karen. Annuì. "Meglio mettere un po' di distanza tra noi e il Surrey. Accendi la radio, per favore? Non so voi, ma io ho bisogno di distrarmi per farmi passare il batticuore."

Karen fece come le era stato detto. Alle loro orecchie giunse la voce di un DJ. Per Jordan era strano ma piacevole che, dopo tutto quel caos, ci fossero altre due persone in macchina.

"E adesso, su richiesta di Gary e Heather, che stanno tornando a casa dopo un giro all'Ikea, abbiamo un pezzo che si intitola *Drops of Jupiter*."

Il suo cuore a momenti si fermò. Prese un respiro profondo e si girò a guardare Abby con le lacrime agli occhi. Non aveva idea di cosa ne sarebbe stato di loro. Non le era mai capitato prima di fare un'imboscata a una sposa e portarsela via. Ma con la sua canzone preferita alla radio, e la mano di Abby nella sua, era come se l'universo le stesse dando un segno. Il segno che avevano fatto la cosa giusta. Che sarebbe andato tutto bene. Doveva crederci.

Guardò Abby negli occhi, e sì, in quel momento credeva che tutto fosse possibile.

La strinse al suo fianco.

Ora bisognava solo guardare avanti.

Senza rimpianti.

Perché adesso anche lei aveva la sua ragazza.

Finalmente.

Capitolo 31

Abby entrò nell'appartamento di Jordan in stato confusionale. Si lasciò condurre fino alla cucina, dove l'orologio digitale del forno a microonde le disse che erano le quindici e ventidue.

A quell'ora avrebbe dovuto essere una donna sposata. La signora Montgomery. La moglie di Marcus.

Invece si trovava per la prima volta a casa di Jordan, che le stava preparando un tè. A casa di Jordan. Erano una coppia, adesso? Non riusciva a capacitarsi del repentino cambiamento.

Ciononostante, la sua emozione prevalente – a parte l'incredulità e la speranza che Marcus stesse bene – era il sollievo.

Non si era sposata con lui. Aveva cambiato direzione alla giornata. Non faceva parte del piano originale, ma era stata la mossa migliore.

Per la prima volta in parecchio tempo, la tensione che aveva allo stomaco stava iniziando a sciogliersi. Non si era nemmeno accorta che fosse lì. Adesso sì, perché si sentiva più leggera.

Più libera.

Se stessa.

Ma si sentiva anche sopraffatta. Era in un territorio del tutto nuovo. In senso metaforico, e in senso pratico.

Si guardò intorno, osservando l'arredo decorativo dell'appartamento. Lei e Jordan potevano funzionare come coppia? Lei l'avrebbe voluto, il tappeto color oro? E i cuscini a righe? Chi li aveva scelti? Jordan o Karen?

Si riscosse, mentre Jordan la conduceva in salotto. Prese posto sul divano color crema, tirando su il vestito. La sua mente vagava ancora sotto shock. Rivide l'espressione sul viso di Marcus quando gli aveva parlato. Forse, col tempo, sarebbe riuscito a perdonarla. Il cuore le diceva che era stata la cosa giusta da fare. Forse si sarebbe perdonata anche lei, entro breve.

Si appoggiò allo schienale, cercando di regolare il respiro. Non era facile.

"Sai, la prima cosa che vorrei fare, è levarmi questo abito. È tanto bello, ma alla fine non mi sono sposata."

Jordan la fissò col suo sguardo color zaffiro. "Eh no, non ti sei sposata." Si sporse e premette le labbra sulle sue.

Aveva sempre sognato di essere baciata come la baciava Jordan. Jordan le faceva provare sensazioni nelle ossa, in ogni battito del cuore, in ogni atomo del proprio essere.

Non si sarebbe mai più potuta allontanare da quelle sensazioni. Ora lo sapeva.

Poteva costruire una vita intorno ai baci di Jordan. Un futuro. Un mondo per loro due.

Il pensiero la fece sorridere mentre Jordan si ritraeva.

Jordan la fissò con un'espressione simile a un punto di domanda. "Cosa c'è di divertente? Non è la reazione che mi aspettavo per un bacio."

Scosse la testa. "Niente, non c'è niente di divertente. Stavo solo pensando che ho desiderato tanto i tuoi baci. Ora posso averli tutto il tempo. Sorridevo per quello."

"Ti bacio ogni volta che vuoi." La baciò di nuovo delicatamente. "Sai, anch'io vorrei levarti l'abito da sposa, ma per altre ragioni." Le diede un'occhiata piena di sottintesi. "Vuoi provarti i miei vestiti? Almeno hai qualcosa da metterti, finché non torniamo a casa tua."

Annuì. "Se stai con una donna, hai un vantaggio in più: doppio guardaroba. Non l'avevo considerato."

"È uno dei tanti vantaggi, sì." Jordan si alzò e tese la mano per aiutarla a rimettersi in piedi.

Lei l'accettò proprio mentre Gloria entrava nella stanza.

"Okay, voi due. Direi che avete qualcosa di cui parlare. Vi serve un po' di spazio per stare da sole. Quindi mi sono presa la libertà di prenotarvi un albergo con vista mare. Cambiatevi e chiamate un taxi. Oppure andateci a piedi, se volete prendere una boccata d'aria. Stasera è per voi. Parlate e state insieme. Al resto ci pensate domani. Ho pagato io la camera. Consideratelo il mio regalo per tutte e due."

Abby andò ad abbracciarla, poi fece un passo indietro. "E tu?"

"Karen si è già offerta di riportarmi al maniero. Ho sentito Delta e Martin, hanno bisogno di una mano. Mi faccio portare lì. Non preoccuparti di niente. Delta, Taran, Martin e io possiamo gestire le cose per conto tuo, e anche la famiglia di Marcus farà la sua parte.

"Stasera doveva essere l'inizio della tua nuova vita; non c'è motivo per cui non possa esserlo comunque. Sarà solo un inizio diverso da quello che ti aspettavi. Vai in albergo, goditi la serata e quando ti svegli domattina, sarà tutto più chiaro. Ed è un bene che non ti sia trasferita da Marcus prima del matrimonio, così non ci sono casini per la casa." Sollevò un sopracciglio. “Ho sempre pensato che questo la dicesse lunga. Quando ti innamori, vuoi stare con chi ami tutto il tempo.”

Abby gettò un’occhiata a Jordan e la prese per mano.

Aveva trovato il suo amore.

Ora che stavano insieme, non voleva più separarsene.

Capitolo 32

"Wow!" Jordan andò alla finestra a guardare il mare. "Tua madre non ha badato a spese. Niente meno che una suite." Guardò il divano e lo champagne nel secchiello col ghiaccio sul tavolino. Al di là di una doppia porta aperta, c'era un letto king-size con un copriletto bianco fresco di bucato. "Sembra un modo di congratularsi con noi. Come se fosse il nostro gran giorno."

Abby le si avvicinò da dietro e le posò una mano sulla spalla; Jordan sentì un brivido caldo lungo la schiena. "In un certo senso, è così." Non riusciva ancora a capacitarsi di ciò che era successo. Avrebbe dovuto essere più mortificata? Più dispiaciuta? In parte lo era. Ma mentendo sui suoi veri sentimenti, aveva fatto più male a se stessa che a ogni altra persona coinvolta.

Lì insieme a Jordan non si sentiva più male. Aveva iniziato la giornata col peso schiacciante della paura, ma adesso si sentiva strafelice.

Come se da quel momento in poi, nulla potesse andare storto.

Jordan si voltò, cogliendo il suo sguardo.

"Sono esattamente dove voglio essere, quindi non mi lamento," le disse.

Jordan girò su se stessa e la cinse in vita con entrambe le braccia. "Sei sicura? So che essere qui con me è il non plus ultra." Rise per la battuta. "Mi daranno un premio per la dichiarazione più modesta dell'anno?"

Sbuffò. "Dunque, vediamo. Il mio abito da sposa è rimasto sul tuo letto. Ho su un paio di jeans tuoi e una maglietta tua. E a quest'ora avrei dovuto aprire le danze con mio marito."

Jordan la strinse a sé. "Se può consolarti, sei una favola coi miei jeans."

"Ah sì?" Abbassò lo sguardo. "Sono un po' corti."

"È come li portano i ragazzini. Va di moda."

Si sporse, avvicinandosi a Jordan talmente tanto da poter quasi assaggiare le sue labbra. "Mi preferisci con o senza i vestiti?" Il desiderio dilagò in lei.

"Senza stai meglio."

Segui il tuo cuore, le aveva detto la mamma. Era giunto il momento di farlo. Ridusse a zero lo spazio tra loro, e premette le labbra su quelle di Jordan.

L'effetto fu paragonabile a un'esplosione di stelle nel cuore. Da un pessimo incipit stava sgorgando un magnifico lieto fine. Qualcosa di simile a un abbraccio dell'universo.

Jordan insinuò la lingua nella sua bocca, e lei l'accolse.

Voleva tutto di Jordan. La voleva subito. Ma avevano tempo. Non c'era bisogno di correre.

Doveva continuare a ripeterselo. Perché non c'era più bisogno di nascondersi.

Erano uscite allo scoperto; in altre parole, potevano stare insieme apertamente. Niente più baci al buio. Niente più sesso in spazi angusti. Era il momento di godersi a vicenda. Di toccare Jordan dappertutto. Di baciare Jordan dappertutto.

Si tirò indietro, col cervello in palla per i baci di Jordan. La fissò negli occhi celesti, notando per la prima volta delle pagliuzze verdi. Non era mai stata tanto rilassata e al contempo tanto vicina a lei da notarle. Adesso sì. Le baciò le palpebre. "Non riesco a crederci che siamo qui. Non riesco a crederci che hai fatto quello che hai fatto." Scosse la testa. "Oggi mi sono quasi sposata. Con uno che coi suoi baci non mi ha mai fatto girare la testa."

Jordan le piazzò un altro bacio sulle labbra. Gettò un'occhiata allo champagne. "Vuoi stappare la bottiglia?"

Abby la guardò negli occhi. Ardeva dal desiderio. "Preferirei danzare con te."

Jordan le fece un largo sorriso. "Questo sì che è parlare." Insinuò una mano sotto la sua maglietta per toccarle la schiena.

Ad Abby venne la pelle d'oca. Ricominciò a baciarla; stavolta avrebbe lasciato che fosse il proprio corpo a parlare.

Era stata una giornata difficile. Era giunto il momento di svoltare in meglio.

La baciò con crescente passione. Erano passati solo cinque giorni dall'aereo, ma le sembravano una vita.

Attraversarono il salotto barcollando. Jordan si levò la camicia, lei lanciò via la maglietta.

Con un'agile mossa, Jordan le tolse il reggiseno, che cadde sul pavimento, lasciandole il seno esposto. Quando lo vide tutto nudo, Jordan si fermò.

Con reverenza l'accarezzò con una mano, poi, chinandosi, accerchiò con la lingua prima un capezzolo, poi l'altro.

Ogni muscolo di Abby si contrasse. Inspirò profondamente, mentre Jordan continuava a risucchiarla nella sua bocca.

Fece scorrere una mano tra i suoi capelli dorati,

appoggiandosi a lei per non collassare. Se stava così quando le baciava il seno, figurarsi il resto.

Jordan riportò il viso all'altezza del suo, e le sorrise con malizia. "Troviamo il letto e ci spogliamo?"

"Cazzo, sì!"

Jordan la guidò al letto, sgusciò fuori dai suoi jeans e l'aiutò a fare altrettanto, levandole anche le mutandine. Poi si scostò, per ammirarla tutta nuda.

"Te l'ho detto, che stavi meglio senza vestiti." Le si avvicinò. "E avevo ragione."

Abby scosse la testa, facendo ondeggiare su e giù una mano. "Io nuda, e tu lì in mutandine e reggiseno di pizzo nero, come una modella di Victoria's Secret."

Jordan si guardò. "Non ti piace?"

"Al contrario, mi piace tantissimo." La trasse a sé e fece scorrere un dito all'interno del bordo delle mutandine.

Jordan inspirò a lungo. "Stamattina ho scommesso che avrei avuto fortuna. Karen fa la responsabile acquisti per Marks & Spencer. Avere delle conoscenze ha i suoi vantaggi."

Abby spinse la mano più all'interno. "La prossima volta, dille che mi piacerebbe vederti con un paio di mutandine senza cavallo, okay?"

Le palpebre di Jordan si abbassarono. "Uh, cosa mi fai..." Aprì gli occhi. "Ma adesso aspetti. Mi hai presa tu sull'aereo. Adesso tocca a me, non trovi?"

Non aveva intenzione di dare battaglia. "Come vuoi. Basta che ti tieni l'intimo addosso."

"Ogni tuo desiderio è un ordine." L'aiutò a stendersi sul letto, poi si fece strada lungo il suo corpo, coprendo ogni centimetro di pelle con roventi baci smaniosi.

Lei chiuse gli occhi, abbandonandosi a quel momento. L'attenzione che le stava dedicando Jordan, l'espressione nei suoi occhi, quando i loro sguardi si incrociavano, era pura libidine. Jordan la faceva sentire la donna più desiderabile del mondo.

Non le succedeva da moltissimo tempo.

Quando Jordan iniziò a leccarla su per le cosce, lei sospirò. Quando le stuzzicò di nuovo i capezzoli, lei vide le stelle. Quando continuò a baciarla su, fino al collo, lei fece le fusa. E poi, quando con una mano giocò con la sua intimità, lei sentì tutto il corpo ritornare in vita con un ruggito. Tutti gli amanti che c'erano stati prima furono spazzati via. Insieme a tutti i sentimenti con cui non si era mai trovata in sintonia, tutta l'indifferenza che aveva provato nelle relazioni passate.

Andati.

Svaniti.

Adesso era una tabula rasa.

Jordan insinuò un dito nel suo centro eccitato. Lei si lasciò andare. Lo fece volentieri. Quando Jordan insinuò un altro dito, lei si sentì pulsare le pareti interne. Quando poi le sfiorò il clitoride e raggiunse un ritmo perfetto, lei si chiese se sarebbe mai riuscita a riprendersi. E poi, se ci fosse riuscita, come sarebbe stata la sua vita?

Non si era accorta di aver bisogno di cambiare. Non si era resa conto di cosa aveva in serbo la vita per lei, finché non aveva incontrato Jordan in quella caffetteria, sei settimane prima. Se l'avesse saputo a priori, l'avrebbe accettata come damigella professionista?

Mille volte sì.

Perché Jordan aveva illuminato la sua esistenza. Le aveva fatto riconsiderare le aree chiave della sua vita. Il suo lavoro.

Le sue relazioni. Se stessa. Le aveva fatto vedere il mondo diversamente.

Di sicuro l'esperienza che stava vivendo adesso era diversa dalle precedenti. Soprattutto quando Jordan si mise sopra di lei, e premette una coscia dietro la propria mano, applicando una serie di spinte gentili, che la indussero a gridare. Le abili dita fecero divampare il fuoco in lei. Tra le esortazioni della sua amante nelle orecchie, e il rombo del proprio battito cardiaco, Abby emise un gemito gutturale, perse il controllo e tremò dalla testa ai piedi. Un caleidoscopio di passioni prese vita sotto le sue palpebre.

Mentre il suo corpo era ancora scosso dai fremiti, e le dita magiche la portavano al culmine un'altra volta, seppe che la sua vita non sarebbe stata più la stessa. Jordan gliel'aveva cambiata per sempre. Venne con un'onda di spasmi di piacere. La cavalcarono insieme, con le bocche fuse, i corpi allacciati, a ogni movimento un'intimità sempre più profonda.

Più tardi, aprì gli occhi, mise a fuoco Jordan, e le sorrise in modo provocante.

Le sue decisioni nell'ultimo paio d'anni non erano sempre state le migliori.

Ma scegliere Jordan? Quella era stata una decisione che valeva oro.

* * *

Jordan ritirò le dita, baciò Abby sulle labbra e si scostò. Abby aveva gli occhi chiusi e il respiro esausto.

La prima volta che si stava insieme, non si poteva mai sapere come sarebbe andata. Ma con Abby, Jordan non aveva avuto un singolo dubbio. Se contava anche l'aereo, quella era la loro seconda volta. Più di una sola notte! Una novità, per lei. Le baciò la spalla e le accarezzò i capelli. Aveva una gran voglia di farsi toccare da Abby. La chimica tra loro era straordinaria. Se quello era l'inizio, non vedeva l'ora di vedere cosa sarebbe successo dopo.

Abby aprì gli occhi.

"Ciao," disse Jordan.

"Ciao a te." Abby le fece un largo sorriso. "A momenti mi ammazzavi. Morta per orgasmo. Bello, eh?"

"Sarebbe una storia appetitosa per il giornale locale. *Sposa fugge dal matrimonio, poi muore per orgasmo lesbico*."

Abby rise e si coprì la faccia con una mano. "La rivista *That's Life* ti pagherebbe almeno duecentocinquanta sterline, per una storia così."

"Ne varrebbe la pena..."

"Uff, nessun giornale avrà la nostra storia," la interruppe Abby, mettendosi sopra di lei.

"D'accordissimo."

"Prima non ti ho toccato un granché. Ora vorrei poter rimediare." Iniziò a divorarle le labbra, e a strusciarsi con la coscia sul suo centro del piacere, già umido di eccitazione.

Jordan era prontissima. Lo era da settimane. Ma non si era mai data il permesso di sognare che potesse esserci davvero qualcosa tra loro. Fino ad ora.

Ora nella sua mente si era acceso il semaforo verde. Aprì le gambe per manifestare come si sentiva.

Abby sorrise. "Ricorda che per me è una cosa nuova. Fammi sapere se devo muovermi in modo diverso quando vuoi, okay? Come ho fatto io con te al campo pratica. Se devi cambiare posizione alle mie dita, fallo pure."

Lei rise. Non riusciva a immaginarsi che qualcosa fatto da Abby non le piacesse. “Va bene. Per ora stai andando alla grande.”

“Sei tu che mi rendi le cose facili.” Poi iniziò a scendere lungo il suo corpo con dita leste e labbra leggere.

Jordan si lasciò andare, concentrandosi su ciò che le stava facendo Abby. Abby la baciava. Abby l’accarezzava. Abby l’amava.

Pochi istanti dopo, quando ebbe la sua bocca tra le proprie cosce, e sentì il suo fiato rovente sulla propria intimità, Jordan chiuse gli occhi, in palpitante attesa. E quando finalmente Abby gliela leccò e spinse la lingua all’interno, si permise di godersi appieno quel momento, sprofondando con la testa nel cuscino.

Macché istruzioni. Abby non ne aveva bisogno. Faceva benissimo da sola.

Si aggrappò alle lenzuola, mentre la lingua di Abby scivolava di qua e di là, facendo lo slalom sul suo centro del piacere. Abby, la campionessa mondiale di sci. Lei, la sua pista; una pista luccicante come neve vergine, non aveva dubbi.

Il suo orgasmo prese vita nei piedi, salì lungo le gambe e si annidò fra le cosce, mentre lei si contorceva nel letto, con le dita intrecciate fra i capelli di Abby, per guidarla.

“Non fermarti,” le disse con voce udibile a stento.

Il suo spirito si alzò in volo. Con gli occhi della mente, vide scorrere le sei settimane appena trascorse in un montaggio di immagini tremolanti. Il loro incontro, il loro bacio, la loro avventura ad alta quota. La disperazione della cena di prova era solo un lontano ricordo quando Abby si insinuò in lei con le dita, dopo avergliela leccata un’ultima volta.

Si abbandonò al proprio magnifico oblio. Stringendo Abby dentro di sé, venne con un'intensità tale da dubitare che la sua vista annebbiata potesse tornare normale. Non le importava. Era valsa la pena spingersi fino a quel punto.

Fino ad Abby che la penetrava. A lei che si tirava su a sedere, con le dita di Abby ancora dentro di sé. Alle loro bocche che si univano in un groviglio di lussuria ed emozioni. A lei che veniva di nuovo, gemendo nella bocca di Abby. Al sentirsi sorpresa che Abby fosse ancora lì nel letto. Smise di tremare, aprì gli occhi. Sì, Abby era ancora lì con lei. Erano ancora un tutt'uno.

Quando infine si staccarono l'una dall'altra, ricadde sul letto, lasciandosi andare a una risata gioiosa.

Abby le si buttò accanto, ridendo anche lei.

Jordan si sentiva piacevolmente, deliziosamente scopata. L'onda dolce del sesso non si era ancora dileguata. Non riusciva a levarsi il sorriso dalla faccia.

"Sei beata come il gatto che si lecca i baffi." Abby la baciò sulle labbra.

Jordan accolse la sua guancia nel palmo. "E tu saresti il gatto che si lecca i baffi?"

Abby rise. "Mi dichiaro colpevole dell'accusa." Prese un respiro profondo, mantenne il suo sguardo su Jordan fino ad arrossire. Allora guardò altrove.

Lei si accigliò. "Cosa c'è? Ho fatto qualcosa di male?"

Abby scosse la testa. Corrugò la fronte, preoccupata. "No. Semmai, tutto il contrario." Fece una pausa. "Questo momento è perfetto. Tu sei perfetta."

Jordan scoppiò a ridere. Era lungi dall'essere perfetta. "Ti ricorderò questo momento quando scoprirai la verità su di me."

Abby rise ancora. "E tu non farmela scoprire." Tornò a guardarla. "Ma adesso sì, sei perfetta. Mi fai provare tante belle sensazioni. Ho quasi paura."

Jordan si portò le dita di Abby alle labbra e le baciò. "È tutto nuovo per te, ma possiamo sondarlo insieme. Stai tranquilla, le prossime sei settimane non saranno difficili come le prime sei."

"Promesso?"

"Croce sul cuore." Se la fece. "Non ti spaventa stare con una donna?"

Abby sorrise, scuotendo la testa. "È l'ultima delle mie preoccupazioni. Non puoi evitare chi ti fa innamorare."

Ebbe un tuffo al cuore. Abby l'amava. Ci sarebbe voluto un po' per abituarsi. "Adoro che tu mi adori."

Abby le pizzicò il sedere. "Suona come una brutta canzone pop."

"Chi se ne frega." La baciò di nuovo sulle labbra. "Per sicurezza, te lo chiedo ancora: questa non è una botta e via, vero? Succederà ancora?"

Abby le fece un largo sorriso. "Altroché. Molto prima di quanto tu possa immaginare."

Capitolo 33

Il mattino dopo, Jordan si svegliò col corpo dolente in punti che si era dimenticata potessero farle male. Persino i muscoli dei polpacci erano indolenziti. Sorrise al ricordo della notte. Abby le aveva fatto fare un *total body workout*, un allenamento per tutto il corpo, per cui non era sorpresa di quei dolori. In realtà, quando si stiracchiò nel letto, ne fu felice. Era da tanto che li aspettava.

Che risveglio meraviglioso.

Gettò un'occhiata a sinistra. Abby aveva ancora gli occhi chiusi e il respiro regolare. La sua bellezza la lasciò di stucco.

Il giorno prima aveva corso un rischio. Il rischio più grande della sua vita. Tutto il tempo in macchina con Karen era stata in preda al dubbio. Aveva scelto di fare la cosa giusta? O stava per buttare all'aria la sua vita per niente? Ma ogni volta che se l'era chiesto, si era data la stessa risposta. Doveva provarci. Doveva capire se Abby si sentiva come lei. Se poi si fosse schiantata in fondo a un burrone, pazienza.

Le era andata bene. Ora si trovava in un albergo chic con la donna che amava.

Non le faceva neanche più paura ammetterlo. *Con la donna che amava.* Chi l'avrebbe mai detto? Lei, renitente cronica alle relazioni, aveva trovato il suo amore. Doveva prepararsi: Karen l'avrebbe presa in giro per il resto dei suoi giorni.

Forse sentendosi osservata, Abby mormorò qualcosa, aprì un occhio, poi l'altro. Il suo volto si atteggiò in un sorriso. Poi le rotolò addosso.

Jordan l'accolse tra le braccia; le membra di Abby aderirono alle sue.

Combaciavano perfettamente.

"Buongiorno, bellissima," la salutò. Non aveva mai fatto un complimento tanto sincero in vita sua. "Ho sognato di farlo sullo yacht, sai?"

Abby si accigliò. "Fare cosa?"

"Questo. Svegliarmi con te. Quando tua madre ha detto che dovevi prepararmi la salsiccia di Lorne per colazione – a proposito, devi ancora farlo – ecco, quando l'ha detto, ho immaginato di svegliarmi con te dopo una notte di sesso. Il mio sogno si è avverato."

"Sono felice." Abby rotolò via, mettendosi supina. Sussultò. "Ho dei dolorini deliziosi stamattina." Voltò la testa. "Tutta colpa tua."

La baciò sulle labbra. "Cosa ti ho fatto?"

"Vorrai dire, cosa non mi hai fatto!" la corresse con un sorrisetto. Sospirò. "A quest'ora avrei dovuto essere su un volo per le Maldive. Sono contenta di non esserci andata."

"Pure io. Tra l'altro, come avresti fatto a volare, senza me? Chi ti avrebbe tenuta per mano?"

Abby rotolò sul fianco e la guardò intensamente. "È stato un bel gesto. Sapevo già cosa provavo per te. Tenermi per mano durante il volo per Cannes ha fatto la differenza. Marcus non mi ha ascoltata, quando gli avevo detto che non volevo andare alle Maldive. Voleva fare il solito viaggio che fanno tutti in luna di miele."

A Jordan tornò in mente la faccia di Marcus fuori dalla chiesa. Sicuramente non si era svegliato tanto allegro, quel mattino. "Credi che ci andrà lo stesso, alle Maldive?"

"Boh. Non so." Abby sospirò. "Più tardi gli scrivo un messaggio. E vado anche a trovarlo. Gli spiego com'è andata, se me lo permetterà. Mi sento in colpa."

Jordan le prese una mano. "Anch'io. Ma è stato giusto così." Le diede una leggera stretta. "Ci sarò sempre per te, okay?" E lo intendeva davvero. Con ogni fibra del suo essere.

Abby annuì. "Okay."

"E ti prometto che non ti porterò mai alle Maldive. Semmai ci sposeremo, che ne dici di una luna di miele a Blackpool?"

"Mi sembra perfetto. Tra l'altro, conosco qualcuno che può darci ottimi consigli."

"Possiamo andare sull'ottovolante. E mangiare *fish and chips* dal cartoccio in riva al mare."

Abby scoppiò a ridere. "L'ho scampata bella, grazie a te!" Inspirò più che poté, emise un verso acuto e si coprì la faccia con le mani.

Jordan si mise seduta. "Cos'era?"

Abby sbirciò tra le dita. "Una reazione alla mia vita di adesso." Spostò il peso su un gomito.

Jordan le guardò il seno, si abbassò per baciarlo, poi si scostò per godersi ancora la vista.

"Non mi stancherò mai di svegliarmi con te," le disse Abby.

"Oggi è la prima volta. Fai passare cinque anni, poi vedremo."

Abby scosse la testa. "No, non cambierò idea. Non sono più come prima. Adesso penso bene a cosa voglio dalla vita prima di decidere." Fece una pausa. "Ho quasi sposato un uomo che non mangia *fish and chips* dal cartoccio. Marcus vuole sempre il piatto."

"Non è il crimine del secolo."

"No, ma è un segno. Un campanello d'allarme." La baciò sulle labbra. "Grazie per avermi aiutata a vedere le cose con chiarezza."

"Prego. Sono contenta che non mi odi per aver sabotato il tuo matrimonio."

Abby sospirò. "Cos'avresti fatto, se ti avessi detto no?"

"Mi sarei buttata a terra a fare i capricci come un lattante."

Abby rise. "Molto sexy. Così mi conquistavi di sicuro." Con una mossa rapida le fu a cavalcioni. "Ieri mi hai salvato la vita, dico davvero. Più tardi devo andare a parlare con Marcus, e con tutti quelli che hanno investito tempo e fatica nel matrimonio. Lo devo a tutti. Soldi e le mie scuse. Ma è stato giusto così."

Ondate di desiderio pulsante percorsero Jordan; col corpo nudo di Abby addosso, era difficile concentrarsi sulla conversazione, ma fece del suo meglio.

"Se vuoi, vengo anch'io." Le accarezzò il sedere, mentre Abby metteva una gamba tra le sue cosce. Altre ondate si infransero nel suo corpo.

"Non so se andarci insieme è un bene. Il casino l'ho fatto io. Devo sbrogliarmela da sola."

"Se posso aiutarti, dimmi come."

Abby inclinò la testa. "Pensi di continuare a fare la damigella professionista?"

Dal tono, non aveva capito se Abby voleva che la smettesse. Scosse la testa. "Sono prenotata per altri matrimoni. Voglio essere sincera coi committenti. Se mi vorranno ancora, onorerò i miei impegni. Dopodiché, credo sia ora di cercarmi un nuovo lavoro. L'avrei fatto comunque. Quello che è successo ha solo anticipato i tempi." Strinse una natica di Abby. "Ma per te, ne valeva la pena."

Abby le accarezzò una coscia all'esterno.

Lei rabbrividì.

"Dici che alla fine cambieremo lavoro tutte e due?"

Sbatté le palpebre. "Ma tu non devi. Non hai appena avuto una promozione?"

"Sì, ma grazie a te ho visto le cose diversamente. Mi hai fatto ricordare i nostri discorsi da bambine."

"Non ci conoscevamo da bambine."

"Io ho la sensazione di sì. Ho la sensazione che ci conosciamo da sempre. Mi hai fatto ricordare i miei sogni. Voglio ancora fare qualcosa che faccia la differenza, che cambi il mondo."

"Hai cambiato il *mio* mondo, se può incoraggiarti."

"È un buon inizio."

"Hai già in mente come procedere?"

"Non ancora. Ma quando avrò chiuso con la mia vecchia vita, avrò energia fresca da dedicare a quella nuova. Forse dovrò trovarmi un lavoro diverso. Qualcosa che mi appassioni. Qualcosa per cui non veda l'ora di alzarmi al mattino. Anche se, con te nel letto, sarà difficile essere mattiniera! Ma sono tutte cose che possiamo risolvere. Insieme."

"Va bene." Fece una pausa. "Ma posso riavvolgere il nastro? Vuoi dire che sarò spessissimo nel tuo letto?"

"Spero di sì. Non ho ribaltato la mia vita per niente."

"Disse la donna che non ne voleva sapere di trasferirsi dal suo futuro marito."

"Forse la mamma aveva ragione. Era un segno. Tu invece," disse Abby, dimenandosi addosso a lei, "voglio trasferirti nel mio letto, legarti e fare di tutto perché resti per sempre con me." La baciò sulle labbra con forza.

"È un piano che approvo totalmente. Soprattutto adesso, che potrei ritrovarmi disoccupata."

Abby scosse la testa con un sorriso gentile. "Mi dispiace di aver fatto saltare per aria la tua attività."

"Mi dispiace di aver fatto saltare per aria la tua vita."

"A me no."

"Neppure a me." Sollevò la testa; Abby prontamente la baciò sulle labbra. Rimasero così per un lungo momento. Quando si staccarono, Jordan provò un desiderio più intenso.

"Ti amo, te l'ho già detto?"

Abby annuì. "Sì. E non sono mai stata così felice di sentire queste parole. Sono le mie preferite in assoluto."

"Più del *fish and chips*?"

Abby la baciò sulle labbra. "Testa a testa, ma sì."

"Più di una luna di miele a Blackpool?"

"All'incirca."

"Più che scoparci adesso?"

Abby si sporse. "Ho una gran passione anche per questa parola." Poi zittì entrambe, insinuando la lingua tra le sue labbra.

Epilogo

Un anno dopo...

"Jordan! Jordan!" Abby alzò gli occhi al cielo, camminando dalla cucina al salotto. "Possibile che quando c'è Wimbledon diventi sorda?"

Jordan non staccò gli occhi dallo schermo. "Il tennis è il mio sport preferito. In più, sta vincendo la lesbica. Ho una scusa." Sollevò lo sguardo. "Cosa mi hai chiesto?"

"Se vuoi la salsiccia di Lorne per il brunch. O è troppo?"

Jordan la raggiunse per darle un bacetto sulle labbra. "Certo che voglio la salsiccia di Lorne. Voglio sempre la salsiccia di Lorne. Sennò mi chiedi il divorzio. Non è così che funziona?"

"Non posso chiederti il divorzio, se non siamo ancora sposate." Un sorriso abbellì le sue labbra.

Jordan agitò una mano nell'aria. "Dettagli. Ne parliamo dopo, al brunch coi genitori." Si sentì contorcere le budella. "Non ci credo che abbiamo deciso di farli conoscere. Specialmente quando c'è il tennis. Di chi è stata l'idea?"

"Tua, mi sa." Le diede un'occhiata pensierosa. "I tuoi genitori la mangiano, la salsiccia di Lorne?"

"Mangiano tutto quello che metti loro nel piatto. Si

mangiano pure tra loro. Quindi, teniamoli impegnati nella conversazione, onde evitare che si sbranino, okay?"

Lei scosse la testa. "Li fai sembrare terribili. Invece sono tutti e due adorabili."

"Se li prendi uno alla volta, sì. Insieme, mica tanto." Serrò le labbra e le protese verso l'esterno. "Prima o poi dovranno incontrarsi, tanto vale che sia oggi." Si strinse a lei. "Ma ne sarà valsa la pena, se alla fine riesco a sposarti."

Abby sorrise. Il sorriso che riservava a Jordan. "Chi se lo sarebbe mai immaginato, che la signorina 'una botta e via' un giorno avrebbe detto sì?"

Jordan puntò un dito contro il petto. "Io no." Inclinò la testa. "Vuoi davvero sposarmi?"

Lei la sculacciò. "Smettila di fare domande stupide."

"Sei sicura che il nostro sia il matrimonio dei tuoi sogni?"

"Non c'è mai stato un matrimonio dei miei sogni. C'è stato un matrimonio che ero convinta di dover fare. Ma alla fine non l'ho fatto." Fece una pausa. "Già che ne parliamo, volevo dirti che ho visto Arielle la settimana scorsa, a Londra, quando sono andata alla riunione per il mio nuovo lavoro."

Jordan si impietrì. "La cugina di Marcus?"

Lei annuì.

"Com'è andata?" È stato imbarazzante fu la prima risposta che le venne in mente.

Abby abbassò la testa. "Bene, con mia sorpresa. Quasi normale. Abbiamo preso un caffè. Mi ha detto che il mio addio al nubilato è stato uno dei migliori cui è stata. Non me l'aspettavo."

Jordan emise un sospiro. "Ti ha detto qualcosa di Marcus?"

"Sì. Ha una nuova ragazza. Una nuova fidanzata, in realtà."

Sfregò i palmi su e giù sulle cosce. "E così, Marcus ha tirato avanti. Sono contenta per lui."

Jordan l'abbracciò, sapendo che era stata malissimo per quanto l'aveva fatto soffrire. Buono a sapersi che anche lui avrebbe avuto il suo lieto fine. Se lo meritava.

"Sono stracontenta pure io. C'è voglia di matrimonio nell'aria. Il nostro sarà al municipio di St Albans, e a seguire pizza, birra e musica dal vivo. Non è un po' scadente per te?"

"Te lo ricordi, che sono di Glasgow? Anche se abitiamo nei 'quartieracci' della ridente Hove, io accolgo tutti." Fece una pausa. "Tra l'altro, hai visto che faccia ha fatto la mamma, quando gliel'ho detto? Mi sa che le ricordiamo il suo matrimonio. Molto alla buona, molto fai-da-te. Un altro punto a tuo favore. Oltre al fatto che tu ami sua figlia."

"Non posso negarlo." La guardò. Abby era sempre magnifica. Sempre sua. Certe volte, al mattino, quando si svegliava, non credeva a quanto fosse fortunata. E adesso stavano per rendere la cosa ufficiale. Intendevano sposarsi e provare ad avere un figlio. Magari una piccola Abby. Sarebbe stata adorabile.

"Che mi dici di questa settimana? Sei pronta a iniziare il nuovo lavoro?"

Dopo il matrimonio che mai ci fu, Abby era rimasta nel suo ufficio per circa un anno. Quando aveva consegnato la lettera di dimissioni, Neil si era quasi messo a piangere. Aveva dato in affitto il suo appartamento di Londra e insieme a Jordan ne aveva preso in affitto uno a Hove, dove stavano cercando una casa da comprare insieme. Ci sarebbe voluto un po' prima di avere le risorse, ma pazienza. Aveva trovato lavoro presso un ente di beneficenza, accettando uno stipendio minore del precedente. Jordan aveva ancora la sua attività, ma l'aveva ridotta a organizzazione di matrimoni e assistente personale *ad hoc* della sposa. Il ruolo di damigella professionista l'aveva sbattuto fuori a calci. Troppo tempo lontano da Abby non era tempo ben speso, per i suoi gusti.

"Non vedo l'ora. Finalmente posso realizzare il sogno che avevo da bambina, ed è tutto merito tuo, mia finta amica dell'infanzia."

"Non c'è di che. Di tutte le mie finte amicizie, la nostra è stata la mia preferita."

"E che mi dici della nostra relazione di adesso?"

Jordan la baciò sulle labbra. "È uscita dai miei sogni."

— FINE —

Ti è piaciuto questo libro?

Se la risposta è sì, ti va di lasciarmi una recensione su Amazon, o dove l'hai comprato? Anche se solo di una riga o due, la tua recensione potrebbe fare la differenza per un'altra persona che si sta chiedendo se dare o meno una chance a me e alla mia scrittura. Questo è il mio primo libro che faccio tradurre in italiano. Se piacerà a tante lettrici e lettori, non sarà l'ultimo, ma le recensioni sono fondamentali affinché ciò accada.

Grazie, lettrice o lettore, sei la/il migliore!

Con affetto,
Clare